U0011152

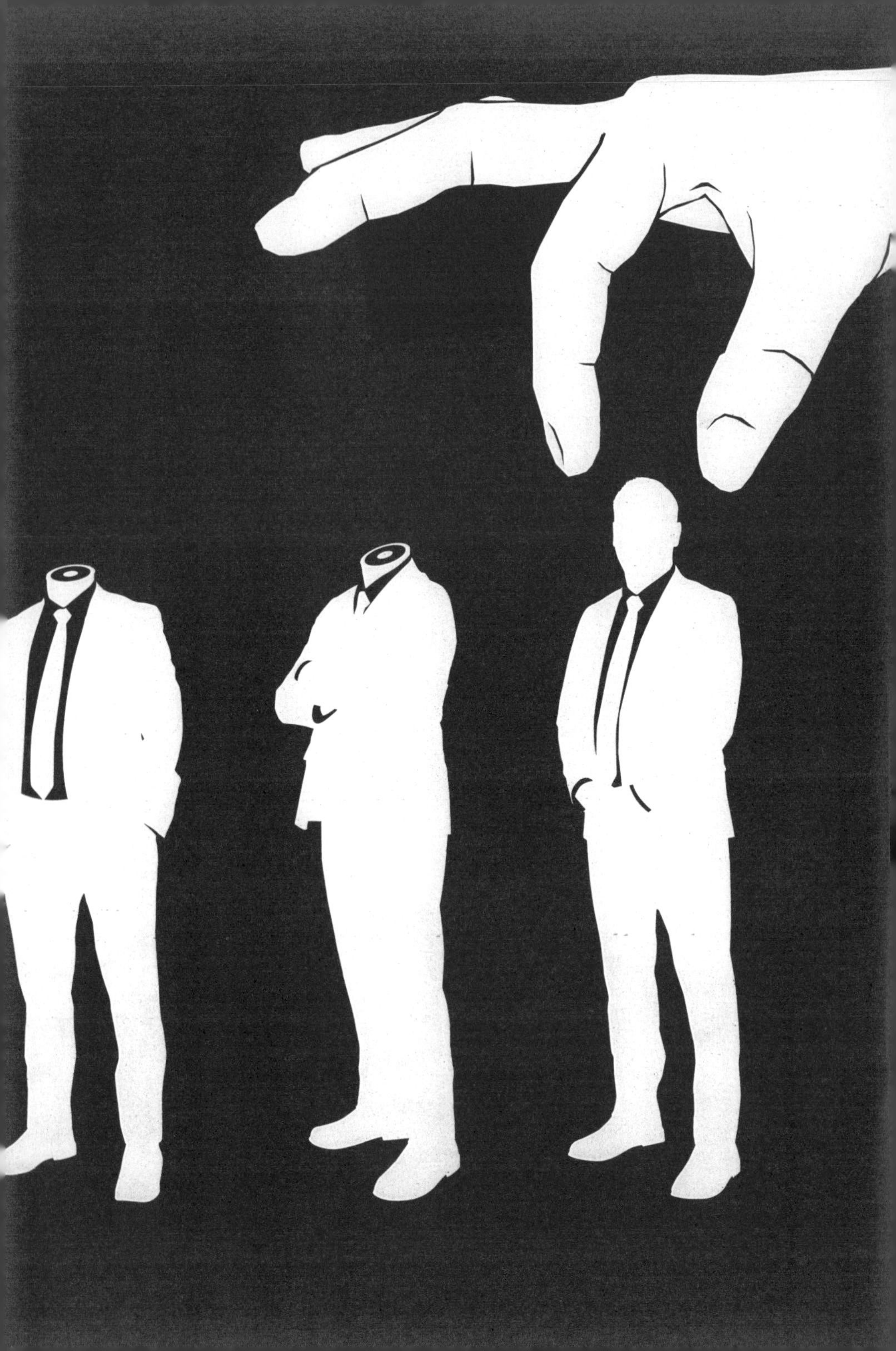

NORDIC
CRIME
FICTION

獵頭遊戲

尤・奈斯博

陳榮彬 譯

Hodejegerne

Jo Nesbø

《獵頭遊戲》媒體評論

透過錯綜複雜的情節、出色的角色描寫、電影般的效果與意象，以及一個多層面的意外結局，這本獨一無二的小說以精彩的方式展現出故事人物的種種人性缺陷……從頭到尾，這都是一本貨真價實的驚悚小說。如果你深愛史迪格．拉森、賀寧．曼凱爾，甚或約翰．勒卡雷那些以後冷戰時期為背景的作品，一定也能欣賞這本小說。——《圖書館學刊》（*Library Journal*）

一本瘋狂而且情節精彩的驚悚小說，頗有希區考克之風……奈斯博讓讀者感到震驚連連，結局更是一個充滿巧妙轉折的高潮。這本書能為我們帶來引人入勝的閱讀經驗。——《書單》（*Booklist*）

運勢與處境的逆轉令人感到頭暈目眩，如果是出自於一般庸手的筆下，肯定會顯得過於誇張，但看這本書卻令人覺得像坐了一趟雲霄飛車一樣心曠神怡。——《出版人週刊》（*Publishers Weekly*）

一本邪惡但又有趣的犯罪小說。——《林肯星報》（*Lincoln Journal Star*）

在這本令人精神大振而且非讀不可的小說裡，尤・奈斯博展現出一種直追小說大師納博科夫的技巧，讀者在其狡獪的操弄下，竟然會開始同情一個不值得同情的主角。——《新聞週刊》（*Newsweek*）

作者以大師級的手法呈現出一個混亂而且充滿心理攻防的結局……奈斯博有辦法把讀者耍得團團轉，讓他們不知道該期待些什麼，而且只看得到他故意要讓讀者看到的東西。在這些方面，其天賦是極為罕見的。——英國《獨立報》（*The Independent*）

奈斯博擁有大師級的說故事功力，從第一頁開始就緊緊抓住了讀者的心，懸疑的氛圍逐漸增強，到了驚悚的結局中，我們則是看到了幾個令人滿意的劇情轉折。——英國《每日快報》（*Daily Express*）

透過那些又奇怪又真實，又討厭又令人喜愛的角色，《獵頭遊戲》很快就吸引了讀者的注意目光……而且，這本書跟他筆下的哈利・霍勒系列小說可謂截然有別。不過，不要被騙了，這本書也少不了許多暴力與動作的情節……故事越來越緊張，步調漸趨緊湊，像一段快得令人幾乎無法忍受的漸強樂章……從頭到尾都是令人滿意的閱讀經驗。——愛爾蘭《獨立報》（*The Independent*）

當塔倫提諾遇上柯恩兄弟——這是奈斯博這本犯罪小說的最佳註腳。——丹麥《政治日報》（*Politiken*）

奈斯博深知如何營造懸疑的氛圍……在霍勒缺席的狀況下，奈斯博自然地流露出他的幽默感。他的筆觸簡潔而令人愉悅，有冷硬派偵探作家雷蒙・錢德勒與達許・漢密特之風，把他們的強項展露無遺：當情況急轉直下時，免不了會有子彈亂竄，屍體成堆。他同時也讓我們見識到一點文化深度：他把藝術史寫進書裡，在某個逃脫的場景中，甚至連奧古斯特・斯特林堡也被他扯了進來。整體而言，這是一本娛樂性極高的小說，銳利而懸疑。在背後推動整個情節的，是一個有趣而病態的愛情故事。——瑞典《今日新聞報》（*Dagens Nyheter*）

這是一本你非讀不可的書……他說故事的方式可謂無法無天，而且如此刺激。——芬蘭《赫爾辛基日報》（*Helsingin Sanomat*）

寫完一系列重量級的犯罪小說後，他用這本書為犯罪小說增添了一些嬉鬧的色彩。——丹麥《週末報》（*Weekendavisen*）

一部帶著犯罪小說元素的喜劇，其情節如狂風暴雨，充分展現出作者的天分與巧思。——丹麥《日德蘭郵報》（*Jyllandsposten*）

一部令人屏息的驚悚小說，在其跨國的故事背景中發生了許多爾虞我詐與謀殺的事件，尤・奈斯博在營造懸疑氛圍之餘，也不忘狡獪地給人一些意外。——丹麥《地鐵快報》（*Metro XPress*）

懸疑，令人毛骨悚然，恐怖的謀殺事件，還有大量的幽默元素。——丹麥《瓦埃勒州人

民報》（*Vejle Amts Folkeblad*）

《獵頭遊戲》囊括了所有出色犯罪小說該有的元素：怪異的謀殺案、有創意的消失事件，最重要的是，一個把人榨乾的精彩騙局。——丹麥Bogrummet網站

一部具有高度娛樂性的第一流犯罪小說，奈斯博在書中用盡了他所有的敘述技巧與訣竅，這個故事比他過去的任何作品都還要瘋狂而荒唐。——挪威《每日雜誌》（*Dagbladet*）

這個令人難以置信的故事充滿娛樂性，有時則是既幽默又充滿想像力。隨著它慢慢邁向那無情的悲劇結局，讀者會發現放不下手裡那本書……奈斯博的《獵頭遊戲》雖然簡單易讀，但卻也是一本精彩而優雅的驚悚小說。——挪威《日報》（*Dagsavisen*）

一本節奏緊湊，情節雅緻，但卻又恐怖無比的犯罪小說。——挪威《滕斯貝格日報》（*Tønsbergs blad*）

透過這本簡潔有力而且刺激的《獵頭遊戲》，奈斯博證明了他不是只會寫那些陰鬱的偵探故事，也擅長描繪企業高層人士身處的殘酷世界……奈斯博以第一人稱的方式進行敘述，這讓讀者可以對主角的故事感同身受，就像乘坐雲霄飛車一樣。——紐西蘭電視公司（TVNZ）

CONTENTS

當獵人遇上獵人

（本文提及奈斯博之前作品與本書部分情節）

作家　張國立

從《無臉殺手》的賀寧．曼凱爾，到《龍紋身的女孩》的拉森，乃至於《雪人》的奈斯博，為什麼北歐盡出世界級的犯罪小說家？

可能和冰凍的天氣有關，人性變得較灰暗較多疑？或者作家與讀者每年有六個月得窩在家裡，而迫切希望小說給他們的封閉生活帶來若干變化？

奈斯博的小說非常厚重，heavy，有很多屍體，有糾葛不清的人際關係，有非得喝醉到幾乎喪失記憶的男人，有期望甚高卻始終失望的女人，有內部惡鬥的警界文化，有一再出現的假破案驚喜，還有一群悶頭進入連續殺人狂案情裡的警探。

其實除了從《知更鳥的賭注》到《獵豹》裡的哈利．霍勒警探之外，奈斯博還創造了一個雅賊羅格．布朗，他的正業是替企業獵人頭，副業，偷畫。因此，他是個獵人，要嗅得出市場上需要的人才在哪裡，也得找出藏於平凡人家的名畫，然後鍥而不捨追蹤、設陷阱，將獵物收入口袋。

當獵人盯上獵物的同時，另一個獵人則盯上這矮個子卻有位高䠷美女老婆的布朗。當布朗為做導航器的客戶探路者公司覓求CEO人選時，美麗的老婆推薦以前曾當過職業軍人且有如印地安人擅長追蹤敵人的大帥哥葛雷夫，於是兩種不同形式卻意義相同的獵人頭高手在此碰面，不僅相互較勁，更希望從對方身上得到利益。

兩個獵人初交手，葛雷夫先獵了布朗的老婆，不知情的布朗則獵了葛雷夫手中十七世紀大畫家魯本斯失蹤的名畫〈狩獵卡呂東野豬〉。那麼第一回合該算哪個獵人獲勝？

嗯，偷別人的老婆不太名譽，但布朗的老婆既金髮又高……嘖嘖嘖，魯本斯的那幅卻值幾千萬英鎊……難分高下。

先停在名畫〈狩獵卡呂東野豬〉上，這幅畫是以希臘神話故事為主題，很久很久以前，卡呂東這個國家的國王在祭神時漏了一位，這位小氣的神當然大怒，降下凶惡的野豬蹂躪農田，各地英雄匯集，經過各種努力與競爭才殺了這頭豬。

奈斯博的小說背後，始終站著善惡難分的神話人物，象徵人與宿命的搏鬥。在《知更鳥的賭注》裡引用聖經故事，大衛王為了得到他的女人，而將女人的男友送往前線。到了《復仇女神的懲罰》女主角在恐嚇信裡以S2MN做為名字，其實本來應該是SSMN，在鏡子中反過來看則成為NMSS，也就是 NeMeSis，復仇女神的意思。至於《魔鬼的法則》更一再引用《窈窕淑女》的典故，也是根據希臘神話改編，神話裡的雕刻家畢馬龍愛上他雕出的雕像，美麗的伽拉忒婭，他向維納斯求助，賜予這具雕像生命，結果神同意了，他娶到有生命的雕像。

回到比賽，兩名最優秀的獵人在田野裡繼續追尋那頭野豬，第二回合葛雷夫掌握先機，畢竟他看來有布朗的老婆為內應。布朗被一路追殺，甚至得躲進糞坑，更慘的是葛雷夫坐上馬桶座，顯然有點拉肚子，當布朗抹掉眼皮上的便便時，見到令他自卑的一根大東西。

哎，被偷了老婆，還見到對方的大傢伙，男人的自尊心真沉到糞坑的坑底。

不過獵人不會輕易放棄比賽，小偷的故事至此轉變為充滿懸疑和驚訝的犯罪小說，不同於哈利警探的冷靜，布朗獵人則傾向於智慧，他一步步分析，一步步反擊。所有奈斯博的元素一一出現，將故事帶往一波波的高潮。

我坐在一家有扇角窗的咖啡館內看完小說，抬起頭時眼神和對面漂亮的女孩相會，我猶豫該先行上前打招呼，「妳好，我是張國立，就是台灣大學最前面那兩個字的國立，呵呵。」或是我該忍耐一下，等著她上來問，「請問你看的是奈斯博的小說嗎？」

不，也許另一獵人——對，就是斜對面那個戴目鏡的小子，他已經瞄女孩瞄到黑眼珠掉進耳朵裡了——他如果先動手怎麼辦？他比我年輕，比我陽光，比我高十五公分以上，靠，桌上是他的保時捷鑰匙，不過我不必急著認輸，說不定，嘿嘿——等下跟他去上廁所，比比看就知道。

我贏了，女孩對我笑，而且我十足確定她沒對目鏡笑。

她起身，她朝我走來。

是不是該戴上帽子遮住我滿頭白髮，還是戴上眼鏡擋一下眼袋？

她竟然往我對面坐下，不好，她領口很低，彎身時我看到一些東西，會長針眼嗎？

我低頭假裝專心看小說，忽然閃過畫面，當布朗想像美麗的老婆躺在葛雷夫懷裡，當那位金髮美女褪下內衣，每一件內衣……該不該傳簡訊給老婆，說我遇到老朋友不回去吃晚飯了？

才用范佐憲般的眼神從小說裡偷偷抬起一下下，美女仍對我笑，嗯，乾脆跟老婆說我臨時有事得趕去莫三鼻克好了。

那個目鏡想幹什麼？他也朝我走來，想比腕力？

我對美女回了一個設法不擠出嘴角紋的微笑，她笑得更開心，她撒嬌地對我說：

「張北北，我就想你一定記得我，我是你女兒的同學小敏啦。」

為什麼我女兒的同學得跟我在同一家咖啡館裡喝爛咖啡？

目鏡已走到我腳尖前，他幌著手裡的保時捷鑰匙對我說：

「阿北，門口那輛腳踏車是不是你的？能不能移一移，擋到我的車了。」

突然間我坐在北歐某間小木屋裡，暖氣發出卡卡卡快斷氣的聲音，屋頂則被積雪壓得嗞嗞嗞，窗外的天空是濃濃的灰雲，一隻迷路的烏鴉呱呱呱落在我窗台。

如果，如果奈斯博的小說不那麼快結束，該有多好。

序曲

兩輛車碰撞後會有什麼結果，是用基本物理學原理就可以計算出來的。結果會怎樣，全然取決於機運，但能夠解釋機運這種現象的，則是以下這個公式：能量×時間＝質量×速度差。把這個數值加上一些偶然的變數，我們就可以得出一個簡單、真實而毫無悔意的故事。例如，藉此我們就可以知道，一輛二十五噸重、時速八十公里的重型卡車，如果撞上一輛一千八百公斤重、以相同時速行駛的轎車，會是什麼狀況。除了機運這個因素，如果把車體的堅固程度與兩輛車的對撞角度也考慮進去的話，這個故事就可能會出現好幾個不同的版本，但是它們會有兩個共同的特點：每個版本都是一樁悲劇。而且，下場會很慘的，都是轎車。

此時四周靜得令人感到奇怪；我可以聽見風吹樹梢以及河水流動的聲音。我的手臂已經麻木，而且整個人倒掛著，困在肉體與鐵皮之間。血液與汽油不斷從我上方的汽車地板往下流，我下方的棋盤格紋天花板上，則有一把指甲剪、一隻斷臂、兩具死屍，以及一個打開的輕便行李袋。白皇后不再完美無瑕，我是個殺人凶手，而車裡沒有任何人在呼吸，就連我也一樣。這就是為什麼我馬上就會死去。我會閉上雙眼，就此放棄。放棄是一件美好的事。現在，我不想繼續等下去了。因此，我急著要說出這個故事，說出在這個版本的故事裡，兩輛車是以什麼樣的角度對撞的。

第一部

初次面談

1 應徵者

這個應徵者被嚇到了。

他渾身的行頭都是從甘納．歐耶服飾店買來的：包括一套灰色傑尼亞西裝、一件手工縫製的博雷利襯衫，還有一條精細胞花紋的酒紅色領帶——我猜是切瑞蒂牌的。不過，我很確定他穿的鞋子是菲拉格慕的手工皮鞋。我自己也有過一雙。

從我眼前的文件看來，這位應徵者的學經歷非常出色：他畢業於卑爾根市的挪威經濟與企管學院，曾在挪威議會幫保守黨工作過一段時間，後來又進入製造業，在一家中型企業擔任總經理，四年任期內績效卓著。

儘管如此，這位叫耶雷米亞．蘭德的應徵者還是被嚇到了。他的上唇因為出汗而閃閃發亮。

他舉起秘書擺在我倆身前矮桌上的水杯。

我面露微笑說：「我想要……」這不是那種燦爛無私的微笑，像是要邀請一個陌生人從寒冷的室外進來坐一坐，那種笑容**太輕佻了**；而是那種彬彬有禮且帶有些許暖意的微笑，根據某些研究文獻顯示，它可以展現出主考官有多麼專業與客觀，分析能力有多強。事實上，在應徵者眼中，主考官不洩漏情緒會讓人相信他們正直無私。根據前述文獻，如此應徵者就能提供較為審慎而客觀的資訊，因為主考官讓他們覺得裝模作樣是會被一眼看穿的，說得太誇張就會露餡，耍詐更是會遭受處罰。但我不是因為那種文獻才刻意擠出這種微笑。我才不鳥什麼文獻，那只是各種程度不一的專家廢話。我唯一需要的，是由英鮑、萊德與巴克來所開發的九道偵訊程序。不對，我會有這種笑容，是因為我真的既專業又客觀，分析能力強。我是個獵人頭專家。幹這一行沒有多困難，但我可是最厲害的。

我又說了一次：「我想要……我想要你聊一聊你的生活。我是指工作以外的生活。」

「工作之外還有生活嗎？」他的音調比正常高了一度半。而且，當你在面試過程中說了一個冷笑話時，就不該像他一樣自己也笑出來，同時還看一下對方是否有抓到笑點。

我說：「我當然希望是這樣，」此時他用清喉嚨來掩飾笑聲，「如果想當上這間企業的新任執行長，就該在工作與生活之間求取平衡，我深信這是管理高層所重視的。他們想要找能夠在公司待上好幾年的人，像個長跑選手一樣，懂得調配自己的速度。不是那種才四年就把自己操到掛掉的傢伙。」

耶雷米亞・蘭德又吞了一口水，同時對我點點頭。

他的身高大概比我多十四公分，年紀大我三歲。那就是三十八歲。要他接這份工作有點太年輕了。而且他也知道這一點，所以把太陽穴旁的頭髮染成那種幾乎難以辨識的灰色。有什麼花招是我沒有見識過的呢？我看過有些應徵者因為手掌容易出汗，所以在外套的右邊口袋裡擺了粉筆，如此一來，跟我握手時才有辦法讓手掌盡可能保持乾燥白皙。蘭德的喉嚨發出一陣不由自主的咯咯聲響。我在面試的評估表上面寫下：**有企圖心。思考模式以解決問題為導向。**

我說：「我看資料上寫著你住在奧斯陸。」

他點頭說：「斯科延區。」

「你老婆叫做……」我翻閱著他的資料，裝出一副好像不耐煩的樣子，這種表情總是讓應徵者們認為我希望他們能主動回答。

「卡蜜拉。我們已經結婚十年了，有兩個小孩在讀小學。」

我沒有抬頭就直接開口問：「你會怎樣描述你們夫妻倆的關係？」我多給了他兩秒的時間，在他把答案想清楚之前就繼續問：「你覺得，如果你清醒時有三分之二的時間都是在工作，你們的婚姻撐得了六年嗎？」

我抬頭盯著他。他會一臉困惑是可以預期的，因為我的論調前後矛盾。一下子要他在工作與生活之間求取平衡，一下子又要他全力投入工作，這沒有道理。過了四秒他才回答說：「我當然希望是這樣。」他至少讓我多等了一秒。

他看來很安心，露出練習過的微笑。但是還不夠熟練——至少對我而言。他用我說的話來對付我，如果這真的有些許刻意諷刺的意圖，那我還會幫他加分。不幸的是，他只是無意識地在模仿位階比他高的人說話。我草草寫下：**自我認同度低**。而且，他是說他「希望」，而不是「知道」。他沒有願景，不是一個會掌握未來的人，他不符合任何一個經理人最起碼該有的要件：他們必須表現出一副能洞察未來的樣子。**不懂得隨機應變。無法成為混亂局面中的領導者**。

「她有工作嗎？」

「有。在市中心的一家律師事務所工作。」

「每天朝九晚四？」

「對。」

「如果其中一個小孩生病了，誰會留在家裡？」

「是她。但是，所幸尼可拉斯與安德斯很少——」

「所以，白天家裡沒有管家或其他人？」

他猶豫了。當應徵者不知道哪一個答案能讓自己看來比較厲害時，就會那樣。不過，他們很少會說一些令人失望的謊話。耶雷米亞．蘭德搖搖頭。

「蘭德，看來你把自己的體能狀態保持得很好。」

「嗯，我有運動的習慣。」

這次他沒有猶豫。大家都知道，沒有哪一家企業希望他們的高層主管剛上任就死於心臟病發。

「跑步跟越野滑雪嗎？」

「對。我們全家人都愛戶外活動。而且，我們在諾勒菲山上有個小木屋。」

「嗯。也養狗？」

他搖搖頭。

「沒有？對狗過敏？」

他用力搖頭。我寫下：**缺乏幽默感**？

接下來我往後靠在椅子裡，雙手指尖相抵。當然，這姿態看來誇張又自大。有什麼好說的呢？我就是這種人。「蘭德，你覺得自己的名氣有多少價值？到目前為止，你都怎麼捍衛你的名氣？」

此時他皺起已經在冒汗的額頭，同時努力試著想通這個問題。過了兩秒，他放棄了，這才說：「這是什麼意思？」

我嘆了一口氣，好像這應該是個簡單的問題一樣。我環顧房間裡的各個角落，彷彿想要找出自己不曾拿來打比方的東西。然後，一如往常在牆上找到我想要的東西。

「蘭德，對藝術有興趣嗎？」

「一點點。至少，我老婆有興趣。」

「我老婆也是。你看得到我牆上那幅畫嗎？」我指著那幅高度超過兩公尺，畫在塑膠畫布上的〈莎拉脫衣像〉，畫裡那個女人身穿綠裙，高舉交叉的雙臂，正要脫掉她的紅色毛衣。「我老婆送的禮物。畫家叫做朱利安．歐彼（Julian Opie），而那幅畫價值二十五萬克朗。你有任何一幅價值差不多的作品嗎？」

「說實話，我有。」

「恭喜你了。你看得出那幅畫的價值嗎？」

「如果我懂的話，我就看得出來。」

「對，如果你懂，你就看得出來。掛在那裡的畫是用幾條線畫成的，那個女人的頭是個圈圈，像是一個沒有臉的零，而且用色平淡無奇，缺乏層次感。此外，它是用電腦製作出來的，只要按一個按鍵，就可以印出一百萬份來。」

「我的天啊。」

「那幅畫能有二十五萬的價值，唯一——沒錯，我說唯一，唯一的原因就是畫家的名氣。因為他的口碑好，因為市場上的人都相信他是個天才。我們很難明確地說出什麼是成為一個天才的要素，不可能確實掌握。蘭德，那些厲害的公司董事也是一樣。」

「我懂。名氣。重點是，那個董事是否能散發出一種自信。」

我很快地寫下：**不是個笨蛋**。

我繼續說：「完全正確。最重要的就是名氣了。不只是看那個董事的薪水高低，還取決於他的公司在股市裡的價值。你手上那幅畫作是什麼？它價值多少錢呢？」

「那是一幅愛德華・孟克的石版畫。畫名是〈胸針〉。我不知道它價值多少錢，但是……」

我揮揮手，不耐煩地要他繼續講下去。

他說：「它最後一次被拿到拍賣會的時候，有人喊價大約三十五萬克朗。」

「為了防止這件寶貝遭竊，你採取了什麼措施呢？」

「我家裝設了非常棒的防盜系統，是三城牌的。住在我們家那一帶的人都用那個牌子。」

我說：「三城牌的防盜系統很棒，不過也昂貴。我自己也用那個牌子。一年大概要花八千元。為了保護你個人的名氣，你做了什麼投資？」

「什麼意思？」

「兩萬？一萬？還是更少？」

他聳聳肩。

我說：「一毛也沒有。從履歷表與職涯看來，你這個人的價值比你剛剛提到的那幅石版畫還要高十倍。我是指年薪。不過，沒有人看守你的價值，你沒有任何守衛，因為你覺得那沒有必要。你覺得，光看你領導的那家公司的價值就夠了，是不是？」

蘭德沒有答話。

我說：「呃……」我把身體往前靠，壓低嗓子，好像要透露一個祕密似的，「這是不對的。你的成就跟歐彼的那些畫作一樣，只是一些圈圈，都沒有臉。畫作本身什麼也不是，名氣才是關鍵所在。而那就是我可以提供給你的。」

「名氣？」

「像這樣坐在我面前，要應徵這份高層主管工作的，連你一共有六個人。我不認為你有機會錄取。因為，你缺乏這個職務所需要的名氣。」

他癟起嘴來，好像在抗議。不過，他沒開口說什麼。我用力往椅背上躺，發出尖銳的聲響。

「我的天啊，老兄，你居然來應徵這份工作！你的策略應該是虛張聲勢，讓我們注意到你，當我們跟你聯絡時，假裝沒有那回事。一流的人才是要等著被獵人頭公司盯上，而不是自己找上門被砍頭，然後大卸八塊。」

我看出這番話達成了我想要的效果。他慌了。這不是普通的制式化面談，我用的並非庫特（Cuté）設計的問題，也不是DISC個性測驗[1]，或者任何其他愚蠢而無用的面談題庫，因為我知道設計出那種東西的團隊都是笨蛋心理學家與廢物人力資源專家的組合——只是笨蛋與廢物的程度不一。我又把聲音壓低。

「我希望，今天下午當你老婆得知這個消息時，不會太過失望。到時候她會知道你錯過了這個夢寐以求的工作，知道今年你在工作上又要等著被人發掘，就像去年一樣……」

他突然往椅背上靠，睜大眼睛。當然了，因為他所面對的可是羅格．布朗，當前獵人頭產業中最璀璨的一顆明星。

「去……去年？」

「嗯，我說錯了嗎？你不是也應徵了丹亞食品的高層主管工作？就是生產美乃滋與肝醬的那間公司？那不是你嗎？」

耶雷米亞．蘭德溫聲說：「就我所知，他們應該把這種事列為機密才對。」

「是沒錯。但是，因為職責所在，我必須善用所有資源。這就是我的工作，使出我所有的手段。蘭德，像你這種地位的人還去應徵那些不會被錄用的工作，實在太蠢了。」

「我這種地位？」

1　檢視受測人性格中的D（支配性）、I（影響性）、S（穩定性）與C（服從性）等四大要素的個性測驗。

「依你的條件，你的經歷，還有我剛剛對你做的測試，以及我個人的印象，我知道你是夠格的。你唯一欠缺的就只是名氣。如果想建立名氣，最重要的就是獨特性。像你這樣隨意應徵工作，獨特性會變得蕩然無存。你這種高層主管不該只是接受挑戰，而是要接受**唯一的**挑戰。獨一無二的工作。而且那工作該是別人主動送上門，裝在銀盤上端給你的。」

「會有那種事嗎？」他說話時又想要露出那種大無畏的歪嘴微笑，但是這次沒辦法了。

「我希望你能加入我們。你不能再去應徵其他工作。如果有其他獵人頭公司與你接觸，開出誘人的條件，你也不能接受。你就接受我們的安排吧，成為一個獨一無二的人。我們一起幫你建立名氣，然後好好維護它。就像你找三城公司保護你家，就找我們保護你的名氣吧。兩年內，你一定可以帶著好消息回家找老婆，而且工作比現在這個更好。這是我對你的承諾。」

耶雷米亞．蘭德用大拇指與食指敲敲他那鬍子刮得一乾二淨的下巴，然後說：「嗯。這一次面談結果跟我原先想像的截然不同。」

挫折令他變得比較冷靜。我把身體往前靠，張開雙臂，高舉手掌，直視他的雙眼。根據研究顯示，面談時的第一印象有百分之七十八由肢體語言決定，開口說的話只占百分之八的比重。其餘的要素則包括你的衣著，是否有狐臭或口臭，還有牆上掛的東西。我的肢體語言很棒。此刻我的姿勢傳達出一種敞開心胸與信任的訊息。終於，在我的力邀之下，他加入了我們。

「聽我說，蘭德。這家公司的董事會主席與財務長明天要來這裡跟其中一位應徵者見面。我希望他們也能見見你。十二點鐘方便嗎？」

「好。」他沒有查看任何行事曆就回答。我已經比較喜歡他了。

「我希望你聽聽看他們想說些什麼，然後你可以很有禮貌地解釋說為什麼你對這份工作已經沒有興趣了，告訴他們這不是你目前正在尋找的挑戰機會，然後祝他們一切順利。」

耶雷米亞．蘭德歪著頭說：「如果像那樣抽手，會不會被當成一個輕佻的傢伙？」

我說：「你將被視為一個有強烈企圖心的人。他們會覺得你很清楚自己有多少價值，而且你的貢獻將會是獨一無二的。像這樣起個頭之後，我們就可以開始編造一個故事，也就是我們剛剛所說的……」我又揮揮手。

他微笑說：「名氣？」

「名氣。我們達成共識了嗎？」

「在兩年內？」

「我可以保證。」

「你怎麼保證？」

我寫下：**很快地轉守為攻**。

「因為我會推薦你坐上目前我正在談的一個位子。」

「那又怎樣？做決定的人可不是你。」

我瞇著眼睛。我老婆荻雅娜曾說，她覺得這種表情會讓她想起一隻慵懶的獅子，一個心滿意足的君王與主人。我喜歡這種說法。

「蘭德，我的推薦就是客戶的決定。」

「這是什麼意思？」

「就像你絕對不會去應徵自己沒有把握可以獲得的工作，如果我沒有把握客戶會接受，我也不會推薦。」

「真的？從來沒有過？」

「這是大家都知道的。除非我百分之百確定我的客戶會接受我的推薦，否則不會推薦任何人，也不會讓任何一個競爭者得到工作。就算我有三個很厲害的人選，而且已經有九成把握，我也不會。」

「為什麼？」

我微笑說：「答案一樣——名氣。那是我整個事業的基礎。」

蘭德笑了出來，他搖頭說：「布朗，大家都說你是個狠角色。現在我知道那是什麼意思了。」

我又露出微笑，然後站起來說：「現在呢，我建議你回家跟你那美麗的老婆說，你打算拒絕這一份工作，因為你已經決定著眼更高階的職務。我猜你一定能度過一個美妙的夜晚。」

「布朗，你為什麼要幫我？」

「因為，你的雇主付給我的仲介費會是你第一年年薪總額的三分之一。你知道嗎？林布蘭曾經親臨拍賣會會場，為自己的畫作舉牌出價。如果我只要稍稍增加你的名氣，就能以五百萬的高價把你賣掉，為什麼我要選擇現在用兩百萬賣掉你？我們對你的唯一要求，就是你必須接受我們的安排。一言為定？」我伸出手。

他熱情地握住我的手說：「布朗，我覺得這一席話必定能讓我獲益良多。」

我說：「我同意。」同時也提醒自己，在讓他與那個客戶見面之前，要教他一兩招握手的祕訣。

耶雷米亞．蘭德一離開後，費迪南就溜進了我的辦公室。

「唉喲！」他皺眉癟嘴，用手在鼻子前搧一搧，接著說：「香水偽裝法啊？」

我一邊點頭，一邊開窗，讓新鮮的空氣流進來。費迪南的意思是，剛剛那個應徵者知道自己會緊張到流汗，所以試著用鬍後水來掩飾瀰漫在這個部門會談室裡的汗味，但是也未免噴太多了。

我說：「不過，至少他用的牌子是克萊夫．基斯汀。是老婆幫他買的，他的西裝、鞋子、襯衫與領帶都是。還有，把太陽穴旁的頭髮染成灰白色，也是她的主意。」

「你怎麼知道？」費迪南在蘭德坐過的椅子上坐下，但是一碰到因為蘭德的體熱而仍留在上面的濕黏觸感就跳了起來，臉上流露感覺噁心的神情。

我回答道：「我一按下『老婆紐』，他就變得臉色慘白。我提到如果他跟她說這工作沒有他的份，她一定會失望透頂。」

「居然把老婆比喻成按鈕了！羅格，你是怎麼想到這種說法的？」費迪南已經在另外一張椅子上坐下，雙腳擺在一張幾可亂真的仿野口勇茶几上。他拿起一顆橘子來剝，橘皮噴濺出一片幾乎看不見的汁液，全都灑在他身上那件新燙好的襯衫上。真不知道怎麼會有費迪南這種那麼粗心的同性戀？而一個同性戀居然會來當獵人頭顧問，也令人匪夷所思。

我說：「英鮑、萊德與巴克來。」

費迪南說：「你以前提過那種面談手法。但它到底是什麼？比庫特設計的問題還要厲害嗎？」

我笑著說：「那是FBI採用的九道偵訊程序。跟其他薄弱的手法相較，它的火力簡直像機關槍一樣猛，可以把乾草堆轟出一個大洞，殺無赦，而且能很快問出具體的結果。」

「那麼，你問出的結果是什麼，羅格？」

我知道費迪南想要套什麼話，但是我不介意。他想知道我為什麼這麼厲害，而他——至少就目前而言，為什麼是個B咖。我讓他得償所願。因為，知識是必須與人共享的，這是不能改變的規則。而且也因為他永遠都不可能比我厲害。他永遠都會像這樣，在我面前出現時襯衫弄得充滿柑橘味，永遠都在思考別人是不是有什麼絕招，有一種比他更棒的手法或祕訣。

我回答道：「讓他們服服貼貼，向你告白，說出真話。只要遵循一些簡單的原則就可以了。」

「例如？」

「例如開始時先問嫌犯一些關於家人的事。」

費迪南說：「呸，我也是這麼做啊。如果他們能談論一些自己覺得熟悉而親近的事物，就會感到安心。還有，這能讓他們敞開心胸。」

「完全正確。但是，這也能幫你刺探他們的弱點。他們的阿基里斯腱。那都是稍後你在偵訊過程中能派上用場的東西。」

「嘿，多麼妙的術語啊！」

「稍後在偵訊過程中你一定會問到什麼讓嫌犯如此痛苦，發生了什麼事，問到他背負嫌疑的那一樁謀殺案，為何他感到寂寞而且被所有人離棄，為何他要有所隱瞞，到時候你一定要在桌子上擺一捲廚房紙巾，而且要剛好擺在他拿不到的地方。」

「為什麼？」

「因為你已經很自然地進入了偵訊的重頭戲，該是你按下情緒按鈕的時刻了。你必須問他，如果他的孩子發現自己的爸爸是個殺人凶手，會有什麼想法？然後，等到他熱淚盈眶的時候，你就把紙巾遞給他。你必須扮演一個能體諒他、想要幫助他的角色，讓他能夠對你坦承所有不好的事情。讓他說出剛剛發生的那樁謀殺案有多麼愚蠢，好像這一切都是他自願透露的。」

「謀殺案？你在鬼扯什麼？難道我們不是在招募人才嗎？我們可不是要試著讓他們招認自己犯下了謀殺罪。」

我說：「但我是。」我拿起辦公椅上的外套，接著說：「這就是為什麼我能成為奧斯陸最頂尖的獵人頭顧問。順便跟你說一聲，我已經安排好了，由你在明天十二點向客戶介紹蘭德。」

「我？」

出門後我沿著走廊往下走，費迪南在我身後追趕著，我倆走過其餘二十五間辦公室——阿爾發公司就這麼大而已，我們是一家中型的獵人頭公司，過去十五年來勉強維持營運，年收入在一千五百萬到兩千萬克朗之間，扣除那一點給付給我們這些好手的微薄紅利，其他都給了遠在斯德哥爾摩的老闆。

「很簡單的。所有的資料都在檔案裡。沒問題吧？」

費迪南說：「沒問題。我只有一個條件。」

「條件？我可是在幫你忙耶。」

「你老婆今晚要在藝廊裡辦一個私人賞畫會。」

「那又怎樣？」

「我可以去嗎？」

「你受邀了嗎？」

「這就是我的重點。我有嗎？」

「我想沒有。」

費迪南突然停了下來，就此離開了我的視線。我繼續往下走，心裡很清楚他一定還站在那裡，雙臂低垂在身體兩側，目送我離開，心想他又再度錯失良機，無法高舉香檳酒杯，與擁有噴射機的奧斯陸富豪、跑趴名媛以及名流顯貴一起暢飲。就算荻雅娜的展示會再怎麼光鮮亮麗，他也沒辦法沾光，無法接觸到那些高階工作的可能人選，甚至也不能藉機把人弄上床或者做其他邪惡的勾當。可憐的傢伙。

接待櫃台後面那個女孩說：「羅格？你有兩通電話。一通是——」

我沒有停下腳步，只是對她說：「歐妲，現在不是時候。我要出去四十五分鐘。不要幫任何人留話給我。」

「但是——」

「如果有要事，他們會再打過來的。」

歐妲是個長得很漂亮的女孩，但是她還有一些要學習的地方。她是叫歐妲，還是伊妲？

2 服務業

秋天的空氣裡，汽車廢氣聞起來帶著一股濃烈的鹽味，讓人聯想到大海、原油開採以及國民生產毛額。耀眼的陽光歪斜地投射在辦公室大樓的玻璃上，那些大樓在一片原先是工業區的土地上形成一個個鮮明的矩形陰影。如今那片土地已經變成一個商店、公寓與辦公室林立的地區，每一間都跟那些使用辦公室的顧問一樣，有要價太高的問題。從我站的地方可以看見三家健身中心，每一家從早到晚的所有時段都已經有人登記了。一個年輕人與我交會時畢恭畢敬地跟我打招呼，我也優雅地點點頭——他身穿柯內里亞尼牌西裝，戴著有「技客」（Geek）風味的黑框眼鏡，不過我還真不知道他是誰，只能假設他是另一家獵人頭公司的員工。也許是愛德華・凱利公司？會那樣恭敬地跟獵人頭顧問打招呼的，只有同業。說得更精確一點：除了獵人頭顧問之外，沒有人會跟我打招呼；其他人都不知道我是誰。一來，當我不跟老婆荻雅娜在一起時，我的社交圈實在非常小。二來，我們公司跟愛德華・凱利一樣，只跟菁英來往，避免自己成為媒體的焦點，如果某一天你有資格應徵全國最頂尖的工作了，你才會接到電話，從話筒的另一頭聽見我們的名字：阿爾發公司。你心想：我什麼時候聽過這個名字？是在某個為了宣布新任地區負責人而召開的高級主管會議嗎？所以說，到頭來你還是早就聽過我們的名字了。但是你對我們一無所知。因為，謹慎是這一行的最高守則，也是唯一的守則。當然，從頭到尾我們最主要的工作就是說謊——最下流的那種謊言，例如，我總是會以慣用的一套說詞來結束第二次面談：「你就是我為這份工作相中的人選。我不但認為、也知道你是完美的人選，所以這對你而言也是一份完美的工作。相信我。」

呃，好吧，你不該相信我。

沒錯，我想應該是愛德華．凱利，或者安立國際集團。從那一身西裝看來，他工作的地方肯定不是那種承接各種大小案子，一點也不厲害的大規模獵人頭公司，像是萬寶華人力銀行或者藝珂人事顧問公司。也不是那種只接大案子的頂尖公司，像是霍普蘭之類的，否則我就會認得出他是誰。他當然有可能是來自智瑞企管諮詢或者德爾菲等還算不錯的大公司，或者是那些名不見經傳，一點也不厲害的小公司，通常只負責招募中階主管，難得有機會與我們這些人競爭。但他們永遠是輸家，只能繼續幫人招募一些店經理與財務主管。然後每次見到我們時畢恭畢敬地跟我們打招呼，一心企盼著有天我們會想起他們，提供他們一個工作機會。

獵人頭顧問是一個沒有正式排名的行業：不像有人會針對股票經紀人的表現進行調查，也不像電視或者廣告業會舉辦年度風雲人物的頒獎典禮。但是我們都心知肚明。我們知道誰是這一行的天王，誰是挑戰者，還有誰開始走下坡了。我們總是靜悄悄地獲得成就，同樣在一片死寂中輸得永遠無法翻身。但是，剛剛跟我打招呼那傢伙知道我是羅格．布朗——只要是我提報出去的人選，最後百分之百都會獲得工作，如果有必要的話，我會操弄、強迫或控制任何人選，對他們施以震撼教育，而且客戶們心裡都隱隱信任我的判斷，總是毫不猶豫地把公司的命運交到我手中，而且只託付給我一個人。換句話說，去年奧斯陸港務公司任命總經理時，做決定的不是公司本身，還有安維斯租車公司任命北歐分公司負責人，以及西爾達爾自治區政府任命發電廠廠長時，做決定的也都不是他們自己，而是我。

我決定在心裡記下這傢伙。**漂亮的西裝。知道如何對適當的人表達敬意。**

我用納維森便利商店旁的電話亭撥電話給烏維，一邊查看我的手機。八個訊息。我把它們都刪除掉。

烏維接起電話後，我說：「我們有一個人選了。摩諾利特文公司的耶雷米亞．蘭德。」

「如果我們要用他，還需要調查他的底細嗎？」

「不用，你那邊有他的資料了。他已經獲選參加明天的第二次面談。從十二點到兩點。么兩洞洞。給我一個小時。知道嗎？」

「嗯。還有別的事嗎？」

「鑰匙。二十分鐘內在『壽司與咖啡』？」

「三十分鐘吧。」

我沿著鵝卵石鋪成的街道走向「壽司與咖啡」餐廳。他們為什麼會選擇這樣一個會發出更多噪音，製造出更多汙染，而且花費比柏油路更高的路面？可能是想要走田園風的路線，希望能營造出一種傳統、永恆而且實在的感覺吧。總之，路面是這裡唯一比較實在的東西了——就這點來說，此處可以說是個典型：這裡曾經是個由眉頭滴汗的工人所創造出來的地方，他們在熊熊烈火發出的嘶嘶聲與榔頭的陣陣槌打下生產出產品。但是，如今這裡卻到處迴響著咖啡機的嗡嗚聲，與健身中心裡金屬相碰的鏗鏘聲響。這是服務業的勝利，它戰勝了產業工人，設計戰勝了住屋不足的問題，而虛構則戰勝了真實。我喜歡這個結果。

「壽司與咖啡」對面珠寶店的櫥窗裡有一對鑽石耳環吸引了我的目光，我看著耳環心想：在它們的映襯之下，荻雅娜的耳朵看來肯定顯得完美無比。不過，這對我的財務狀況卻會是個天大的災難。我打消這個念頭，穿過街道進入那個名義上在賣壽司，但事實上只會給人吃死魚的地方。不過，那裡的咖啡可以說是無可挑剔。餐廳裡的座位半滿，到處可見一個個留著淡白金色頭髮，身形苗條的女郎，身上還穿著上健身房的衣著，因為她們不想在健身中心裡沖澡，跟其他人裸裎相見。就某方面來講，這是很奇怪的：既然都花那麼多錢雕塑了自己的身形（這是虛構戰勝真實的某種形式），為什麼還不願意給人看呢？她們可以說都是服務業的一員，而服務的對象是那些有錢的丈夫。如果說她們都是一些笨蛋的話，那又是另一回事。但事實上，這些女人都曾在大學主修過法律、資訊科技與藝術史等科目，那些東西可以幫美貌加分，在接受挪威納稅人的數年資助後[2]，她們變成大材小用的居家玩物，坐在這裡分享如何取悅那些上了年紀的有錢老公，讓他們保持適度的忌妒心與警覺心，直到最後用孩子把丈夫給綁住。當然，有了孩子之後，整個局勢便改變了，強弱就此逆轉，男人形同被閹割，被牽絆住了。小孩啊……

我坐在吧檯前其中一張高凳上說：「雙份濃縮的哥塔多咖啡。」

我看著那些女人在鏡中的身影，心裡覺得很滿意。我是個幸運的男人。跟這些看似時髦，但腦袋裡空無一物的寄生蟲相較，荻雅娜是如此與眾不同。她擁有我所欠缺的一切：喜歡照顧人的天性、同理心、忠誠、高䠷的身材。總而言之，她是個心地跟身形一樣美好的人。不過，她的美並非完美無缺，因為她的比例太過特別了。荻雅娜看起來就像是從漫畫裡走出來、彷彿娃娃似的日本卡通人物。她的小臉上長著一張又小又薄的嘴，她的鼻子也小，一雙大眼充滿了好奇心，當她累的時候眼睛容易鼓起。但是在我看來，她之所以有一種出眾而驚人的美，就是因為這些異常之處。所以說，她到底為什麼會選擇我？我是個司機之子，

2 挪威大學是不收學費的。

學的是經濟，資質只比平均高一點，當年的前景只比平均低一點，卻有遠遠不及平均值的身高。如果是在五十年前，沒有人會說身高一六八的人是個「矮子」，至少在歐洲的大部分地區是如此。而且，從人體測量學的角度去研究歷史的話，你會發現在一百年前，挪威人的平均身高就是一六八。然而，經過一番演變後，局勢早已變得對我不利。

因為一時的瘋狂而選擇我是一回事，但讓我不解的另一回事是：像荻雅娜這種絕對可以得到任何男人的女人怎能忍受每天起床時都要看見我？她到底為什麼會盲目到看不出我生性可鄙而奸詐，遇到逆境就會變懦弱，遇到魯莽而邪惡的人也會跟著變得魯莽而邪惡？這真是奧妙難解啊。是當時她不想了解我嗎？還是因為我夠奸詐，而且手法高明，讓我有辦法受到愛情眷顧，掌握了她的盲點？當然，到目前為止我都能拒絕她想生小孩的請求，這也是很奇怪的事。我到底為什麼能控制這個住在人類軀殼裡的天使？荻雅娜自己說，我們倆第一次見面時她就受到我的矛盾性格所吸引：在傲慢無比之餘同時也顯得妄自菲薄。當時我們在倫敦，兩人都出席了一個為北歐學生辦的晚會，而我對荻雅娜的第一印象就像坐在這裡的女人一樣：一個來自奧斯陸的北歐金髮美女，在那個國際都會裡研讀藝術史，偶爾做一些模特兒的零工，反戰也反貧窮，喜歡宴會與其他一切有趣的事物。過了三個小時，喝掉六品脫的健力士啤酒以後，我才發現我錯了。首先，她對藝術的確有一股熱忱，幾乎可以說是個書呆子。其次，她清楚地對我說明西方資本主義戕害了許多不想與資本主義有瓜葛的人，而令她備感挫折的是，她自己也是這體制的一部分。荻雅娜還跟我解釋，就算工業化國家一直以來都持續對第三世界國家進行援助，但與它們所進行的剝削相較，畢竟還是毒害大於幫忙。第三點是，她懂我的幽默感——沒有這種幽默感，我這種男人絕對把不到身高一米七以上的女人。而第四點，無疑的就是這一點幫了我大忙：她的語言表達能力不強，但是擅長邏輯思考。說得委婉一點，她的英文說得不太靈光，當時她還微笑著對我說，她從沒想過要去學法文或西班牙文。然後我問她是否有一顆跟男人一樣的腦袋，並且喜歡數學。她只是聳聳肩，但是我堅稱她一定是那樣，接著告訴她，微軟公司在進行工作面試時，總是會拿某個邏輯問題來考應徵者。

「重點在於，除了要看出應徵者能否解答，也是測試他們面對挑戰的能力。」

她說：「那你問吧。」

「質數——」

「等一下！什麼是質數？」

「不能被自己與1以外的任何數字除盡的數字。」

「喔，我知道了。」她還沒像其他女人一樣，一說到數字的話題就敬而遠之，於是我繼續說下去。

「質數通常是連續的兩個奇數。像11與13。29與31。懂嗎？」

「懂。」

「有連續三個奇數都是質數的例子嗎？」

她說：「當然沒有。」然後把啤酒杯舉到嘴邊。

「喔？為什麼沒有？」

「你以為我是笨蛋啊？在連續的五個數字裡，其中必定有一個是可以被3除盡的。繼續說。」

「繼續說？」

「嗯，你打算要問的邏輯問題是什麼？」她喝了一大口啤酒，用一種充滿期待的好奇眼神看著我。在微軟公司的面試裡，應徵者有三分鐘的時間可以想出例證，但她卻用三秒鐘就辦到了。平均來講，每一百個人裡面只有五個人辦得到。我想，我就是在那一刻愛上了她。至少我在我的餐巾上面很快地寫下：**錄取了**。

當我們倆坐在那裡，我就知道自己一定要讓她愛上我；但是只要一站起來，我的形象就破功了，所以我一直跟她講話，講個不停。講得讓自己好像有一百八十五公分高。我很能講。但是，就在我講得正起勁時，她打斷了我的話。

「你喜歡足球嗎？」

我訝異地問說：「妳……**妳**呢？」

「英聯明天有比賽，QPR[3]要出戰兵工廠隊。有興趣嗎？」

我說：「當然有。」不用說，我的意思是對她有興趣。我對足球壓根兒就沒興趣。到洛夫特斯路球場看球時，在倫敦的一片秋霧裡，她戴著一條藍白相間的條紋圍巾，把嗓子吼到啞掉，但她支持的QPR終究是一支可憐的弱隊，難逃被勁旅兵工廠隊重擊的命運。我只顧著端詳她那洋溢著熱情的迷人臉龐，至於那一場足球賽，我唯一記得的就是兵工廠隊穿著很炫的紅白相間球衣，而QPR的制服則是白底加上藍色橫紋，把每個球員搞得活像是一根根會移動的棒棒糖。

中場休息時我問她：為什麼不支持像兵工廠隊那種戰績輝煌的勁旅，而選擇QPR這種像是跑龍套一樣的好笑球隊？

她回答說：「因為他們需要我。」我沒蓋你，她真的說：**他們需要我**。這句話含藏著一種令我覺得難測的智慧。然後她又發出她特有的那種咯咯嬌笑聲，把塑膠杯裡的啤酒喝光，接著說：「他們就像一個個無助的小嬰兒。你看看。他們真**可愛**。」

我說：「因為他們的制服就像嬰兒服。所以，『讓小孩到我這裡來』[4]是妳的座右銘嗎？」

3 「女王公園巡遊者隊」（Queens Park Rangers）的縮寫，主場就是洛夫特斯路球場。
4 此句引自《聖經》的〈馬太福音〉：「Suffer the little children to come unto me.」

她的回答是：「欸……」然後把頭轉過來，低頭看我，帶著燦爛的笑容說：「有可能會變成那樣喔。」

然後我們倆都笑了。肆無忌憚地大聲笑著。

我忘了球賽的結果。應該說，我記得的是比賽結束後我們做了什麼：我送她回牧羊人樹叢區，在那間管教甚嚴的磚造女生宿舍外面接吻。在那之後，我徹夜未眠，寂寞難耐，滿腦子胡思亂想。

十天後，我在閃爍的微光中看著她，光源是她床邊桌上那一根被塞進酒瓶裡的蠟燭。那是我們的初夜，她閉上雙眼，前額的血管浮了起來，當我頻頻撞擊她的臀骨之際，她的臉上出現一種夾雜著狂熱與痛苦的表情。當她眼睜睜看著QPR輸掉英聯盃賽事而被淘汰時，臉上一樣也出現過這種狂熱的神情。完事後她說她喜歡我的頭髮。在那之前不知道曾有多少人這樣讚美過我，但同樣的話從她的嘴巴冒出來，讓我覺得好像第一次聽到似的。

六個月後，我跟她說，儘管我爸在外交部的機關工作，但他並不是外交官。

當時她只是重複我說的話：「他是個司機。」然後用雙手捧住我的臉，親吻我。「所以他可以跟大使借禮車，在婚禮後載我們離開教堂囉？」

我沒回答，但是那年春天我們在倫敦漢默史密斯的聖派崔克教堂辦了一個全無排場，但卻很動人的婚禮。沒有排場，是因為我費盡唇舌，說服荻雅娜接受一個沒有親友觀禮的婚禮。不邀請爸爸，只有我們倆，一個簡單而純真的婚禮。婚禮之所以動人，全都是因為有荻雅娜在：她的光芒可以與日月爭輝。結果，就在我們舉行婚禮的那個下午，QPR也晉級了，我們搭計程車回到她那間位於牧羊人樹叢的宿舍房間，沿途飄揚著像棒棒糖包裝紙的旗子與標幟，慶祝隊伍喜氣洋洋。四處都洋溢著歡愉與快樂的氣氛。直到我們搬回奧斯陸之後，荻雅娜才第一次跟我提想要生小孩的事。

我看看手錶。烏維應該快到了。我抬頭看著吧檯上方的鏡子，跟其中一個金髮女郎四目相交。我們對看了一會兒，那時間剛好足以讓我們倆誤會對方是否別有所圖。她看起來有一種A片明星的風韻，是整形醫生的傑作。我對她沒有企圖，所以把目光移開。事實上，我唯一一次出軌的紀錄就是這麼開始的：與別人對看了太久。我們在藝廊偶遇，然後相約到「壽司與咖啡」來，接著就在艾勒桑德街的一間公寓發生關係了。不過，如今柔媞已經是一小段過眼雲煙，而且我再也不會讓那種事發生。我的目光在餐廳裡飄來飄去，然後停了下來。

烏維正坐在前門旁邊的一張桌子旁。

表面上看來，他正在閱讀一份叫做《今日商業報》的財經報紙。這實在是很好笑。烏維．奇克魯不只對股價走勢與所謂社會上發生的大部分事情沒有興趣，他可以說幾乎沒有閱讀能力，也不會寫東西。我還記得當時他應徵保全公司主管工作的申請書：裡面拼錯的字多到令我啞然失笑。

我滑下凳子，走向他那一桌。他把《今日商業報》摺起來，而我朝著報紙的方向點點頭。他臉上露出稍縱即逝的微笑，意思是他已經看完了。我不發一語地把報紙拿走，走回我在吧檯前的位子。一分鐘過後，我聽見前門關起來的聲音，當我再次瞥向鏡子時，發現烏維．奇克魯已經不見了。我把報紙翻到刊登股價的那幾頁，小心地把他藏在報紙裡的鑰匙握在手裡，然後把它丟進外套口袋。

等到我回辦公室時，發現手機裡有六則簡訊。我連看都沒看就把其餘五則刪掉，打開荻雅娜傳給我的那一則。

別忘了今晚的賞畫會，親愛的。你可是我的吉祥物。

她特別用Prada手機在簡訊上加了一個戴著太陽眼鏡的黃色笑臉表情符號——那是今年夏天我送給她的三十二歲生日禮物，有很多特殊功能。她打開禮物的時候說：「這就是我最想要的！」但我們倆都知道她最想要的是什麼，而且我並不打算送給她。不過她還是撒了謊，然後親親我。對於女人，我們還能有更多要求嗎？

3 私人賞畫會

一百六十八公分。我才不需要那些腦殘心理學家的安慰，說什麼補償心理能造就我的成功，矮小的身材能督促我努力向上。他們說，這世界上有許多藝術作品都是矮子創造出來的，數量多得驚人。矮子有本事征服帝國，提出最了不起的思想，並且把最漂亮的電影女星弄上床：簡而言之，我們這種人總是會把某種成就當作自己的「矮子樂」。有許多白癡發現，某些盲人是傑出的音樂家，某些自閉症患者能夠用心算開根號，因此他們的結論是：殘疾的背後其實都隱藏著天賦。首先，我要說這實在是一派胡言。其次，儘管我不高，但也不是個侏儒，只是比平均身高稍矮而已。第三點，不管是在哪個國家的公司，高於該國平均身高的高層人士都占百分之七十以上。而且，根據調查結果顯示，身高與智力、收入與人氣等都是呈現正相關的。當我要提報某人為某份業界高層工作的人選時，身高往往是我最看重的標準之一。長得高才會令人尊敬與信任，身高是一種權威。高個子總是非常突出，他們沒有地方可以躲，他們是主宰者，身高徹底掩飾了他們的所有缺陷，他們一定得挺起自己的身子，讓人看重。矮子則總是很低調，他們總是有祕密的計畫，一些因為他們是矮子而想要去做的事。

當然，這些都是廢話，不過我會推薦的絕對不是最棒的人選，而是我的客戶會雇用的人選。我找的人一定都會有客戶們喜歡的身材，腦袋只要夠好就可以了。他們看不出誰的腦袋比較好，但是憑眼睛就能看出誰有好身材。就像那些出現在荻雅娜的畫展裡，有幾個臭錢的所謂「藝術鑑賞家」，他們沒辦法品評畫作，但倒是看得懂畫家的簽名。這世界上有許多人願意花大把鈔票購買藝術名家的糟糕作品。就像有許多人肯用高薪聘請才智平庸的高個子。

我開著那輛富豪S80新車，繞過彎道，往上爬升，目的地是我們那間位於福斯科倫區、有點買得太貴的漂亮新家。我會買下它，是因為仲介帶著我們四處參觀時，荻雅娜的臉上又出現那種痛苦的表情。我們做愛時總會浮現她額頭上的那條血管變成了藍色，在她那雙杏仁狀的眼睛上方跳動著。她舉起右手，把一撮短短的麥色秀髮弄到右耳後面，好像是為了更仔細聆聽，以免眼睛騙了自己，騙她說這就是她夢寐以求的房子。她根本不需要開口；我知道這房子的確是。房仲說，已經有人出了比底價還要多一百五十萬的價錢，她雙眼因而變得黯然失色；儘管如此，我知道我必須為她買下房子。因為我知道，在說服她打消生小孩的念頭後，這是唯一可以用來補償她的東西。我已經不太記得自己用哪些理由跟她爭論，要她去墮胎，只因沒有一個理由是真話。事實上，我們雖然有三百二十平方公尺的超大空間，但是卻沒有可供任何孩子容身之處。也就是說，我跟孩子不可能住在同一個空間。因為我了解荻雅娜。相較於我，她非常堅持一夫一妻制。而小孩從誕生那天開始就會被我討厭。所以，我給了她一個新生活，一個新家，還有一家藝廊。

我把車轉進新家的車道。還隔一大段距離，車庫的門就已經感應到我的車，自動開啟。富豪轎車滑進冷冽的陰暗車庫裡，當門在我身後往下滑時，引擎也被我關掉了。我從車庫的邊門走出去，沿著石板路往屋子走。那是一棟建於一九三七年的壯觀建築，設計人是功能主義建築師烏維．班恩（Ove Bang），在他看來，花多少錢不是問題，重點是美觀——在這方面他跟荻雅娜可說是聲氣相投。

我常想著我們該把這房子賣掉，搬到比較小一點，普通一點，實際一點的地方。但每次我像現在這樣回到家時，西沉的午後太陽讓房子的輪廓顯得清晰無比，光線與陰影形成奇妙的搭配，屋後矗立著一片火紅的秋日森林，我知道自己不可能忍心賣掉它。我知道我無法停止付出。只因我愛她，所以也只能這麼做而已。因為愛，我必須承擔其他的一切：房子、那間花錢如流水的藝廊，為了證明我的愛而衍生的沒必要花費，還有我們根本負擔不起的生活方式。這一切都是為了淡化她想生孩子的渴望。

我打開門鎖，把鞋子甩掉，在二十秒的時間限制內解除防盜鈴，以免三城公司那邊鈴聲大作。針對密碼該怎麼設，荻雅娜和我討論了很久才達成共識。本來她希望能設定為DAMIEN，因為她最愛的藝術家是達米恩．赫斯特（Damien Hirst），但是我知道那也是她為我們那個沒能出生的孩子取的名字，所以我堅持密碼應該設為一串隨意組合的字母與數字，以免被猜出來。而她也讓步了。每當我立場堅定，態度強硬，或者軟硬兼施，荻雅娜總是會讓步，因為她生性溫柔。她不是柔弱的人，而是溫柔而有彈性。就像泥土一樣，就算你用最輕微的力道在上面壓一下，也會留下痕跡。奇怪的是，她越是讓步，就變得更為強大而堅毅。我卻變得更弱。最後，她會像巨大的天使一樣高聳在我面前，而我則滿懷罪惡、虧欠，而且良心不安。不管我多麼努力四處揩油，不管我弄了多少錢回家，不管我從斯德哥爾摩總公司那裡瓜分到多少獎金，都不足以讓我解套。

我走到樓上的客廳與廚房，把領帶拿掉，打開Sub-Zero牌頂級冰箱，拿了一罐生力啤酒。我們喝的不是常見的特級啤酒，而是那種被命名為「一五一六年」的酒款，因為它是根據古代的純度法令釀造而成，有荻雅娜喜歡的那種溫和口感。我往下看著花園、車庫還有鄰居，心裡想著奧斯陸、奧斯陸峽灣、斯卡格拉克海峽、德國，還有全世界。然後我發現自己已經把啤酒喝完了。

我又拿了另一罐，往下走到一樓，想要改看我們的自家景色。

我經過那個被我視為「禁地」的房間，注意到門開了一個縫。把門推開後，立刻映入眼簾的是她擺的一束鮮花，花跟一個小小的石像並排放在窗下那張像神壇的矮桌上。桌子是房間裡唯一的傢俱，石像就像一個童僧，臉上掛著佛陀般的滿意微笑。花的另一邊是一雙嬰兒鞋跟一支黃色的手搖鼓。

走進去後我啜飲了一口啤酒，蹲下來，用手摸摸石像的滑順光頭。那是一尊「水子地藏」，根據日本的傳統，它可以保佑「水子」——也就是那些被人工流產的胎兒。它是我從東京帶回來的，當時我想要去獵人頭，但是沒有成功。那是荻雅娜墮胎後一個月的事，她的心情還是很糟，我覺得它可能會有點幫助。石像販子的英文不夠好，所以我聽不懂細節，不過日本人似乎認為，當胚胎死掉時，嬰靈就會回歸到原來的液態狀態，變成「水子」。如果再融入一點日式佛教信仰的話，這就意味著它會開始等待重新投胎的時刻。在此同時，人們會進行一些「水子供養」的簡單祭拜儀式，不但能保護未出世的嬰靈，同時也讓父母免於遭受水子的報復。我從來沒有跟荻雅娜提及最後這部分。重點是，這讓我開心，而她似乎也能透過那尊石像得到慰藉。但是，當她對那尊地藏石像越來越著迷，想要把它擺在臥室裡的時候，我就必須堅決表明立場了。我說：從此以後妳再也不可以對著石像禱告或祭拜。不過，關於這點我沒有對她來硬的，因為我知道我有可能因此失去荻雅娜。如果真的發生那種事，我是不會原諒自己的。

我走進書房，打開我的個人電腦，在網路上搜尋愛德華．孟克那幅又被稱為〈伊娃．穆鐸奇〉的畫作〈胸針〉，直到我找到一張高解析度的圖。這張畫在合法畫市裡的標價是三十五萬。拿到黑市的話，能得手的錢最多也只有二十萬出頭。收贓的人要分百分之五十，百分之二十歸烏維，我則分得八萬。這是慣常的分贓比例；不會惹上什麼麻煩，當然也絕無風險。那是一幅58×45公分的黑白畫。差不多是A2紙張的大小。八萬塊。那一點錢還不夠支付我下一季的房貸分期付款。如果與我答應會計師要在十一月補足的去年度藝廊赤字相較，那更是杯水車薪了。還有，不知道為什麼，如今這種好畫作出現的頻率越來越低了。以上一部作品，也就是索倫．昂薩格（Søren Onsager）畫的〈穿高跟鞋的模特兒〉為例，距離它出現的時間已經超過三個多月了，而且當時我得手的金額幾乎不到六萬塊。最好能立刻有奇蹟出現。像是讓QPR僥倖踢進一球，明明是失誤，但卻一舉將他們送進溫布利球場——不管這是不是他們應得的好運。聽說真的曾發生過這種事。我嘆了一口氣，然後把〈伊娃．穆鐸奇〉用印表機印出來。

今天的晚會上有香檳，所以我打電話叫了計程車。上車後，我跟平常一樣，只說出藝廊的名字——這是用來測試我們的行銷手法是否成功的方式，但是那司機跟其他司機一樣，也是從後照鏡看著我，露出疑惑的表情。

我嘆了一口氣，然後說：「艾林史嘉格森街。」

在荻雅娜挑選用來當藝廊的房子之前，她老早就跟我討論過應該在哪個地區開業。我非常堅持藝廊一定要在西勒貝克與維格蘭兩區構成的軸線上，因為只有住在那裡的人才買得起畫作，而且附近才有相當水準以上的藝廊。新藝廊如果在這個區域以外開張，可能早早就要關門大吉了。過去荻雅娜一直以倫敦海德公園附近的蛇形藝廊為她的理想，而且她堅持不能讓她的藝廊面對著車水馬龍的主要幹道，像是碧戴大道或者老德拉門路之類的，而是應該位於一條靜謐的街道上，如此一來才有讓人沉思的空間。更何況，這種位於偏街的地點具有隱密性，意味著它是給新手，也是給行家去的地方。

我說我同意，心想這樣也許不會被租金壓得喘不過氣。

但是之後我就沒這麼想了，因為她說，如此一來她就可以把錢拿來換取比較大的空間，有一個交誼廳讓她在私人賞畫會之後舉辦招待派對。事實上，她早就相中了艾林史嘉格森街附近的一間空屋，那是個完美的地方，萬中之選。藝廊的名字是我負責想的：「E藝廊」。E代表艾林史嘉格森街。此外，城裡最高檔的「K藝廊」也是遵循這種命名模式，希望這個名字可以透露一個訊息：我們鎖定的客戶是那些最有錢，最有品，還有最酷的人。

我沒有跟荻雅娜說「E藝廊」的發音聽起來像是挪威話中「獨一無二的藝廊」。她不喜歡那種耍嘴皮的無聊雙關語。

接下來我們搞定了租約，又進行大規模的裝潢，財務狀況的惡化可說是難以避免了。

當計程車停在藝廊外的時候，我發現沿著人行道停放的捷豹與凌志轎車比平常還多。這是個好兆頭，不過，也有可能是因為這附近那些大使館中有某家在宴客，又或者是瑟琳娜．

米德法（Celina Midelfart）在她那間像東德碉堡一樣森嚴的豪宅裡開趴。

當我進門時，輕聲悅耳的八〇年代低音環境音樂從展示間裡流瀉出來。我知道接下來要播放的是《郭德堡變奏曲》，因為這張CD是我燒給荻雅娜的。

儘管才八點半，藝廊已經半滿了。這是個好徵兆：通常E藝廊的客戶都要到九點半以後才會出現。荻雅娜曾跟我解釋，私人賞畫會如果人滿為患的話，會顯得太過俗氣；如果只有半滿的話，則可以凸顯出尊貴的氣息。不過，我自己的經驗則是，到場的人越多，才能賣掉越多畫作。我對著左右點點頭，但沒有人回應我，接著我就直接朝活動式吧檯走過去了。尼克是荻雅娜的固定酒保，他拿了一杯香檳給我。

我嚐了一口苦澀的泡泡，接著問說：「貴嗎？」

尼克說：「六百元。」

我說：「最好能賣出一些作品。哪個畫家？」

「阿特．諾魯恩。」

「我知道他的名字，只不過不知道他長什麼樣子。」

尼克把他那黑檀木色的大頭往右邊一歪，然後說：「在那裡。你老婆身邊。」

我注意到那畫家是個留著絡腮鬍的壯漢，不過也就只看到那麼多而已。因為她在那邊。白色皮褲緊貼著她那雙細長的腿，讓她看起來更高了。她的頭髮從平整的瀏海兩邊往下垂，這種垂直的輪廓讓人更覺得她像是日本漫畫裡的人物。聚光燈投射在她那件寬鬆的絲質衣服上，讓她結實的窄肩與胸部散發著藍白色光芒，從側邊看來，胸口的完美曲線就像兩道波浪。我的天啊！那一對鑽石耳環如果戴在她身上，一定會顯得更為閃耀動人！

我不情願地把目光移開，開始環顧室內各處。受邀者們站在畫作前有禮貌地交談。他們都是這一類活動的固定班底。事業有成的富有金融家（一律穿西裝打領帶），還有那些真的有點成就的名流（身上穿的都是潮T）。而裡面的女人（各個都身穿名牌服裝），不是演員、作家，就是政客。當然，少不了還有那些所謂前途看好的年輕藝術家，據說他們都是窮鬼，而且叛逆不羈（他們的牛仔褲上都有破洞，T恤上都印著一句句口號）——在我心目中，他們就跟QPR一樣。一開始我看到賓客名單裡有這些人時，便皺起了眉頭，而荻雅娜則辯稱賞畫會需要「加料」，要注入一些活力，一些比較危險的人物，而不只是畫作的買家、錙銖必較的投資客，還有那些只想來這裡露露臉的傢伙。這麼說也挺合理的，但我知道那些渾球之所以會在這裡，只是因為他們都低聲下氣地跟荻雅娜要到了邀請函。儘管荻雅娜也知道他們來這裡只是要釣買家上鉤，把自己的作品賣掉，但根據過去的紀錄，每當有人請求幫忙時，她沒有一次能說不的。我注意到有幾個人（大多是男人）偶爾會往荻雅娜的方向偷偷瞄過去。要瞄就瞄吧。她比他們能追到手的貨色都還漂亮。這不只是個假設，也是個不可動搖且合乎邏輯的事實，只因她就是極品中的極品。我試著不要讓自己因為這個事實而感到折磨。此刻我的心情已經能平靜下來了，因為我告訴自己，她會選擇我，只是因為她永遠就是那麼盲目。

我算一下裡面有幾個人是打領帶的。依照慣例，他們才是買家。目前諾魯恩的作品每一平方公尺可以賣到五萬元左右。因為藝廊可以抽佣百分之五十五，所以我們不用賣很多幅畫，今天晚上就可以大賺一筆。換言之，這樣比較好，因為諾魯恩的作品很少見。

此刻人們在門的兩邊穿梭來去，我必須側身相讓，他們才能去拿托盤上的香檳杯。

我緩步走向我老婆與諾魯恩，對他表達我深深的崇拜之情。當然，我太誇張了，但也不能說是睜眼說瞎話；那傢伙很厲害，這是無庸置疑的。但是當我正要把手伸出去時，我們的大畫家卻被一個口沫橫飛的傢伙抓著衣領拉走，他們顯然是相識的，兩人走到一個咯咯嬌笑的女人身邊——我看得出她正尿急。

我站到荻雅娜身邊說：「看來不錯。」

她低頭對我微笑說：「嗨，親愛的。」然後她示意那兩個雙胞胎女孩該把那些用手指吃的食物端出來了。壽司吃完了，但賞畫會之前我建議了一家新的阿爾及利亞料理外燴公司，融合了法國味的北非食物，奇辣無比。不管你多能吃辣，都會覺得辣。但我發現食物還是她跟巴嘉鐵餐廳訂的。天啊，那裡的東西還是很好吃，只不過價格高了三倍。

她用一隻手握著我的手說：「親愛的，有好消息。記得你跟我提過霍爾騰市那家公司在找人嗎？」

「探路者公司。怎麼了？」

「我找到了一個完美的人選。」

我端詳著她，感到有點訝異。身為一個獵人頭顧問，我當然偶爾會用到荻雅娜的顧客名單以及交友圈，其中有許多人是公司老闆；這完全不會讓我感到良心不安，畢竟，負責交帳單的人可是我。這次讓我感到比較不尋常的，是荻雅娜居然自己想到要推薦某個人去做某份工作。

荻雅娜挽著我手臂內側，靠過來低聲說：「他名叫克拉斯・葛雷夫。爸爸是荷蘭人，媽媽是挪威人。還是剛好相反啊？不過這不重要。三個月前他辭職了，剛剛搬到挪威來整理一間他繼承的房子。他曾當過鹿特丹市一家科技公司的執行長，是全歐洲規模數一數二的衛星定位導航公司。直到公司在今年春天被美國人買走之前，他一直是大股東之一。」

我喝了一點香檳，然後說：「鹿特丹。公司的名字呢？」

「霍特。」

我幾乎給香檳嗆到，接著我說：「**霍特**？妳確定嗎？」

「非常確定。」

「妳有那傢伙的電話號碼嗎？」

「沒有。」

我沉吟了一下。**霍特**。探路者公司一直都把霍特視為他們在歐洲的典範。跟現在的探路者一樣，霍特公司也曾經是一家小規模的高科技公司，他們的專長把衛星定位導航的技術帶進歐洲的國防產業。如果曾在那裡當過執行長，當然是絕佳人選。所有的獵人頭公司都說，如果要他們承接案子，就必須把工作交給他們獨家全權處理，如此一來才能有嚴謹而有系統的表現。但是，如果蘿蔔又大又紅的話，也就是那份職務的年薪總額接近七位數的時候，任誰都會修正原則。而幫探路者找人這份工作就是一根又大又紅的蘿蔔，搶手得很。得到這項業務的，包括三家人力招募公司：阿爾發、伊斯科，還有柯恩與費瑞國際。三家都是業界最頂尖的。正因如此，這不只是錢的問題而已。每當我們承接那種「成交才有酬勞」的案子時，我們只能先拿到一筆支付相關費用的錢，如果找到的人選能符合客戶開出來的條件時，又可以拿到另一筆錢。然而，是否能拿到真正的酬勞，端視客戶最後是否聘用了我們推薦的人。我對這一點沒有意見，但這份工作所關係到的，是非常簡單的一件事：輸贏。贏了就證明我是這一行最厲害的。這是我的矮子樂。

我靠過去跟荻雅娜說：「聽我說，寶貝，這很重要。妳可不可以給我任何能找到他的聯絡方式？」

她咯咯笑說：「只要有東西引起你的興趣，你總是這麼好聲好氣的，親愛的。」

「妳知道哪裡……？」

「當然。」

「哪裡？哪裡？」

她指著某個方向說：「他就站在那兒。」

在諾魯恩那一幅表現主義風格的畫作前（他畫了一個正在流血，戴著一個囚犯專用頭套的男人），站著一個穿西裝的人，身形細瘦而挺直。聚光燈投射在他那閃閃發亮的古銅色頭顱上。他兩邊的太陽穴都有青筋浮起。西裝是訂製的。我想是來自倫敦薩佛街。他穿著襯衫，沒打領帶。

「親愛的，要我把他帶過來嗎？」

我點點頭，看著她，做好心理準備。荻雅娜朝他走過去，往我這邊指了一下，我注意到他還優雅地鞠了個躬。他們朝我走過來。我微笑了一下，但沒有笑得太開，在他走到之前就把手稍稍伸出去，但是沒有太早出手，時間恰到好處。我整個身體轉過去面向他，與他四目相交。百分之七十八的第一印象是由肢體語言決定的。

「羅格・布朗，幸會了。」我用英國腔唸出自己的名字。

「克拉斯・葛雷夫。我才是幸會。」

雖然他那正式問候語不像挪威人會說的話，但他的挪威話說得幾近完美。他的手溫暖無汗，勁道十足，但又不會太用力，而且握手握了三秒，是最適當的時間。他的眼神看來平靜、充滿好奇心、保持警覺，微笑友善且不勉強。唯一美中不足的是，他沒有我原先所期待的那麼高。只差一點就有一百八十公分，這讓我有點失望，因為就人種的身高而言，荷蘭人平均有一百八十三點四公分高，居全世界之冠。

一段吉他的和絃樂音響起。說得精確一點，是一段G11sus4的和絃，接著播放出來的是披頭四的〈一夜狂歡〉，來自他們一九六四年推出的同名專輯。我之所以知道，是因為我送Prada手機給荻雅娜之前特地把這首歌設定為手機鈴聲。她把那隻迷人的輕薄手機拿到耳朵邊，點頭向我們致歉，然後就走開了。

「我知道你剛剛搬到這裡，葛雷夫先生？」我聽到自己講的話好像一齣老舊廣播劇裡的臺詞，把「先生」（herr）這種挪威文裡的文謅謅字眼都搬出來了，但是在進行買賣之前的開場白裡，擺出低姿態來裝腔作勢一番是很重要的。不過，情況很快就會改變了。

「我繼承了外祖母位於奧斯卡街附近的公寓。它已經閒置在那裡兩三年了，需要重新裝潢。」

「了解。」

我微笑了一下，抬高兩邊眉毛，流露出好奇的神情，但是沒有追問下去。這樣就夠了。如果他能遵守社交規範，就知道應該用多一點資訊來回答我。

葛雷夫說：「嗯。在辛苦攢錢那麼多年之後能好好休息一下，我覺得很高興。」

我想不出自己不該單刀直入的理由，所以就說：「就我所知，是霍特公司吧。」

他露出稍感訝異的神情說：「你知道那家公司嗎？」

「我效力的人力招募公司有個客戶叫探路者，是霍特的競爭對手。你聽過那間公司嗎？」

「知道的都是些零碎的資訊。如果我沒記錯的話，公司總部應該是在霍爾騰。規模小，但競爭力很強，對吧？」

「在你離開那一行的幾個月裡面，他們的規模應該有大幅度的成長。」

葛雷夫說：「在衛星定位導航產業裡，情勢變化是比較快的。」他轉了轉手上的香檳杯。「每家公司都想擴張。我們的座右銘是，不擴張，就等死。」

「我懂了。也許就是因為這樣，霍特才會被併購？」

葛雷夫露出微笑，淡藍色眼睛周圍的黝黑皮膚浮現一條條細紋，他說：「想要擴張，最快的方式就是被併購，這你也知道。根據專家的估算，兩年內不能擠進前五大的衛星定位導航公司都可以收攤了。」

「聽起來你好像不同意？」

「我覺得，創新與彈性才是生存的最重要訣竅。我認為只要有足夠的資金，能夠迅速適應環境的小公司比大公司更為重要。所以，儘管我因為賣掉霍特而變成有錢人，坦白說當時我反對賣公司，而且在那之後就辭職了。顯然我的想法跟不上時代潮流……」他那強硬但是保養得宜的臉上又流露出柔和的微笑。「但是，也許就是因為這樣，我才會覺得自己的心裡住了一個游擊隊戰士。你覺得呢？」

他說「你」，而不是「您」。這是個好兆頭。

我說：「我只知道探路者正在找新的執行長。」我對尼克做了一個手勢，要他再拿香檳給我們。「他們要一個可以抵擋外國公司攻勢的人。」

「嗯哼？」

「而我覺得，聽來你好像有很高的機會可以成為他們的理想人選。有興趣嗎？」

葛雷夫笑了出來，他用那迷人的笑容說：「羅格，真抱歉。我要處理公寓的事情。」

他直呼我的名字。

「克拉斯，光是聽你講，我就知道你對公寓的事情應該不會有興趣。」

「那是因為你還沒看到那間公寓，羅格。那房子又大又舊。昨天我還在廚房後面發現了一個房間。」

我看著他。那套西裝之所以那麼合身，並不只是因為去薩佛街訂做的，也是因為他的身材很好。不，不只是身材很好，應該說他的身材棒透了。他不是個肌肉男，但他脖子上的血管，他的體態，他那緩慢的心跳，還有手背的藍色毛孔，卻能適度地展現出強健的體格。而且人人都看得出他那身西裝布料掩藏著多少肌力。我想，應該是一種精力吧。一種無窮的精力。我已經決定，這個頭我是獵定了。

我遞了一杯尼克拿過來的香檳給他，問說：「克拉斯，你喜歡藝術嗎？」

「喜歡，但也可以說不喜歡。我喜歡真正有料的藝術。我看到的大部分作品都宣稱自己含有某種美感或真理，但我覺得它們沒有。也許真的藏在藝術家的腦海裡吧，只是他們欠缺表達的天分。如果我看不出美感或真理，那就是它們沒有，道理很簡單。一個藝術家如果宣稱自己被誤解了，恐怕他就只是一個沒有被誤解的三流藝術家。」

我舉杯說：「我的看法一致。」

葛雷夫說：「大部分的人都沒有天分，我不怪他們，我想是因為我自己也沒發揮多少天分。」他的薄唇幾乎沒有因為喝香檳而沾濕。「但是我不能原諒那些藝術家。我們這些沒有天分的人必須揮汗工作才有錢賺，然後付錢請他們為我們創作。很公平，本來就是這麼一回事。但是他們就該他媽的好好創作啊。」

我已經觀察夠了，也知道測試結果是什麼。就算再跟他進行深入訪談也只會證明我的看法是對的。他就是最理想的人選了。就算再給伊斯科或柯恩與費瑞國際兩年的時間，他們也找不到如此完美的人選。

「克拉斯，我們一定要好好聊一聊。我告訴你，這是荻雅娜堅持的。」我把名片遞給他。上面沒有地址、傳真號碼或網址，只有我的名字與手機號碼，還有用小小字體印在某個角落的「阿爾發」幾個字。

葛雷夫一邊看著我的名片，一邊說：「如我所說——」

但我打斷他：「先聽我說，拒絕荻雅娜可不是明智之舉。我不知道我們會聊些什麼，也許是藝術，或者是未來，又或者是房屋裝潢。我剛好認識兩三個奧斯陸最厲害而且要價最合理的工匠。但我們還是要聊一聊。明天三點，如何？」

葛雷夫對我微笑了一下，然後用細緻的手劃過自己的下巴，說：「我還以為給人的名片上應該要有足夠的資訊，讓拿到的人能去拜訪？」

我在身上摸索著找出我的康克令牌鋼筆，把辦公室地址寫在名片背面，看著葛雷夫把它放進外套口袋裡。

「羅格，我很期待跟你聊天，但是現在我必須回家去，鼓起勇氣跟那些說波蘭文的木匠吵架。幫我跟你那迷人的老婆說聲再見吧。」葛雷夫生硬地鞠個躬，幾乎像在行軍禮，然後就朝門邊走過去了。

當我目送他離開時，荻雅娜側身朝我走過來，她說：「還順利嗎，親愛的？」

「這個人選太棒了。光看他走路的樣子就知道。像貓一樣。太完美了。」

「意思是……？」

「他甚至堅稱自己對這份工作沒有興趣。天啊！我真想把這隻獵物做成標本掛在牆上，讓他露出牙齒。」

她高興地拍拍手，像個小女孩似的。「所以我有幫上一點忙囉？我真的有幫上忙？」

我伸手環抱她的肩頭。一個個展示間都已經擠滿了人，實在太棒了。「從此以後妳就是個經過認證的獵人頭顧問了，我的小可愛。賣得怎樣？」

「今晚是不開放買賣的。我沒跟你說過嗎？」

有一瞬間我真希望自己聽錯了。「今晚只是……展示而已？」

「阿特不想放掉他任何一幅畫。」她露出微笑，彷彿在道歉。「我能體諒他。我想你應該也不希望割捨掉這麼美的東西吧？」

我閉上雙眼，吞了一口口水，思考了一下她那些不切實際的想法。

我聽見荻雅娜用困窘的聲音說：「羅格，你覺得那樣很愚蠢嗎？」接著我回答她：「一點也不會。」

然後我感覺到她的雙唇貼到我的臉上。「親愛的，你是個大好人。反正我們可以等一陣子再賣畫。這可以幫忙塑造形象，凸顯出我們的獨特性。你自己也說過這有多重要。」

我擠出一絲微笑。「當然了，寶貝。獨一無二是件好事。」

她的心情好了起來。「還有，你知道嗎？我還請了一個DJ到這場招待會來！那個在藍廳夜總會播放七〇年代靈魂樂的傢伙，你總說他是城裡最棒的……」她拍拍手，而我則感覺到自己的微笑好像漸漸從臉上消失，整張笑臉掉到地上後砸碎一樣。但是，從投射在她那舉起的香檳杯上的影像看來，我的笑臉還在。約翰．藍儂的那一段G11sus4和絃鈴聲又響起，她從褲子口袋裡拿出電話。電話另一頭有人問她說他們能不能來，她吱吱喳喳地回答，我仔細端詳著她。

「妳當然能來，米亞！不會啦，把寶寶也帶來。妳可以在我的辦公室裡幫她換尿布。當然，我們歡迎小孩的尖叫聲，他們可以炒熱氣氛！但是妳要讓我抱她。一定喔？」

天啊！我真是愛死這個女人了。

我又開始掃視室內的人群。然後，我的目光停在一張蒼白的小臉上。有可能是她。柔媞。跟我第一次站在這裡看到她的時候一樣，那眼神還是如此憂鬱。但那不是她。那一切都已經結束了。但是，那一晚柔媞的身影就像隻流浪狗似的纏著我，繚繞我心頭。

4 偷畫

我走進辦公室時，費迪南說：「你遲到了。而且還宿醉。」

我說：「腳不要擺在桌上。」我繞到辦公桌後方，打開電腦，關上百葉窗。光線不再那麼刺眼了，於是我把太陽眼鏡拿下來。

「所以說，賞畫會辦得很成功囉？」費迪南嘮嘮叨叨，尖銳的聲音鑽進我腦袋疼痛區域的正中央。

我說：「有人在桌上跳舞。」我看看手錶，已經九點半了。

費迪南嘆氣道：「為什麼我總是錯過了最棒的宴會？有什麼名人出席嗎？」

「你是說，你認識的人？」

「我是說名流，你白癡啊。」他把手一彈，手腕發出喀喀聲響。他為什麼總是這麼不上道？不過，我早就學會別再生他的氣了。

我說：「去了幾個。」

「阿利・貝恩（Ari Behn）？」

「沒有。你今天十二點還是得在公司裡跟蘭德和客戶見面，不是嗎？」

「嗯，沒錯。那漢克．馮．黑衛特（Hank von Helvete）有去嗎？溫德拉．科斯伯姆（Vendela Kirsebom）呢？」

「拜託喔，出去啦，我得工作。」

費迪南板著一張臭臉，但還是乖乖出去了。當門板在他身後砰一聲關起來時，我已經用google搜尋克拉斯．葛雷夫的底細了。幾分鐘過後，我得知在霍特公司被收購以前，他曾當了六年的執行長與股東，還知道他曾跟一個比利時模特兒有過一段婚姻，而且他在一九八五年得過現代五項競賽的冠軍。事實上，我查到的也就只是這些而已，這倒是令我挺訝異的。沒關係，反正我會用英鮑、萊德與巴克來的那一套偵訊程序進行面試，但不會太為難他，等到五點就能獲得我所需要的一切資訊了。

在那之前，我有一個工作必須完成。我要把一個東西弄到手，小事一樁。我往後靠，閉上雙眼。我喜歡行動過程中的刺激感，但是討厭等待。即使現在我的心跳已經比平常還快了，我仍心想，如果那東西能讓我的心臟跳得更快該有多好？八萬元。聽起來挺多，但實際上很少。儘管烏維．奇克魯分到的比我還少，但是那份錢在他手裡管用多了。有時候我羨慕他那種孤家寡人的單純生活。當時我要招募他去當一個保全部門的主管，這就是我面試他之後所查證的第一件事：他必須是個身邊沒有多少耳目的人。我怎麼知道他是我的理想人選呢？首先，他表現出一種明顯的防衛心與侵略性。其次，從他迴避問題的方式看來，他自己也知道那種偵訊技巧。因此，當我調查他的底細，發現他沒有前科的時候，幾乎為此感到詫異。所以我打電話給某位女性聯絡人，她並不在本公司正式員工名單上。因為工作的關係，她可以進入SANSAK去查檔案：儘管SANSAK被稱為一種可以幫人恢復權利的資料庫，但任何人只要曾被羈押過，就算後來獲釋，也永遠不會從它的名單上消失。後來她說我猜得沒錯：烏維．奇克魯常被警方偵訊，次數多到讓他摸透了那九道步驟的偵訊模式。然而，烏維從來沒被起訴過，這讓我知道他不是個笨蛋，只是有閱讀障礙的問題。

烏維長得很矮，而且跟我一樣有著一頭濃密的黑髮。我勸他在就任保全主管之前去剪個頭髮，因為他看起來就像是個不入流搖滾樂團的設備管理員，沒有人會信任他。但是，對他那一口因為長期吸食瑞典鼻煙而變色的牙齒，我就無計可施了。我對他的臉也沒轍：看來就像一片橢圓的船槳，突出的下巴偶爾讓我覺得他那兩排黑牙會從嘴裡伸出來咬人，有點像是電影《異形》裡面那隻驚人的怪物。不過，對於烏維那種胸無大志的人而言，這些要求當然是太高了。他是個懶鬼，卻對發財有強烈的興趣。因此，烏維．奇克魯的慾望與特質總是如此矛盾；他明明就是個有暴力傾向的罪犯，喜歡搜集武器，但是卻也真心想要過著祥和寧靜的生活。他想交朋友——不對，應該說他總是哀求別人跟他做朋友，但人們總是能感覺到他這個人怪怪的，與其保持距離。還有，他可以說是個百分之百、無可救藥的浪漫主義者，如今靠買春來滿足自己對愛的渴望。目前他正絕望地愛著一個名叫娜塔夏的俄羅斯妓女；就我所知，人家對他完全沒有興趣，但他就是不願換個對象。烏維．奇克魯就像是顆隨波逐流的水雷，一個四處漂泊的人，沒有任何心願或驅動力，像他那種人總是會飄啊飄的，最後飄向不可避免的災厄。想要解救他那種人，你只能丟一條繩子過去，讓他的人生有方向與意義。那只有我這種人辦得到。我可以把他塑造成一個合群而勤勉，沒有前科的小伙子，讓他當上保全部門主管。其他事就簡單了。

我關掉電腦，離開辦公室。

「伊妲，我一個小時後回來。」

我走下樓梯，覺得剛剛的話聽起來怪怪的。她的名字鐵定是歐妲。

十二點的時候，我把車開進一家里米超市的停車場裡，根據我的衛星導航系統顯示，這裡距離蘭德給的地址剛剛好有三百公尺遠。衛星導航系統是探路者公司送的——我猜，如果我們沒有贏得這個獵人頭的競賽，這具機器剛好可以當作安慰獎。他們也很快地跟我介紹到底什麼是那又被簡稱為GPS的「全球衛星定位導航系統」：在無線電訊號與原子鐘的幫助下，不管你在地球上的哪個角落，這星球周邊軌道上的二十四個衛星都可以鎖定你身旁方圓三公尺內的範圍，找到你跟你的衛星訊號發送器。如果有至少四個以上的衛星抓到了訊號，系統甚至可以顯示所在地的高度，換言之，它知道你到底是坐在地上，還是樹上。跟網際網路一樣，這種導航系統也是美國國防部研發出來的，它可以用在戰斧式導彈、巴夫洛夫炸彈與其他可以瞄準特定人物的抛投式炸彈上面。探路者公司毫不掩飾地表示，他們開發出來的發射器可以連上陸地上一些隱密的衛星定位基地台，構成一個在任何天候下都可以正常運作的網絡，而這種發射器甚至可以穿透房屋的厚牆。探路者的董事長也跟我說，為了要讓衛星定位系統順利運作，必須考慮的一個因素是：由於衛星在外太空以最高速度運行，它的一秒跟地球上的一秒並不相同，因為外太空有時空扭曲的現象，人待在那裡會老得比較慢。事實上，衛星能證明愛因斯坦的相對論是對的。

我把富豪轎車滑進一排檔次相近的車子裡，然後關掉引擎。沒有人會記得我的車。我拿著黑色大型文件夾，朝著蘭德那間位於小丘上的房子往上走。我的夾克在車上，而我早就換上了一襲沒有任何記號或標誌的藍色連身工作服。鴨舌帽遮住了我的頭髮，而且任誰看到我戴著太陽眼鏡都不會感到訝異，因為當天陽光普照，能擁有那種秋日可說是奧斯陸的福氣。幾個菲律賓女孩正在幫郊區的有錢人推著嬰兒車，我低頭與其中一個四目相交。但是蘭德居住的那一條短街卻空無一人。陽光投射在一片片觀景窗上。我看看手上那只荻雅娜送我當三十五歲生日禮物的百年靈牌飛狼手錶。十二點六分了。耶雷米亞・蘭德他家的警報系統已經被解除六分鐘。這件事神不知鬼不覺地發生在保全公司中控室裡的電腦上，只消一個後門程式，這次系統的中斷就不會顯示在記載所有停擺與斷電狀況的記錄器裡。我一定是獲得了上天的恩賜才有機會找人去當三城公司的保全主管。

我向上走到前門去，聽見遠處傳來鳥叫聲，還有塞特獵犬狂吠著。面試時，蘭德說他沒有管家，白天時老婆不在家，孩子們都上學去了，也沒養狗。但是這種事沒有人能百分之百確定的。通常來講，我要有百分之九十九點五的把握才會作案，然後用腎上腺素來提升我的觀察力、聽力與感應力，彌補那百分之零點五的不足。

我拿出烏維在「壽司與咖啡」拿給我的鑰匙，那是所有用戶都必須交給三城公司的備用鑰匙，以免他們不在家時出現了竊盜、火災或系統故障的狀況。插進鎖頭後，它喀一聲輕易地轉動了。

接著我就進了屋裡。牆上那不起眼的防盜鈴沉睡著，平常亮著的燈也熄滅了。我戴上手套，把手套跟連身工作服的袖子用膠帶黏起來，如此一來就不會有體毛掉落在地板上。我把戴在鴨舌帽下面的浴帽往下拉，蓋住耳朵。重點是，絕對不能留下任何ＤＮＡ物證。烏維曾經問過我，為什麼不乾脆把頭髮剃光就好？

除了荻雅娜之外，我最不願意割捨的東西就是我的頭髮，但我懶得跟他解釋那麼多。

我有很多時間，但還是沿著走廊很快地往下走。樓梯上方牆壁上掛著兩幅畫，畫的想必就是蘭德的兩個孩子。我完全搞不懂這些大人為什麼要花冤枉錢在這上面，請畫家把他們摯愛的孩子們畫成令人尷尬而且滿臉哀愁的模樣。難道他們喜歡看家裡訪客們的窘態嗎？客廳裡擺滿了豪華的家具，但看來單調乏味。唯一的例外是那張由蓋塔諾．貝許（Gaetano Pesce）設計的椅子，顏色紅得像消防車，形狀有如一個兩腿開開的胖女人，前方那張可以用來擱腳，大大的方形矮椅則彷彿是她剛剛生出來的小孩。這應該不是耶雷米亞．蘭德說要買的吧？

椅子上方掛的就是〈伊娃．穆鐸奇〉，畫的是孟克在十九、二十世紀交會之際結識的英國小提琴家，當他為她畫肖像時，是直接把草稿打在石頭上的。這幅版畫我已經看過好幾次了，直到此刻，在這光線之下我才看出畫中人像誰。是柔媞。柔媞．馬森。跟我刻意從記憶中抹去的那個女人一樣，畫中的那張臉是如此蒼白，並且帶著憂鬱的眼神。

我把畫從牆上拿下來，朝下擺在桌上，用美工刀切割。這張石版畫被印在米黃色紙上，用的是現代畫框，所以不用去釘。簡而言之，這差事簡單無比。

一陣防盜鈴聲毫無預警地打破了沉寂。鈴聲響個不停，音頻在一千到八千赫茲之間擺盪著，那聲音劃破天際傳出去，完全掩蓋住背景的一切聲響，幾百公尺以外都聽得到。我呆住了。從街上傳來的鈴聲只持續了幾秒就停了。一定是車主不小心觸動的。

我繼續幹活。打開卷宗夾，把版畫擺進去，拿出我事先在家裡列印出來的〈伊娃．穆鐸奇〉。才不到四分鐘我就把它裝回畫框裡，恢復原狀，擺回牆上。我低頭檢視它。荒謬的是，這幅畫假得實在太明顯，但等到盜畫案的受害者發現時，可能已經是幾個禮拜以後的事了。春天時我偷了克努特．羅斯（Knut Rose）畫的油畫〈馬與小騎士〉，拿來掉包的是一張從藝術書籍上掃描下來，放大列印的圖。四週後他們才報案。這張〈伊娃．穆鐸奇〉可能會因為紙的顏色太白而露餡，但也許要過一陣子才有人發現。不過，等到那個時候，就沒有辦法確認竊案發生的時間了，而且房子不知道已經被打掃了多少次，就連一丁點DNA證據也不會留下。因為我知道他們一定會找DNA證據。去年，烏維跟我曾在不到四個月的時間裡連續犯下四起竊盜案，之後布雷德．史貝瑞警監（那個喜歡在媒體上出鋒頭的金髮白癡）還接受《晚郵報》的採訪，宣稱有一群專偷藝術品的專業竊賊正四處犯案。他還說，儘管遭竊的都不是售價最高的作品，但是為了在這股歪風剛開始時就把它斷絕，警局肅竊組辦案時，將會採用一般只有謀殺案與大宗販毒案會使用的偵辦技巧。有鑑於此，奧斯陸的市民們大可以放一百二十個心——說這句話時，史貝瑞那一頭帥氣的亂髮在風中飄動著，在攝影師離開前，他一雙鐵灰色眼睛還盯著鏡頭看。當然，他沒有說實話：他們之所以急著要破案，是因為來自受竊地區居民們的壓力，他們可都是一些深具政治影響力的有錢人，最在意的就是保護自己的財產，保護跟他們一樣有錢的人。而且，那一年秋天稍早荻雅娜曾跟我說，常出現在報上那個幹勁十足的警察到藝廊去了一趟，盤問她有哪些客戶，還有誰的家裡有什麼畫作；我必須承認，聽到這件事的時候我嚇了一跳。顯然偷畫賊非常清楚哪一幅畫就掛在誰的家裡。當荻雅娜問我為什麼要皺眉頭的時候，我擠出一抹微笑，回答她說，我不喜歡有人出現在她身邊兩公尺範圍內，那有可能是我的情敵。令我驚訝的是，她在大笑前居然還臉紅了一下。

我機伶地走回前門，小心拿掉浴帽與手套，出門前先把門把的兩邊都擦一擦。白天的街道仍是如此寧靜，因為陽光明媚，秋日的天氣顯得涼爽而乾燥。

去拿車的路上我看看手錶。十二點十四分。我打破紀錄了。我的心跳很快，但也很規律。再過四十六分鐘，烏維就會從中控室啟動防盜鈴。我猜，大概在同一時間，耶雷米亞・蘭德也會出現在我們的面談室裡，站起來跟董事長握握手，最後一次說聲抱歉，然後離開辦公室，接下來他要做什麼我就管不著了。但他當然還是我的人馬。費迪南會照我指示的跟客戶解釋說，沒能成功網羅實在是很可惜，但如果他們想要爭取到像蘭德這麼優秀的人選，就應該考慮把薪水提高百分之二十。當然了，如果能提高三分之一的話，就更有機會了。

而這只是個開始而已。再過兩個小時又四十六分鐘，我將要去幹一票大的。我要獵葛雷夫的頭。我的薪水太少，那又怎樣？在斯德哥爾摩的老闆，去你媽的，布雷德・史貝瑞，去你媽的。我可是這一行裡最厲害的。

我吹起了口哨，鞋子踩得落葉劈啪作響。

5 自白

有人說，英鮑、萊德與巴克來等三個美國警探合寫的《刑事偵訊與自白》於一九六二年出版以後，該書就為整個西方世界的偵訊技巧奠立了基礎。當然，那些技巧是早就被普遍採用的，對於如何從嫌犯身上取供，聯邦調查局很有一套，英鮑、萊德與巴克來只是把他們的百年經驗濃縮成九步驟模式。這種偵訊方法的成效卓著，對犯罪者與清白的人都有用。自從ＤＮＡ的科技讓一些舊案得以重查之後，光是美國就查出數以百計的冤獄個案。在這些誤判的案件裡，大概有四分之一是透過那九步驟取供的。光憑這點就可以看出那種偵訊技巧到底有多厲害。

我的目標是要引導我的人選承認自己在吹牛，而且自己配不上那份工作。如果他能夠通過這九個步驟的考驗，沒有吐露實話，我就有理由認為這個人選真的相信自己的條件夠好。而我要找的就是這種人選。我之所以堅持使用「他」這個字眼，是因為這九步驟模式對男人最管用。根據我的豐富經驗顯示，女人很少去應徵那些要求高於自身條件的工作——她們喜歡讓自己的能力遠遠超過工作要求。而且，突破她們的心防，讓她們承認自己不夠格，其實是最簡單的一件事。當然，我也常碰到沒有吐露實情的男人，但那沒有關係。畢竟，他們就算說謊也不會被關起來，只是錯過了一份需要高抗壓性的管理工作。

使用這套偵訊技巧時我完全沒有任何顧忌。如果說其他手法是各種療癒方法、草藥與心理治療，那麼它就像是一把手術刀。

第一道步驟就是把話當面挑明，很多人連這一關都過不了。你必須要清楚地告訴你的人選，說你知道有關他的一切，也知道他不具備必要的條件。

我說：「葛雷夫，也許我是太心急了，才會說我有興趣找你談一談。」我往後靠在椅子上。「我稍稍研究了一下，結果發現霍特的股東們認為你不是個稱職的執行長。你太軟弱了，沒有殺手般的本能，公司會被併購也是你的錯。探路者最怕的就是被併購，所以我想你一定能了解，你不太可能被當成適當的人選。但是……」我露出微笑，舉起咖啡杯。「我們就享用咖啡，聊聊別的事吧。裝潢進行得怎樣了？」

克拉斯．葛雷夫直挺挺地坐在仿野口勇茶几的另一邊，死盯著我的雙眼。他笑了出來。

他說：「三百五十萬。當然了，還要加上優先認股權。」

「你說什麼？」

「如果探路者的董事會怕我擁有股權後會搞小動作，去尋找可能的買家，你可以叫他們放心，只要加上一個條款，聲明那些股權一旦遇到併購案就作廢，我就沒有保護傘了。如此一來，我跟董事們就會有共同目標。打造出一家強大的公司，一家可以併購別人，而不是被併購的公司。固定年薪還要扣掉三分之一，那個部分是你的佣金，而外加的股票價值用布萊克—斯科爾斯期權定價模型來計算。」

我努力擠出最好看的笑臉。「葛雷夫，恐怕你把某些事情想得太理所當然了。有幾點你沒想清楚。別忘了，你是外國人，挪威的公司比較喜歡用本國人來——」

「羅格，昨天在你老婆的藝廊，你的口水差一點就流到我身上了。算你有眼光。在你提議碰面之後，我調查了一下你跟探路者公司，馬上就發現儘管我是荷蘭公民，但你卻很難找到比我更適合的人選。所以，問題只在於我沒有興趣。但是，十二個小時足以讓人想很多事。例如，我有可能會覺得，翻修房屋這件差事的樂趣沒辦法持續太久。」

克拉斯．葛雷夫用曬黑的雙手環抱胸膛。

「該是我重操舊業的時候了。在我能選擇的公司裡，探路者可能不是最有吸引力的，但是它有潛力，如果在上位者有願景，加上董事會的支持，將可以把它打造成一間很有意思的公司。不過，我的願景跟董事會的是否相符就不一定了。所以，我想你該做的是盡早讓我們雙方碰面，我們才知道繼續下去是否有意義。」

「聽我說，葛雷夫——」

「羅格，毫無疑問的，你的方法在許多人身上都能奏效，至於我的話，那一套就免了吧。還有，跟之前一樣叫我克拉斯就好。畢竟，我們應該只是隨意聊一聊而已，不是嗎？」

他像要跟我乾杯似的舉起咖啡杯。我趁機讓自己喘息一下，也舉起杯子。

「你看起來有點緊繃，羅格。有別人跟你競爭這個委託案嗎？」

每當我在沒有預警的情況下被抓包時，我的喉頭總是會有想要咳嗽的本能反應。當時多虧我很快地把咖啡吞下去，否則可能會全都噴在我那幅〈莎拉脫衣像〉上面。

「羅格，我非常清楚你必須全力以赴。」葛雷夫露出微笑，把身體往前傾。

我可以察覺到他的體熱，還有一股讓我聯想到西洋杉、俄羅斯皮革與柑橘的味道。是卡地亞的男性香水「宣言」嗎？也許是價位相當的其他產品。

「羅格，我一點也沒有覺得不爽。你是個專業人士，我也是。當然啦，你只是為了把客戶的差事辦好，畢竟他們就是為了這點才付錢給你。你對你相中的人選越有興趣，徹底的調查就越重要。你說霍特的股東不喜歡我，這一招不笨。如果我是你的話，大概也會嘗試類似的招數。」

我不敢相信自己的耳朵。他說「那一套就免了吧」，簡直就是把第一道步驟丟回我臉上，我的計謀被破了。現在他開始採取英鮑、萊德與巴克來所說的第二步驟，也就是「將嫌犯的罪行合理化，藉此對其表達同理心」。最不可思議的是，儘管我非常了解葛雷夫在做什麼，這個步驟還是讓我自己浮現了一種過去常常看到的感覺：此刻的我就像是個想要招認一切的嫌犯。我幾乎笑了出來。

「我不太懂你的意思，克拉斯。」儘管我表現出一副很輕鬆的樣子，還是可以聽得出自己的聲音有多僵硬，思緒有多混亂。在我有能力反擊之前，他又丟出了下一個問題。

「事實上我並不在意錢的問題，羅格。但是如果你想多拿點錢，我們可以試著把我的薪水提高。增加三分之一……」

……把薪水提高。此刻這次面談的掌控權已經完全落入他手中，他從第二個步驟直接跳到第七個：提出另一個選項。就這個例子而言，就是讓嫌犯有另一個願意自白的動機。他的手法實在太完美了。當然，他也可以把我的家人給牽扯進來，說什麼如果我能把薪水拉高，就可以多拿一點佣金與獎金，我那死去的爸媽或我老婆都會以我為榮的。但是克拉斯．葛雷夫知道那樣就扯太遠了，他心裡非常清楚。簡單來講，我這次可說是棋逢敵手啊。

「好吧，克拉斯。」我聽見自己說，「我投降。你說的都對。」

葛雷夫又把身子往回靠到椅子裡。他贏了，此時他吐了一口氣，面露微笑。看起來不像剛剛打了一場勝仗，只是很高興了結了一件事。我在那張心知稍後會被我丟掉的紙上面，寫下：**對勝利習以為常**。

最奇怪的是，我沒有被打敗的感覺，只是鬆了一口氣。沒錯，我只是有點悶而已。

「不過，客戶那邊要求我提供一些具體的資訊。」我說，「你介意我繼續下去嗎？」

克拉斯．葛雷夫閉上眼睛，把雙手的指尖相抵，搖搖頭。

「很好。」我說，「那麼，我希望你能說一下你的簡歷。」

克拉斯．葛雷夫一邊說他自己的故事，我一邊做筆記。在家中三個小孩裡，他是最小的。他在鹿特丹長大。那是一個亂糟糟的海港，不過他們家是上流社會的一員，他爸爸是飛利浦電子公司的高層。克拉斯和他的兩個姊姊每年都會到位於奧斯陸峽灣的頌恩鎮，在外祖父母的農舍裡度過漫長的夏天，學習挪威文。他爸爸覺得他這個么子被寵壞了，欠缺紀律，因此兩人關係很緊張。

「他是對的。」葛雷夫微笑說，「我不費吹灰之力就能有好成績，又是個跑步健將。等到十六歲的時候，已經沒有任何事可以引起我的興趣，於是我開始造訪那些『見不得人的地方』。這在鹿特丹一點都不難找。我不曾在那裡有過朋友，後來也沒在那裡交到新朋友。不過我有的是錢。所以，我開始嘗試各種狗皮倒灶的事：酗酒、呼麻、嫖妓、小竊案，然後漸漸開始吸毒。回家時我爸總以為我是去打拳擊，才會被揍得鼻青臉腫，雙眼充血。我待在那種地方的時間越來越長，那裡的人不但讓我留下，最重要的是他們不會管東管西的。我不知道自己是不是喜歡這種新生活。我身邊的人都把我看成一個怪胎，一個他們不能了解的十六歲寂寞少年。而我就是喜歡他們這種態度。漸漸地，我的生活型態影響了我在學校的表現，但我不在意。最後我爸才驚覺苗頭不對。而也許就是這樣我才獲得了自己一直以來都想擁有的東西：他的關切。他用平靜與嚴肅的語調跟我說話，我用吼的回答他。有時候我看得出他已經處於失控邊緣。我喜歡這樣。他把我送到奧斯陸的外祖父母家，我就是在那裡完成最後兩年中學學業。你跟你爸相處得怎樣，羅格？」

我很快地寫下三個以「自」開頭的詞彙。**自信**。**自貶**。還有**自覺**。

「我們不怎麼交談。」我說，「他和我差很多，不過那都過去了。」

「過去了？他去世了嗎？」

「我爸媽死於一場車禍。」

「他的工作是什麼？」

「外交人員。英國大使館的。他在奧斯陸認識我媽。」

葛雷夫把頭歪一邊，打量著我。「你想念他嗎？」

「不。你爸還活著嗎？」

「我想應該沒有。」

「你想？」

克拉斯．葛雷夫嘆了一大口氣，把掌心闔在一起。「我十八歲的時候他失蹤了。他沒有回家吃晚餐。他的同事們說他跟往常一樣在六點離開。我媽打電話給警察。警方很快就採取行動，因為當時歐洲常有富商遭到左翼恐怖份子綁架。高速公路上沒有出車禍，沒有任何一個叫做伯恩哈德·葛雷夫的人被送進醫院。沒有任何一份旅客名單上有他的名字，他的車輛也沒有在任何地方進出過。自此他一直行蹤不明。」

「你覺得他出了什麼意外？」

「我不覺得是意外。也許他把車開到德國去，用假名住進汽車旅館，想自殺但開不了槍。所以，他有可能在大半夜開車上路，在某個森林裡看到一個黑水湖，把車開進湖裡。又或者他在飛利浦外面的停車場被綁架，兩個拿著手槍、坐在後座的人想挾持他；他們打了起來，被人一槍擊中腦袋，當晚我爸被連人帶車送到廢車處理場，壓成鐵餅後被切成許多塊。又或者他正坐在某處，一手拿著有小雨傘當裝飾品的雞尾酒杯，另一手抱著應召女郎。」

我試著觀察葛雷夫臉上或者聲音裡是否有任何反應。完全沒有。要不是他常常想這件事，就是他簡直是個鐵石心腸的渾球。我不知道自己比較喜歡哪一種。

「你十八歲的時候住在奧斯陸。」我說，「你爸失蹤了。你是個問題少年。接下來呢？」

「我以第一名的成績完成中學學業，申請加入荷蘭皇家海軍陸戰隊。」

「突擊隊員。充滿男子氣概的精英部隊，是嗎？」

「沒錯。」

「一百個人裡面只有一個會錄取的那種部隊？」

「差不多是那樣。我獲選去參加入伍測驗，一整個月被部隊按部就班地操練，其目的是要把我們逼到幾乎崩潰的地步。如果通過了測驗，就能繼續花四年的時間接受磨練。」

「聽起來跟我在電影裡看到的很像。」

「相信我，羅格，你不可能透過任何電影去體會我們的遭遇。」

我看看他。相信他說的話。

「後來，我加入了位於杜恩鎮的反恐部隊『特別支援部隊』，待了八年，獲得周遊列國的機會。我去過蘇利南、荷屬西印度群島、印尼，還有阿富汗。冬天到哈爾斯塔市與佛斯市去參加演練。在蘇利南的一次反毒行動中，我被俘虜，還遭到拷打。」

「聽起來很刺激。你守口如瓶囉？」

克拉斯．葛雷夫微笑說：「守口如瓶？我像長舌婦似的講個不停。被那些毒梟們逼供可不是鬧著玩的。」

我把身子往前傾。「真的？他們都怎麼做？」

回答之前，葛雷夫抬起眉頭，仔細觀察我。「我想你還是不要知道比較好，羅格。」

我有點失望，但是點點頭，又往後坐回去。

「所以，你的部隊同袍們因此都被幹掉了，或者是遭遇類似的情況？」

「沒有。當毒梟按照我供出的那些地點去發動攻擊時，部隊當然都已經離開了。我在地牢裡待了兩個月，只能吃爛掉的水果，喝的則是被蚊子下過蛋的水。等到特別支援部隊把我救出去時，我只剩下四十五公斤。」

我看著他。試著想像他們怎麼對他刑求，他是怎麼撐過去的，還有四十五公斤的克拉斯．葛雷夫長什麼樣子。跟現在不一樣，這是當然的。但是實際上差別並沒有那麼大。

我說：「所以你退伍了，這一點也不令我感到意外。」

「那不是我退伍的原因。待在特別支援部隊的那八年是我這輩子最棒的一段時間，羅格。最重要的就是你在電影裡看到的那樣子：同袍間的情誼，還有忠誠。此外，還有我學到的東西，後來成為我的專長。」

「是什麼？」

「找人。特別支援部隊裡有一個負責追蹤的單位，其專長就是在任何狀況下，不管在哪裡，都可以找到這世界上的任何人。就是他們找到在地牢裡面的我。所以我請調到那個單位，也獲准了，在那裡學到了所有的技巧。從古代印地安人的追蹤術，偵訊技巧，到所有的現代電子追蹤設備。我就是這樣才知道霍特這家公司。他們製造了一種只有襯衫鈕釦大小的發報器，可以放在任何人身上，透過接收器掌握該人的行蹤，就像你在六〇年代間諜電影裡看到的一樣，但事實上，沒有人獲得滿意的成效。就連霍特的鈕釦發報器也沒有用，因為它沒辦法承受人體的汗液和零下十度的低溫，訊號也只能穿透最薄的牆壁。但是霍特的老闆喜歡我。他沒有兒子……」

「而你沒有父親。」

葛雷夫對我露出一個燦爛的微笑。

我說：「請繼續。」

「從軍八年後，我到海牙大學去念工程學，學費由霍特公司提供。進了霍特之後，第一年我們就研發出一種可以承受各種惡劣條件的追蹤器。五年後，我已經是公司高層的第二把交椅。八年後，我變成老闆，其餘的事情你都知道了。」

我往後靠回椅子裡，啜飲了一口咖啡。我們已經得出結論了。這個傢伙將脫穎而出。我甚至還寫下了**錄取**兩個字。也許就是因為這樣我才猶豫了起來，不知該不該繼續。也許我心裡有個聲音對我說，點到為止就夠了。又或者有別的原因。

葛雷夫說：「你看起來好像還想知道更多東西。」

我顧左右而言他，只是回了一句：「你還沒有跟我說你的婚姻狀況。」

「我已經把重要的事都講完了。」葛雷夫說，「你想知道我的婚姻狀況？」

我搖搖頭。然後決定趕快把面談結束。但是，命運之神改變了一切。認識克拉斯．葛雷夫是命中註定的。

「這幅畫挺棒的。」他轉身對著後面那一片牆壁說，「歐彼的作品？」

「〈莎拉脫衣像〉。」我說，「荻雅娜送的禮物。你收集藝術品嗎？」

「才剛開始，花的錢不多。」

我心裡有一股聲音叫我別開口，但是來不及了，我已經問說：「你最棒的作品是哪一幅？」

「一幅油畫。我在廚房後面一間密室裡發現的。我們家沒有人知道我外祖母有那幅畫。」

「真有趣。」我說，同時感到因為好奇而內心一陣悸動。一定是因為之前都太緊張了。

「是哪一幅畫？」

他打量著我，過了好一陣子嘴邊才偷偷露出一點笑意。他做出要回答的嘴型，我心頭浮現了一個奇怪的預感。那預感讓我的胃感到一陣抽搐，我彷彿是個拳擊手，看到對方一拳揮過來，腹部肌肉忍不住抽動了一下。但是他改變了唇形。就算我的預感再強，也料不到他會那樣回答我。

「〈狩獵卡呂冬野豬〉。」

「狩獵……」那一瞬間，我的嘴巴好像整個乾掉似的。「〈狩獵卡呂冬野豬〉？」

「你也知道那幅畫嗎？」

「你是說，那幅畫的作者是……是……」

「彼得・保羅・魯本斯。」葛雷夫幫我把話講完。

我心裡只想著一件事，臉上仍是一副若無其事的表情。但是我眼前好像有什麼東西在閃爍著，好像被籠罩在倫敦大霧裡的洛夫特斯路球場記分板：QPR剛剛把球踢進了球門上方的角落。我的人生自此完全改觀。我們要進軍溫布利球場了。

第二部

中計

6 魯本斯

「彼得・保羅・魯本斯。」

這房間裡的所有動作與聲音好像在瞬間被凍結了一樣。彼得・保羅・魯本斯的〈狩獵卡呂冬野豬〉。當然了，合理的假設是，那是一幅做工精細，價值一、兩百萬的仿製名畫。然而，克拉斯・葛雷夫的聲音聽來不太一樣，基於他表現出來的緊張感，基於我對他這個人的了解，我沒有任何懷疑。應該就是那幅以希臘神話的血腥狩獵為主題的原作，梅利埃格用長矛戳刺那隻怪獸。自從德軍於一九四一年洗劫了魯本斯家鄉安特衛普的那間藝廊之後，畫作就失去蹤影，直到戰爭結束後，人們相信也希望它仍被存放在柏林的某個地下碉堡裡。我不是個藝術的愛好者，但是很自然的我有時候會上網去研究有哪些作品是失蹤待尋的名畫。而這一幅作品在過去六十年來一直是排行前十的失蹤名畫——不過，這應該是出於大家的好奇心，因為一般人都認為它應該是跟大半個柏林一樣，都毀於祝融了。我試著舔舔上顎，把舌頭沾濕。

「你剛好在去世的外祖母家中廚房密室裡發現了一幅彼得・保羅・魯本斯的畫？」

葛雷夫咧嘴點頭。「以前我也聽說過這種事。雖說這不是他最棒或者最有名的畫，但一定也價值不菲。」

我沒說話，只是點點頭。五千萬？一億？最起碼吧。幾年前有一幅魯本斯的畫〈無辜者的屠殺〉失而復得，在拍賣會上以五千萬賣出。而且單位是英鎊，等於五億多克朗。我需要喝水。

「對了，其實她會藏匿藝術品也不完全令我感到意外。」葛雷夫說，「你知道嗎，我外祖母年輕時是個大美女，跟德國占領挪威期間的所有上流社會人士一樣，她也跟一些高階德國軍官保持友好關係。她跟一個對藝術有興趣的上校特別好，我住在那裡時，她常跟我說起那件事。她說，他交給她一些畫作，要她幫忙藏起來，直到戰爭結束。不幸的是，在戰爭最後階段他被反抗軍處決了，諷刺的是，當年德國還占上風時，那些人都還曾經喝過他請的香檳酒。事實上，直到波蘭裝潢工在廚房的佣人房架子後面發現那扇門之前，我都覺得我外祖母的故事大多不是真的。」

我不由自主地低聲說：「太神奇了。」

「那可不是？我還沒有調查那是不是真畫，但是……」

但是，那的確是真品，我心想。德國上校哪裡會收藏複製品呢？

我問說：「你的裝潢工沒有看到那幅畫？」

「有，他們看到了。但我想他們應該不知道那是什麼。」

「別那麼說。公寓裝了警報系統嗎？」

「我知道你的意思。答案是有。那整條街上的公寓都是用同一家公司的警報系統。還有，裝潢工們沒有鑰匙，因為他們只能在管委會規定的時間內施工，也就是八點到四點。通常他們在的時候，我也都在。」

「我想你應該要持續這樣。你知道那整條街的警報系統是哪家公司的嗎？」

「那公司叫做三什麼的。事實上，我正想問你老婆有沒有認識誰可以幫我鑑定那幅畫是不是魯本斯的原作。到目前為止我只跟你提過這件事。我希望你別跟任何人說。」

「當然不會。我會問問她，然後再打電話給你。」

「謝了，感激不盡。我目前只曉得，就算那是真畫，也不是他數一數二的名作。」

我閃過一個短暫的微笑。「太可惜了。但是，把話題拉回到工作上吧。我想要打鐵趁熱。你哪一天可以跟探路者見面？」

「你說了算。」

「很好。」當我低頭看著行事曆時，許多念頭在我的腦海裡打轉。八點到四點有裝潢工待著。「最適合探路者的時間，應該是讓他們能夠在上班時間結束後再到奧斯陸來。而從霍爾騰開車過來要整整一個小時，所以我們這個禮拜找一天，大概約六點鐘，可以嗎？」我盡可能輕聲說話，但聲調仍稍微走音，顯得刺耳。

「可以。」葛雷夫說，他似乎沒有查覺到任何異狀。「只要不是明天就好。」他補充了一句，然後就站起來。

「沒關係，反正明天對他們來講也太匆促了。」我說，「我會打你給我的那個電話號碼。」

我把他送到接待區。「可以拜託妳幫忙叫個計程車嗎，妲？」我試著從歐妲還是伊妲的臉部表情來觀察她對我的簡稱是否感到自在，但是葛雷夫打斷了我。

「謝謝你。我在這裡也有車。幫我問候你老婆，我就等你的消息了。」

他伸出手，我跟他握手時臉上露出開心的微笑。「我會試著盡快在今晚就打電話給你，因為你明天有事要忙，不是嗎？」

「嗯。」

我不知道為什麼我沒有在這裡就結束談話。就對話的節奏看來，我感到我們的交談已經結束了，我該說句「再會」來做個總結。也許是基於一種直覺，一種預感，也許是我內心早已浮現的恐懼，我才會格外地小心。

我說：「是啊，裝潢可是一件需要全心投入的事。」

「不是那樣。」他說，「我明天要搭早班飛機回鹿特丹，去帶我的狗。牠被留置在檢疫區裡。我要到深夜才會回來。」

「是喔。」說完我把他的手放開，以免他發現我的身體變得多麼僵硬。「哪種狗？」

「尼德㹴犬。是一種追蹤犬。但是跟鬥狗一樣凶狠。如果家裡掛了那樣的名畫，有那種狗看門不是很好嗎？你說是不是？」

「的確。」我說，「的確如此。」

一隻狗。我討厭狗。

「了解。」我聽見烏維．奇克魯的聲音從電話另一頭傳過來。「克拉斯．葛雷夫，奧斯卡街二十五號。鑰匙在我這裡。一小時內拿到壽司與咖啡給你。防盜鈴會在明天十七點的時候解除。我要編個藉口，明天下午才能去上班。對了，為什麼那麼倉促啊？」

「因為從後天開始，公寓裡會有狗看守。」

「嗯。但是為什麼不跟平常一樣，趁上班時間進行就好？」

那個身穿柯內里亞尼牌西裝，戴著「技客」風味黑框眼鏡的年輕人從人行道上朝著電話亭走過來。我不想跟他打招呼，所以轉身背對他，嘴巴緊靠話筒。

「我想要百分之百確定沒有裝潢工在公寓裡。所以你現在就打電話到哥特堡去，跟他們要一幅精細的魯本斯仿畫。仿畫有很多，但是你要說我們一定要一流的。還有，等你今晚拿那幅孟克的畫過去時，他們就必須把仿畫準備好。時間是倉卒了點，但是我明天就要拿到手，這很重要，你懂嗎？」

「懂啦，我懂。」

「還有，你還要跟哥特堡那邊的人說，明晚你就會把真畫拿過去。你記得那幅畫的畫名嗎？」

「記得，叫做〈狩獵加泰隆尼亞野豬〉。魯本斯畫的。」

「很接近了。你百分之百確定我們可以相信這個贓貨商？」

「天啊，羅格！我跟你說第一百次，可以！」

「我只是問問而已！」

「現在你聽我說。那傢伙知道如果他要詐，就永遠別想混了。只有自己人才會用最殘酷的手段懲罰自己人。」

「很好。」

「只有一件事要先跟你說一下：我的第二趟哥特堡之行，必須延後一天。」

這沒什麼，我們以前也曾那樣。那幅魯本斯的畫可以安然存放在車內天花板裡。不過，我還是感覺到脖子上的寒毛豎了起來。

「為什麼？」

「明晚我有個訪客。是一位女士。」

「你必須把約會往後延。」

「抱歉，不能延。」

「不能？」

「是娜塔夏。」

我真不敢相信自己的耳朵。「那個俄國妓女？」

「別那樣叫她。」

「她不就是幹那一行的嗎？」

「我說過你老婆是個芭比娃娃嗎？」

「你現在是拿我老婆來跟妓女做比較？」

「我的意思是，我**從來沒有**說你老婆是個芭比娃娃。」

「這還算是句人話。荻雅娜可是百分之百天然的。」

「你騙人。」

「我沒有。」

「好啦，算我服了你。不過，我明晚還是不會去。我已經在娜塔夏的等待名單上排隊排了三個禮拜，而且我想把過程錄下來，製成錄影帶。」

「錄下來？你真是個渾球。」

「在她下次來找我之前，總得讓我有東西可以看吧？天知道她什麼時候會來。」

我大聲笑了出來。「你瘋了。」

「你為什麼說我瘋了？」

「你愛上一個妓女了，烏維！會愛上妓女的，都不是真正的男子漢。」

「你懂什麼？」

我哼了一聲。「等你掏出那該死的錄影機時，你要怎麼跟你的愛人解釋？」

「她完全不會知道這件事。」

「裝在衣櫥裡的隱藏式攝影機？」

「衣櫥？老兄，我整間房子都裝了監視攝影機。」

烏維．奇克魯所說的一切從來沒讓我感到訝異。他曾跟我說過，當他沒在工作時，大部分時間都待在位於山上同森哈根鎮的家裡，在那間位於森林邊緣的小房子裡看電視。還有，如果電視螢幕上出現讓他真的很不爽的畫面，他就朝電視開槍。他曾經拿那些被他暱稱為「女士」的奧地利製葛拉克手槍來吹牛，那種槍不靠擊錘就可以把子彈射出。烏維都是用空包彈射電視，但是有一次他忘了，裝了整個彈匣的實心子彈，一台價值三萬塊的全新先鋒牌電漿電視就這樣被他打爛。當他沒有開槍打電視時，就從窗口朝著屋後樹幹上他自己裝上去的木箱貓頭鷹窩亂射。有天晚上，他坐在電視前，聽見有東西闖進樹林，於是打開窗戶，拿出一支雷明頓來福槍開了一槍。子彈正中那隻動物的額頭，接下來烏維必須把裝滿葛蘭迪歐沙冷凍披薩的冰箱給清空。接下來六個禮拜，他吃的東西盡是麋鹿肉排、麋鹿漢堡、麋鹿燉肉、麋鹿肉丸與麋鹿肋排，直到他自己受不了，於是又把冰箱給清空，重新用葛蘭迪歐沙冷凍披薩把它填滿。我覺得這些故事的可信度都還挺高的。但是這件事……

「整間屋子都是監視器？」

「這不是在三城公司工作的額外福利嗎？」

「而你可以在不被她察覺的情況下就啟動攝影機？」

「沒錯。我去接她，一起到我的屋子裡，如果我沒有在十五秒內輸入密碼的話，攝影機的畫面就會被傳回三城公司。」

「而你的屋子裡就開始鈴聲大作？」

「不會。那是無聲警鈴。」

我當然知道為什麼會這樣。只有三城公司那邊的警鈴會響。重點在於，三城公司報警後，警方在十五分鐘內就會趕到現場，所以不能把小偷嚇跑。目標是要在小偷帶著洗劫的物品離開前就人贓俱獲地逮到他們，就算逮不到，也可以透過錄影畫面指認他們。

「沒錯，我要值班的那些傢伙不要有任何動作。他們只要往後一坐，就可以透過螢幕觀賞好戲。」

「你是說，那些傢伙會看到你跟那個俄——娜塔夏？」

「我總得跟別人分享我的快樂吧？但是，我非常確定鏡頭不會拍到床上的畫面，那可是私密的地方。不過，我會要她在床角脫衣服。沒錯，就是在電視旁的椅子上。最美妙的是，她會遵從我的舞台指令。讓她坐在那裡自慰。完美的拍攝角度。我還把燈光稍作調整。如此一來我可以在鏡頭外的地方打手槍，沒錯。」

我知道那麼多幹嘛？我咳了一聲。「那麼，你就今晚來拿孟克的畫。後天晚上來拿魯本斯的畫，好嗎？」

「好。你沒事吧，羅格？你的聲音聽起來有點緊張。」

我說：「一切都很好。」我用手背擦過額頭。「一切都好的不得了。」

我放下電話，繼續前行。雲朵在天上聚積了起來，但我幾乎沒有注意到。因為一切都沒問題，不是嗎？我將會成為千萬富翁。我可以用錢脫身，擺脫一切束縛。這整個世界，這世上的一切——包括荻雅娜，都會成為我的。遠方的悶雷聽起來就像痛快的笑聲。接著，第一滴雨落了下來，我在鵝卵石路面上開始跑了起來，腳底的喀噠聲響聽起來充滿了活力。

7 懷孕

六點時雨停了，金黃色的陽光從西邊射進奧斯陸的峽灣。我把富豪轎車停在車庫裡，關掉引擎，開始等待。我身後的車庫門關起來以後，我把室內的燈光打開，打開黑色大型文件夾，拿出我白天的戰利品。〈胸針〉。又名〈伊娃・穆鐸奇〉。

我打量著她的臉龐。當年孟克一定是愛著她，否則不可能把她畫成這種模樣。把她畫得像柔媞，引起我內心一陣傷痛，一陣沉寂的劇痛。我趁換氣之際默默咒罵著，用力吸了一口氣，空氣嘶一聲穿過我的牙齒。然後我把頭頂一片天花板取下。這是我自己的發明，設計來藏匿那些畫作，直到它們被運出國界。做法是先把裝在擋風玻璃頂端的天花板墊片給鬆掉（那些安裝汽車免持聽筒的人稱之為頭頂墊片），然後在裡面黏上兩條魔鬼氈，接著我小心翼翼地沿著前座車內頂燈切割，如此一來我就有了一個完美的「密室」。想要搬運大型畫作，特別是那種老舊而乾燥的油畫，最大的問題就在於你必須把它們攤平擺放，不能捲起來，因為畫上的顏料有可能會裂掉，就此毀了畫作。換言之，你需要一個空間寬敞的運輸工具，而貨車太過顯眼了。但是，如果你有一片大概四平方公尺的平坦車頂空間，就連大型畫作也藏得進去，可以藉此躲過海關官員與緝私狗的盤查——幸好牠們的嗅覺訓練教的不是要牠們找出顏料或油漆。

我把〈伊娃．穆鐸奇〉滑進去，用魔鬼氈把墊片固定起來，下車後往上走進屋裡。

荻雅娜在冰箱上貼了紙條，說她跟友人凱特琳出去了，大概十二點左右回來。幾乎還有六個小時的時間。我打開一罐生力啤酒，坐在窗邊的椅子上，開始等她。我又拿了一罐，想起某次我在昏昏沉沉之際，荻雅娜從尤漢．佛克伯格（Johan Falkberget）的書裡唸給我聽的一句話：「我們都一樣，有多渴就會喝多少酒。」

當時我因為發燒而躺在床上，臉頰跟耳朵都在痛，活像是一隻不斷流汗的河豚，醫生看過溫度計之後說「不是很嚴重」。我自己也沒覺得很不舒服。他之所以會提到腦膜炎與睪丸炎等可怕的字眼，全都是因為荻雅娜的施壓，而讓他感到更不情願的是，他還必須跟我解釋，那兩種病是大腦與睪丸周遭的組織發炎，但是他立刻又補上一句，「你不太可能生那兩種病」。

荻雅娜唸書給我聽，把冷毛巾蓋在我的前額。那本書是《第四個守靈夜》（*The Fourth Night Watch*），因為我那有可能發炎的腦袋實在沒有辦法專注在其他事情上，所以我就仔細聆聽。有兩件事特別引起我注意。書裡面有個教士叫做西吉斯蒙，他喝了很多酒，為了幫自己開脫，他才會說：「我們都一樣，有多渴就會喝多少酒。」也許是因為這種對於人性的看法能讓我感到很自在吧：如果你只是按照本性去做，那就沒有關係。

另一件事，是書裡面引用了「龐托皮丹的教義問答」，他宣稱任何人都能夠毀掉或污染另一個人的靈魂，令其變得萬惡不赦，完全沒有獲得救贖的可能。這一點讓我感到比較不自在。這讓我想到，就算我從來沒讓荻雅娜知道我那些賺外快的事情，但我還是玷汙了她的天使翅膀。

她就這樣照顧我四天四夜，令我同時感到愉悅與懊惱。因為我知道，至少當她只是得了腮腺炎這種小病時，我不可能像這樣照顧她。所以我感到非常好奇，終於開口問她為什麼要這麼做。她的回答可說又簡單又直接。

「因為我愛你。」

「那只是腮腺炎而已。」

「也許是因為以後我就沒有表達愛意的機會了，你太健康了。」

這聽起來好像是在抱怨我。

的確，就在我痊癒的那天，我就去接受阿爾發這家獵人頭公司的面試了，我跟他們說，如果他們不雇用我就是大白癡。而且，我知道在說這種話的時候該怎樣展現出十足的自信心。因為對於一個矮子而言，女人的這種告白最能讓我們忘掉身材缺陷，大有長進。不管她們是不是在說謊，我們的內心會永遠對此心懷感激，也會萌生一點愛意。

我拿起荻雅娜的一本藝術書籍，看看裡面有什麼關於魯本斯的事，寫得不多，但是有講到〈狩獵卡呂冬野豬〉這幅畫，我仔細地端詳它。然後我把書放下，試著想清楚明天到奧斯卡街去行動時的每一個步驟。

因為是公寓，這意味著我很可能會遇上鄰人。只要他們瞥見我一眼，就有可能變成證人。就算只有幾秒鐘也一樣。不過，他們不會起疑的，也不會注意我的臉，因為我是穿著連身工作服走進一間正在裝潢的公寓。所以我在怕什麼？

我知道我在怕什麼。

面試的時候他把我看穿了。但是看穿到什麼程度？他有可能起了疑心嗎？不可能。他不過就是察覺到自己曾在軍中用過的偵訊技巧，如此而已。

我拿起手機，撥電話給葛雷夫說荻雅娜出門了，所以要等他從鹿特丹回來才能告訴他哪個專家有可能幫他辨別畫的真偽。葛雷夫的答錄機講的是英文：「請留言」，我就照辦了。酒瓶空了。我考慮換喝威士忌，但打消主意，明天早上我可不想帶著宿醉醒來。最後一瓶啤酒，太棒了。

等我意識到自己在做什麼的時候，電話幾乎要撥通了。我放下電話，急急忙忙地按下紅色按鍵。剛剛我撥了柔媞的電話號碼——電話簿裡我用毫不起眼的L字母代表她，這個L曾在來電顯示裡出現過幾次，每次都讓我吃了一驚。我們訂的規則是由我打電話給她。我進入電話簿裡，找到L，按下刪除鍵。

電話螢幕顯示：「確認刪除？」

我仔細考慮一下我有什麼選擇。如果按下「取消」的話，我就是個劈腿的膽小鬼，按下「確認」，我就是在騙自己。

我按了確認鍵。我知道她的電話號碼已經深深烙印在我心裡，刪也刪不掉了。這意味著什麼？我不知道，也不想知道。但是我終究會漸漸把它忘掉。漸漸忘掉，最後忘得一乾二淨。我一定得忘掉。

荻雅娜回家時距離午夜還有五分鐘。

她問我：「親愛的，你今天都在做什麼？」她走到椅子邊，跨坐在扶手上，抱了我一下。

我說：「沒什麼，只是面試了克拉斯．葛雷夫。」

「結果呢？」

「他是個完美的人選，除了他是外國人這點。探路者說他們要找一個挪威人來領導公司；他們甚至公開表示，非常希望他們從裡到外都能夠是一家純挪威的公司，所以我必須勸他們接受他。」

「但是，你勸人的功力是世界第一的。」她親親我的前額。「我聽人討論過你的紀錄。」

「哪一項紀錄？」

「我想，你就是別人口中那個總是可以讓推薦人選拿到工作的人。」

我說：「喔，那個紀錄啊。」裝成一副好像很訝異的樣子。

「你這次也可以辦到。」

「凱特琳怎麼樣？」

荻雅娜用手幫我梳梳濃密的頭髮。「很棒，跟往常一樣。或者說，比往常還棒。」

「總有一天她會因為太快樂而死掉。」

荻雅娜把臉貼在我的頭髮上，對著頭髮說：「她剛發現自己懷孕了。」

「所以她會有一陣子沒辦法過很棒的生活。」

「亂講。」她含糊地說，「你剛剛在喝酒嗎？」

「喝了一點。我們該為凱特琳舉杯慶祝嗎？」

「我要去睡了。跟她高興地聊天讓我好累喔。要一起來嗎？」

在臥房裡，我蜷曲著身子躺在她身旁，環抱著她，感覺到她的脊骨貼著我的胸膛與肚子，我突然發現，自從與葛雷夫面談過後，我早已知道自己有了一個念頭。我覺得現在我可以讓她懷孕了。我終於立於不敗之地，站在安全的據點上；如今就算是孩子也不能取代我了。有了那一幅魯本斯的畫，我終於可以變成荻雅娜口中的那隻獅子，那個主人，不可取代的供養者。並不是荻雅娜曾經對此有何質疑，是我懷疑自己。我懷疑自己是否能給荻雅娜一個配得上她的安樂窩，並且好好保護她。我懷疑有了小孩後，她就不會像現在這樣盲目了。但是，此時她大可以好好重新認識我，把我給看清楚。至少，會對我有多一點了解。

我沒有蓋著絨毛被，敞開的窗戶吹進一陣冷冽的風，我身上起了雞皮疙瘩，感到自己勃起了。

但是她的呼吸已經變得深沉平順。

我放開她。她翻了個身，像個嬰兒似的躺著，看來安穩而沒有戒心。

我輕輕滑下床。

看來從昨天起她就沒有動過「水子地藏」的神壇。像這樣一天過去她卻沒有任何動靜，例如換換水、擺上新的蠟燭或鮮花之類，是很罕見的。

我往前走到客廳，幫自己倒了一杯威士忌。窗邊的拼花地板冷冷的。那是三十五年的麥卡倫威士忌，一個對我的表現感到滿意的客戶送的，他們現在已經是一家股票上市的公司了。我看著月光灑在下方的車庫上。也許烏維已經上路了。他會用我給他的備份鑰匙進入車庫，把〈伊娃・穆鐸奇〉拿走，放進大型文件夾，回到他那輛為了安全起見，不要與我家有所關聯而停得很遠的車上。他會開車到哥特堡去找那個畫商，一大早就回來。但是如今〈伊娃．穆鐸奇〉再也不是我所關切的了，它只是一份用來填補工作空檔的差事，必須趕快處理掉就是。在烏維從哥特堡返回的途中，他應該會買一幅堪用的魯本斯仿畫，在我們鄰居起床之前，他就會把畫擺回富豪汽車的天花板裡面。

以前烏維曾經開著我的車到哥特堡去。我不曾跟那個畫商交談過，而且我希望他不知道除了烏維之外還有人涉案。我覺得這樣比較好，與我聯絡的人越少越好，如此一來就越少人能夠指認我。犯罪的人遲早都會被逮，所以跟他們保持距離是很重要的。這就是為什麼我堅持不在公共場所與烏維交談，而且每次打電話給他都是用易付卡。當烏維被捕時，我不希望他手機通聯紀錄裡有我的電話號碼。每當我們要分錢以及擬訂工作計畫時，就會到一個叫做埃爾沃呂姆的小鎮去，那裡有個偏僻的小木屋。小屋是烏維跟一個鄉間農夫租來的，每次我們總是分別駕車前往。

某次在開車前往小木屋的路上，我才發現讓烏維開我的車到哥特堡實在是一件很危險的事。當時我經過一個警方架設測速器的地方，發現一輛警車，旁邊停著他那輛快要三十年的賓士280SE，一輛漂亮的黑色轎車。我這才發現烏維顯然是那種喜歡危險駕駛的傢伙，根本沒辦法把速度保持在速限內。我曾一再要求他，如果他要開我的車到哥特堡去，就應該把我車內擋風玻璃上的電子收費裝置拿下來，那玩意只要使用過就會留下紀錄。我可不想跟警察解釋自己為什麼一年內會數度在半夜開車來回E6高速公路。但是，當我在前往埃爾沃呂姆的路上，看見烏維的賓士被警方攔下來時，我才發現這是我們所面臨的最大風險：被攔下的超速汽車駕駛都是警方的熟面孔，他們一定會忍不住懷疑，究竟烏維・奇克魯為什麼會開著這輛車到哥特堡去，而車主居然是……嗯，備受尊敬的獵人頭專家羅格・布朗？接下來我會聽到的就只有一連串的壞消息了。因為烏維如果與英鮑、萊德與巴克來的偵訊程序對決，結果只會有一種。

我想我可以看得出一片漆黑的車庫裡有動靜。

明天是我的「D日」。夢想之日，審判日，或者是我退出江湖的日子。如果一切都按照計畫進行，這會是我幹的最後一票。我想要做個了結，恢復自由，全身而退。

下面的城裡燈火閃耀，看來充滿希望。

鈴聲響到第五次的時候，柔媞把電話接了起來。「羅格？」那口氣小心翼翼，如此溫柔。好像是她把我吵醒，而不是我吵醒她。

我把電話掛掉。

一口氣把酒喝光。

8 G11sus4

醒來時我感到頭痛欲裂。

我用雙肘把身體撐起來，看到荻雅娜的高䠷背影，她只穿著內褲，把手伸進手提包與前一天穿的衣服口袋裡找東西。

我問她：「找東西嗎？」

她說：「早安，親愛的。」但是我聽得出來她一點也不心安。我自己也是。

我拖著身子下床，走進浴室。我看著鏡子，知道自己的狀況已經糟到極點，接下來應該只會變好。必須變好，而且我知道一定會變好。我打開蓮蓬頭，站著任由冰冷的水沖刷，聽見荻雅娜在臥室裡低聲咒罵。

「接下來一定會……」我大聲喊叫，無視於此刻的狀況：「一切順利！」

「我走了。」荻雅娜大聲說，「我愛你。」

「我也愛妳。」我大聲回答，但不知道她在砰一聲關門出去之前是否有聽到。

十點的時候我已經坐在辦公室裡，試著集中注意力。我覺得我的頭就像一隻透明的蝌蚪，不停震顫。我隱約記得剛剛費迪南來這裡，嘴巴動了幾分鐘，講的事情有些值得關切，有些則否。儘管他仍張著嘴，但嘴巴已經不再動了，只是瞪著我，在我看來，好像在等我說話似的。

我說：「把你的問題再說一遍。」

「我說，我很樂意跟葛雷夫與客戶進行第二次面談，但是你必須先跟我說一些有關探路者的事。我什麼東西都不知道，到時候看起來一定就像個大白癡！」說到這裡，他好像不得不把音調提高，變成歇斯底里的假音。

我嘆了一口氣。「他們製造肉眼幾乎看不見的迷你發報器，可以附著在人的身上，把接收器連接在全世界最先進的衛星定位導航系統上來追蹤。他們擁有一些衛星的部分股權，那些衛星會優先進行追蹤，大概就這樣。這是一種突破性的科技，因此很有可能被買下來。看看他們的年度報告吧。還有什麼問題？」

「我看過了！所有的產品資訊都是最高機密。還有，克拉斯．葛雷夫是外國人這一點怎麼辦？我要怎麼勸這家顯然很注重本土精神的公司接受他？」

「你不用勸他們，我來就好。這就不勞你擔心了，費迪。」

「費迪？」

「嗯，我想出來的。費迪南這名字太長了。這樣可以嗎？」

他用難以置信的眼神看著我說：「費迪？」

「當然，我不會在客戶面前這樣叫你。」我露出燦爛的微笑，感到頭越來越痛。「我們談完了嗎，費迪？」

我們談完了。

嚼下頭痛藥之後，到午餐時間之前我一直盯著時鐘。

午餐時我到「壽司與咖啡」對面那家珠寶店去了一趟。

我指著櫥窗裡的鑽石耳環，說：「那一對。」

我有錢可以付信用卡。不管要繳多久，我都繳得起。那鮮紅色盒子的表面鑲著羚羊皮，跟小狗的毛一樣柔軟。

午餐後我又嚼了一片頭痛藥，繼續看時鐘。

五點整的時候我把車停在印可尼多街上。找車位很簡單；不管是在這裡工作或者居住的人，顯然都在回家的路上。剛剛才下過雨，我的鞋底在柏油路面上發出嘎吱聲響。文件夾感覺起來好輕。複製畫的品質還可以，但是貴得可怕，居然要價一萬五千瑞典克朗，但是此刻這並非重點。

如果說奧斯陸的哪一個街區最時髦，當然是奧斯卡街。這裡林立著各種建築風格的公寓大樓，大部分都是新文藝復興時期的。十九世紀末，這裡是富商與高官們置產的地方，樓房的正面以新哥德式的圖案裝飾，前院裡植有花木。

一個男人牽著一隻獅子狗朝我走過來。市中心這裡沒人養獵犬。他對我視而不見。這裡是市中心。

我往下走到二十五號，根據網路上的說法，這個街區的建築是「受中世紀影響的漢諾威王朝風格」。有趣的是，我也在網路上發現，西班牙大使館已經不在這個地區了，所以這附近應該沒有那些惱人的監視攝影機。大樓前沒有任何人，我只看到眼前一面面沒有燈光的窗戶，到處一片寂靜。烏維給我的鑰匙應該可以用來打開大樓前門與公寓的門。我沿著樓梯往上走，故意維持不重也不輕的腳步。看來就像一個知道自己要往哪裡去，沒有任何事需要掩藏的人。我先把鑰匙拿好，如此一來就不用站在公寓門前翻找鑰匙；在這種老舊公寓大樓裡發出那種噪音，樓上與樓下是都聽得見的。

二樓。門上沒有名牌，但我知道就是這一間。大門有兩扇門板，玻璃帶有波浪狀紋路。我並不如自己所認為的那樣沉穩，因為我的心臟在胸膛怦怦跳著，而且我居然沒能把鑰匙插進鑰匙孔裡。烏維曾跟我說過，當你緊張時，首先變得不對勁的就是身體律動失去協調性。這是他從一本講一對一格鬥的書看來的，裡面提到當別人用槍指著你的時候，你會連裝子彈這種事都辦不到。不過，我還是在第二次就把鑰匙插進去了。鑰匙轉得動，完全沒出聲，一切平順而完美。我按下門把，試著將門朝我這邊拉了拉，然後又推一推。但是都開不了門。我又拉拉看。媽的！難道葛雷夫又多加了一道鎖嗎？難道我的夢想跟計劃會因為那一道該死的鎖而破滅嗎？我使盡力氣推門，幾乎開始感到驚慌失措。門與門框分離時發出一道嘈雜的喀噠聲響，回音沿著樓梯往下傳。我快步走進門裡，小心翼翼地把身後的門帶上，吐了一口氣。突然間，我似乎覺得前一晚的那個想法好愚蠢。難道我真的會想念這種我早已習慣的刺激感嗎？

當我吸氣時，口鼻與肺部都充滿了溶劑的味道：乳膠漆、亮光漆與黏膠。我跨過走廊上那些油漆桶與一捲捲壁紙。方格狀的橡木色拼花地板上鋪著一大塊保護紙，上面有牆板、磚粉，還有顯然是即將要被換掉的老舊窗戶。走廊上有一整排房間，每個都有小型舞廳那麼大。

我在中間那個房間的後方找到完工一半的廚房。線條簡潔鮮明，材質不是金屬就是木頭，一定很貴，這是無庸置疑的；我猜那是博德寶牌的廚具。我走進佣人房，架子後面有扇門。我早就想到這扇門有可能是鎖起來的，但我知道，如果有必要的話，這公寓裡一定有工具可以幫我破門而入。

看來沒必要。當門被我打開時，門樞發出了一陣吱嘎聲響。

我走進那個一片漆黑，空無一物的矩形房間，從我的連身工作服裡面拿出小型手電筒，把黯淡的黃色光線投射在牆壁上。裡面掛著四幅畫。其中三幅我不認得。第四幅就不同了。

我站在畫作前面，跟葛雷夫提到畫名時一樣，感到一陣口乾舌燥。

「〈狩獵卡呂冬野豬〉。」

光線隱約穿透了畫作表面那有四百年歷史的一層層顏料，和陰影一起勾勒出畫中打獵場景的輪廓與形體，這就是先前荻雅娜跟我說過的所謂「明暗對照」手法。那幅畫好像真的有一股吸力似的，一種令人入迷的魅力，那感覺就好像過去只是從照片與道聽塗說認識某個充滿吸引力的人物，如今第一次親眼見到他。我不知道這幅畫那麼美。我認得這種用色的方式，因為我曾在荻雅娜的藝術書籍裡看到他早期那些以打獵為主題的名畫——〈獵獅〉、〈獵河馬與鱷魚〉，以及〈獵虎〉。昨天我看的那本書說這是魯本斯第一幅以打獵為主題的畫作，是後來那些傑作的出發點。所謂卡呂冬野豬，是狩獵女神阿提密斯遭到人類遺忘，因而派了一頭野豬到卡呂冬城去殺人作亂。但是野豬終究被卡呂冬城裡最厲害的獵人梅利埃格用矛刺死。我凝視著梅利埃格裸露的一身肌肉，他那充滿仇恨的表情讓我想起了某個人，我也盯著被矛刺穿的野豬軀體。如此充滿戲劇張力，但又令人肅然起敬。如此赤裸裸，但又如此神祕。如此簡單，而且如此有價值。

我舉起畫，拿到廚房，擺在板凳上。如我所料，那老舊的畫框後面有一個畫布張緊器。

我拿出兩件工具：尖錐與老虎鉗——我只帶著這兩件，也只需要它們。我把大部分的大頭釘剪斷，把我等一下用得到的拔出來，將畫布張緊器鬆開，用尖錐把圖釘挖掉。我的手沒有平常那麼靈活；也許烏維說的沒錯，緊張會讓人失去協調性。但是，二十分鐘後，我終於把複製畫裝進畫框裡，真品也擺進大型文件夾裡面了。

我把畫作掛起來，帶上身後的門，檢查一下是否留下了任何線索，離開廚房時，我的手握著文件夾把手，一直出汗。

我走過中間那個房間，往窗外看了一下，瞥見一棵樹葉掉了一半的樹。我停了下來。陽光從雲層的裂縫裡斜射下來，剩下的鮮紅色樹葉讓那棵樹看來好像著火似的。像魯本斯的手法。這種顏色像他的用色。

這是個神奇的時刻。勝利的時刻。改變我一生的時刻。在這個當下，眼前的一切顯得如此清晰，因此過去那些難以決定的事變得如此理所當然。我決定當爸爸了，本來我打算在今晚跟她說，但我知道這是個適當的時機。此時此刻，在這個犯罪現場，我把魯本斯的畫作夾在腋下，眼前矗立著這棵漂亮而雄偉的樹。這是個應該被化為永恆的時刻，每當下雨天荻雅娜跟我待在家裡時，都該把這時刻當成永恆的回憶來回味。純真的她會覺得我是在神智清醒的時刻做出這樣的決定，理由無他，只因我愛她以及我們尚未出生的孩子。只有身為她口中的那頭獅子，身為一家之主的我才知道這黑暗的祕密：純真的他們只看到獵物被擺在眼前，哪知道一隻斑馬的喉嚨被我在突襲時咬斷，地上流滿鮮血。沒錯，我就應該這樣穩固我們的愛。我拿出手機，脫掉手套，選擇她那支Prada手機的號碼。等待電話接通之際，我試著在腦海裡構思該說些什麼。是「我想跟妳生個小孩，親愛的。」或者「親愛的，讓我給妳……」

我聽見約翰．藍儂的那一段G11sus4和絃樂聲。

「一夜狂歡……」沒錯，沒錯。我露出得意的微笑。

但是在閃過一個念頭後，我才發現這是怎麼回事。

我發現我**聽得見**那和弦樂聲。

事情有點不對勁。

我把手機放下。

聲音從遠處傳來，但已經夠清楚了。我聽見披頭四開始彈起〈一夜狂歡〉，她的電話鈴聲。

我站在地面的灰色保護紙上，兩隻腳好像被黏在地上。

然後，我的腳開始朝著傳來音樂的方向移動，我的心好像定音鼓似的，不斷用力地怦怦作響。

聲音來自那幾間會客室的另一頭，是從那邊走廊上一扇半掩著的門後面傳出來的。

我打開門。

那是一間臥室。

房間的中央擺著一張已經整理好、但顯然有人睡過的床。床腳擺了一個行李箱，旁邊一張椅子的椅背上披著幾件衣服。衣櫃是打開的，裡面掛著一套西裝。那是克拉斯．葛雷夫穿去面試的西裝。房間裡某處傳來藍儂與麥卡尼的合唱聲，唱得充滿活力，他們後來的唱片再也沒法超越。我四處查看，跪了下來，彎下腰，這才看到那支Prada手機。它在床底下，一定是從她的口袋滑出來的。可能是在他用力脫她的褲子時。而她沒有發現自己的電話掉了，直到……直到……

我的腦海浮現今天早上她那誘人的背影，還有一邊生氣，一邊在衣服與手提包裡翻找東西的模樣。

我重新站了起來。大概是起身的速度太快了吧，我感到整個房間開始旋轉。我伸出一隻手，撐著牆面。

電話切換到語音信箱，是她那快活的聲音。

「**嗨，我是荻雅娜。我的手機不在身邊……**」

的確不在。

「**但你知道該怎麼辦……**」

是的，我知道。我腦中記得剛剛曾用脫掉手套的手撐在某處，因此我必須記得擦拭牆面。

「**祝你有美好的一天！**」

不過，我這一天不可能有多美好。

嗶！

第三部

第一次面談

9 第二次面談

我的父親叫做伊恩．布朗，儘管他熱衷下棋，但並不是很厲害的棋手。五歲時，他爸爸教他下棋，他也會看棋藝書籍，研究經典的棋局。然而，一直要等到我十四歲時他才開始教我，早已過了我吸收能力最好的年紀。但是我有下棋的天分，十六歲時我第一次擊敗他。他露出微笑，好像以我為榮似的，但我知道他討厭被我打敗。他把棋子重新擺好，我們開始了一場復仇之戰。我跟平常一樣用白子；他試著要我相信他在讓我。下了幾步之後，他說他要到廚房一趟，我知道他去喝了一點杜松子酒。在他回來前，我已經把兩個棋子的位置換掉，但他不知道。再下四步之後，他的黑色國王把正對面的棋子吃掉，也就是我的白色皇后，他知道只差一步就可以打敗我了。他那樣子看來實在太可笑，所以我控制不住，開始大笑。從他的表情我看得出他知道剛剛發生了什麼事。他站起來，揮手把棋盤上的棋子都掃掉，然後開始揍我。我的雙腳一軟，跌在地上，與其說是因為他的力道太大，不如說是因為害怕。以前他不曾打過我。

他憤怒地低聲說：「你換了棋子的位置。想當我的兒子，就不該作弊。」

我嚐到嘴裡有血的味道。掉在地上的白皇后就在我面前。她的后冠斷掉了。怨念充溢在我的喉嚨與胸臆間，有如怒火中燒。我撿起斷掉的白皇后，把它擺回棋盤上。然後是其他棋子，把它們一個個擺回去，放在原來的位置上。

「老爸，換你下了。」

如果你是個充滿仇恨的冷血棋手，就會這麼做。就算是在快要贏的時候被對手冷不防地打了一巴掌，擊中要害，被洞悉心中的恐懼，你也不會失去對棋局的全盤掌握，你會把恐懼擺到一旁，按原來的計畫下棋。你會深呼吸，把棋局重新擺起來，繼續比賽，然後帶著勝利離開。離開時不會顯露出一絲勝利的姿態。

我坐在桌邊看著克拉斯．葛雷夫的嘴巴動來動去。我看見他的臉頰時緊時鬆，顯然費迪南與探路者公司的兩個代表都聽得懂他的話，至少他們三個都感到很滿意，我很清楚這點。我真痛恨那張嘴。我討厭他那帶著一點灰色的粉紅色牙齦，那兩排像墓碑一樣整齊結實的牙齒，是的，我甚至還痛恨他那不斷變換的嘴型；雙唇間的裂縫如果呈一直線，兩邊嘴角往上揚就表示他在微笑，像雕刻出來的微笑，想當年網球名將比約恩．伯格（Bjørn Borg）就是這樣迷倒全世界的。如今，克拉斯．葛雷夫則是以同樣的微笑來誘惑他未來的雇主，也就是探路者公司。但我最討厭的還是他的嘴唇。那嘴唇碰過我老婆的朱唇，她的皮膚，可能包括她淡紅色的乳頭，而且一定還有她濕潤敞開的私處。我想像著自己可以看見他那豐滿的下唇還沾著一根金黃色的陰毛。

我不發一語地坐著幾乎已經有半小時了，而費迪南那個白癡在那邊講個不停，問的都是面談指南裡面的愚蠢問題，那語氣好像問題都是他自己想的。

面談開始時，葛雷夫都在對我講話。但是他漸漸發現我只是個不請自來的被動監督者，因此他今天的差事是用「葛雷夫福音」來開導其他三個人。不過，每隔一段時間他就會對我露出疑問的表情，好像是要尋找關於我所扮演角色的暗示。

探路者的兩位代表分別是公司的董事長與公關經理，過一陣子後他們也開始問問題，自然都是關於葛雷夫在霍特公司的經歷。葛雷夫說明他與霍特公司如何帶頭發展出「追蹤漆」：它是一種可以塗在任何物體表面的亮漆，每毫升可以包含一百個發報器。這種漆的優點是肉眼幾乎看不見，而且跟一般亮光漆一樣，它對任何物體都有超強附著力，一定要用刮漆刀才能弄下來。缺點是那些發報器太小了，訊號微弱到只能穿透空氣，只要上面覆蓋著水、冰、泥土，或者像沙漠戰爭中的車輛一樣沾上厚厚的塵土，就會失效。

不過，牆壁卻很少造成問題，即使厚重的磚牆也是。

葛雷夫說：「根據我們的經驗，士兵們塗上追蹤漆之後，只要身上沾到的土達到一定程度，接收器就會收不到他們的訊號。目前我們的科技還不足以讓微型發報器的訊號變強。」

董事長說：「探路者有辦法。」他頭髮稀疏，年約五十四、五歲，先前曾數度扭轉脖子，像是怕脖子變硬似的，或者是吞了無法下嚥的東西。我懷疑那是一種不由自主的抽搐，是某種肌肉疾病引起的唯一後果。「但不幸的是，我們沒有追蹤漆的技術。」

葛雷夫說：「打個比方來講，霍特跟探路者在科技上可以說是一對完美的夫妻。」

「沒錯。」董事長用尖刻的語氣說，「探路者就像家庭主婦，每個月發薪水時只會拿到一點小錢。」

葛雷夫咯咯發笑。「說的真對。還有，探路者要取得霍特的科技應該比較簡單，反過來說就不一樣了。這就是為什麼我相信探路者只有一條路可以走。也就是說，它該走出一條自己的路。」

我看見探路者的兩個代表互看了一眼。

董事長說：「總之，你的履歷令人印象深刻，葛雷夫。但探路者公司的立場是希望找個能待久一點的執行長……你剛剛在那一番招募說明裡面是怎麼說的？」

費迪南跳出來搭腔：「一個像農夫一樣的執行長。」

「沒錯，像農夫一樣。一個好的形象。換句話說，我們要一個能在既有成果上持續耕耘的人，能循序漸進地把東西建立起來。必須是個強悍而有耐性的人。而你的紀錄可以說……嗯，很可觀也很戲劇化，但是這並不能證明你具備了身為我們的執行長所需要的精力與耐力。」

聆聽董事長講話時，克拉斯．葛雷夫的神情一直很嚴肅，說到這裡他開始點頭了。

「首先，我要說的是，我也同意探路者所需要的執行長就是你們要找的那種人。其次，如果我不是那種人，我對這個挑戰也就不會有任何興趣了。」

「你是那種人？」另一個代表小心翼翼地發問，像他這種說話得體的傢伙，在自我介紹以前，我就已經先猜出他是個公關主管了。過去我曾經提報過幾個這種職務的人選。

克拉斯．葛雷夫露出微笑。熱情的微笑不但軟化了他那冷酷的表情，還讓他完全變了模樣。先前我已經看過這把戲好幾遍了，只要他想展現出自己孩子氣的調皮一面就會這樣。這跟英鮑、萊德與巴克來所建議的身體接觸有相同的效果──就是那種親密的接觸，一種信任的表徵，好像在跟大家說，我已經把自己赤裸裸的攤開給你們看了。

葛雷夫還在微笑，他說：「我來說個故事給你們聽。那是讓我很不想承認的一件事。也就是說，我是個糟糕的輸家。我可是那種跟人拋硬幣猜正反面時很少輸的人。」

房間裡的人都咯咯笑了起來。

「但是我希望這可以讓你們見識到我的精力與耐力。」他接著說，「過去我在特別支援部隊時，曾經負責追蹤一個……說來可悲，一個蘇利南的小毒販。」

我可以看見那兩個探路者的人不由自主地微微向前傾。費迪南幫大家的咖啡續杯，同時對我露出很有自信的微笑。

克拉斯·葛雷夫的嘴巴又動了起來，往前蠕動，貪婪地吞食著不屬於他的東西。她有尖叫嗎？當然有。荻雅娜就是忍不住，很容易就會臣服於他的淫慾之下。我們第一次做愛時我想到了柯納洛禮拜堂裡面那尊貝尼尼製作的雕像：《聖德蕾莎的狂喜》。一部分是因為荻雅娜的嘴巴微張，好像很難過似的，幾乎可說是滿臉痛苦，額頭的血管浮起，擠出皺紋。另一部分則是因為荻雅娜的尖叫，我總是認為，當貝尼尼雕塑的那位加爾默羅修會聖人，在天使拔出她胸口的箭準備再刺一遍時，她應該也跟荻雅娜一樣叫了出來。總之，在我看來就是這麼回事，一進一出，一種神聖的穿刺意象，那是交媾的最崇高形式，但仍然是交媾。然而即使是聖人也沒有荻雅娜那麼會叫。荻雅娜的尖叫令我又痛苦又享受，在耳膜承受尖銳刺痛之際，我的全身也震顫了起來。那就像哀嘆聲，一種持續的呻吟，其聲調維持規律的起伏，好像遙控飛機似的。因為實在太刺耳了，第一次做愛後，我醒來時居然感到餘音在耳裡繚繞，三個禮拜的歡愛過後，我認為我可以感覺到耳鳴的初期症狀：就像連續洪流傾注的聲音，或者至少是河流，伴隨著一陣時隱時現的哨音。

某次我碰巧提起我擔心聽力會受損，當然那是一句玩笑話，但荻雅娜聽不出好笑的地方在哪裡。相反的，她被嚇到了，眼淚幾乎流出來。後來當我們再次做愛時，我感覺到她把玉手擺在我耳邊，一開始我覺得那是她的愛撫新招。但是，等到她把手掌鼓起來，變成兩個溫暖保護罩遮住我的耳朵時，我才知道從這動作可以看出她有多愛我。這對阻隔聽覺效果很有限，那尖叫聲還是鑽進了我的大腦皮層，但是對我的情緒產生比較大的衝擊。我不是個容易哭的男人，完事過後我卻開始像個小孩似的哭了起來。也許是因為，我知道不曾有任何人像這個女人一樣那麼愛我。

所以，我就這樣看著葛雷夫，確信她在他的懷裡時也曾那樣尖叫，我試著不讓這個念頭逼得我去想更多問題。但是，就像荻雅娜忍不住尖叫聲，我一樣忍不住自問：當時她也遮住了他的耳朵嗎？

葛雷夫說：「那次追蹤任務所經過的地區大多是茂密的叢林與沼地。一次要走八小時的路。不過，我們總是差那麼一點，總是太慢。其他人一個個放棄了。因為酷熱、腹瀉、蛇咬，或者只是純粹的筋疲力盡。當然，那傢伙只是個小角色。叢林會讓人喪失理性思考的能力。我最年輕，不過到最後大家把指揮權交給我。還有那把開山刀。」

荻雅娜與葛雷夫。當我開著富豪轎車離開葛雷夫的公寓，把車停進家裡車庫時，曾有一瞬間考慮過要把車窗搖下，讓引擎持續運轉，把二氧化碳或一氧化碳，不管那廢氣叫什麼鬼，總之就是把它吸進體內。無論如何，這種死法還挺痛快的。

「我們在這世界上最可怕的地方追了他六十三天，總共走了三百二十公里路，獵殺隊伍只剩下我跟一個來自格羅寧根市的小伙子，他是因為太笨才沒有瘋掉的。我跟總部聯絡，要他們空運一隻尼德猂犬過來。你們知道那個狗種嗎？不知道？那是全世界最厲害的獵犬，而且忠心無比，只要你一下令，不管是什麼東西，不管那東西多大多小，牠們就會發動攻擊。簡直就是你一輩子的朋友。直升機把狗放下來，那是隻剛滿一歲的幼犬，牠被丟在廣大的錫帕利維尼區的叢林深處，那也是他們丟古柯鹼的地方。結果，那隻狗被放下去的地方與我們的藏身處相距十公里。如果牠能夠在叢林裡存活二十四小時，就稱得上是奇蹟了，更別說要找到我們。結果牠不到兩個小時就找到我們了。」

葛雷夫往後靠在椅背上。此刻他已經完全掌控局面。

「我叫牠響尾蛇，這名字來自那種追熱式導彈，你們知道嗎？我愛那隻狗。所以我現在也養了一隻尼德㹴犬。昨天我回荷蘭去帶牠；事實上，牠是響尾蛇的孫子。」

我偷完葛雷夫的畫之後，回家時發現荻雅娜坐在客廳裡看新聞節目。布雷德・史貝瑞警監正在開記者會，眼前擺著幾乎將他淹沒的一支支麥克風。他正在談論一件謀殺案。一件剛剛偵破的謀殺案，似乎是他自己獨力偵破的。史貝瑞有一副刺耳的陽剛嗓音，就像被干擾的無線電廣播一樣，講到義憤填膺之處，簡直就像一台某個字母已經毀損的打字機，打在紙上才看得出是什麼字。「凶嫌將於明天出庭。還有其他問題嗎？」從他的言談已經完全聽不出奧斯陸市東區的口音，但是根據我用google搜尋的結果顯示，過去他曾經幫安莫魯籃球隊打過八年球。他從警校畢業時，成績在同期學員裡是第二名。在某女性雜誌專訪他的時候，基於專業的考量，他拒絕透露自己是否已經有另一半。他說，任何伴侶都會引起媒體與他追捕之罪犯的注意，而這不是他樂見的。他也說，那本雜誌裡的美女，儘管她們羅衫半解、眼神迷濛、嘴角含笑，但都不是他的理想對象。

我站在荻雅娜的椅子後面。

她說：「他已經被調到克里波工作了，專辦凶殺之類的大案子。」

我當然知道，每個禮拜我都會用google搜尋布雷德．史貝瑞，看看他在做什麼，看看他是否已經向媒體宣布，要開始緝拿偷畫賊。除此之外，有機會的話我也會透過管道詢問有關史貝瑞的事。奧斯陸這個城市可沒多大，我的消息很靈通。

我鬆了一口氣，對她說：「那對妳而言豈不是很可惜？他再也不會去藝廊找妳了。」

她笑了起來，抬頭看我，我也低頭看她，面露微笑，我們兩人的臉就這樣處於跟平常相反的位置。剎那間我浮現一個念頭：她跟葛雷夫沒有發生任何事，只是我的想像力太豐富了，有時候人就是會像這樣胡思亂想最糟糕的狀況，理由無他，只是想體驗一下那是什麼感覺，看看自己是否受得了，而且好像只是為了要確認那只是個夢而已。我跟她說我改變了主意，我說她是對的，我們真的應該訂十二月到東京去玩的機票。但是她驚訝地看著我說，她不能在聖誕節前關閉藝廊，那可是旺季，不是嗎？而且哪有人在十二月到冷死人的東京去玩？我說，那春天怎樣？我可以先訂票。她說那距離現在好像有點太久了，不是嗎？難道我們不能等一段時間再說嗎？我回答說，好吧，然後又說我要去睡覺了，實在好累。

等我下樓後，我進入嬰兒房，走到那尊水子地藏神像前面，跪了下來。她還是沒有碰神壇。距離現在太久。等一段時間再說。然後我從口袋裡拿出那個鮮紅色的小盒子，指尖滑過平滑的表面，把它擺在那個看顧我們的「水子」小小佛像旁。

「兩天後，我們在一個小村莊裡找到那個毒販。他被一個很年輕的外國女孩窩藏起來，後來我們才知道那是他的女朋友。毒販通常會找一些看起來很無辜的女孩，利用她們幫忙運毒，直到女孩被海關抓住，判處無期徒刑。從我們開始追捕他算起，已經過了六十五天。」克拉斯．葛雷夫深深地吸了一口氣。「對我來說，即使再追個六十五天也沒關係。」

最後，打破長久沉默的是那個公關經理。「你逮捕了那個人嗎？」

「不只是他。根據他還有他女友提供的資訊，稍後我們一共逮捕了二十三個共犯。」

「那……」董事長欲言又止，接著說：「那你是怎麼逮捕那種亡命之徒的？」

葛雷夫把雙手擺在後腦勺，說：「那次逮捕很順利。想來男女平等的觀念已經在蘇利南開始普及。當我們闖進去時，他正把武器擺在廚房桌上，幫他女朋友操作碎肉機。」

董事長放聲笑了起來，轉頭瞥向對面的公關經理，他雖然猶豫了一下，但還是很識相地開始扭動身體大笑。等到費迪南用清亮的尖聲大笑加入他們，三個人好像變成一支愉快的合唱隊伍。我端詳著那四張容光煥發的臉，心想：此刻我多麼希望手裡有顆手榴彈啊！

費迪南把面談結束後，我主動表示要送克拉斯．葛雷夫出去，讓其他三個人在進行會議總結之前休息一下。

我陪著葛雷夫到電梯門口，按下按鈕。

我說：「很有說服力的演出。」我把雙手交疊在西裝褲前，往上盯著樓層指示燈。「你真是個誘惑人心的高手。」

「誘惑嗎，我可不會這麼說。我想你應該不會覺得推銷自己是件不光彩的事吧，羅格？」

「一點也不會。如果我是你，一定會做跟你一模一樣的事。」

「謝了。你打算什麼時候寫報告？」

「今晚。」

「很好。」

電梯門打開了，我們走進去站著，等待下樓。

我說：「剛剛我在想，你追捕的那個人……」

「嗯？」

「難道就是先前曾在地牢裡拷打你的那個人？」

葛雷夫微笑說：「你怎麼知道的？」

「只是瞎猜罷了。」電梯門滑過去關上。「你一心一意地想要逮到他？」

葛雷夫揚眉道：「你覺得這難以相信嗎？」

我聳聳肩。電梯開始移動。

葛雷夫說：「我計畫把他殺掉。」

「你的仇恨真有那麼深嗎？」

「有。」

「那你如何避免被荷蘭軍事法庭以謀殺罪起訴？」

「不要被抓到就好。用氯化琥珀胆鹼。」

「毒藥？用在箭頭上的毒藥？」

「在我們那個世界裡，獵人頭高手都是用那種東西。」

我想他是故意使用「獵人頭高手」這個雙關語。

「把氯化琥珀胆鹼溶劑藏在葡萄大小的帶針橡膠球裡，那尖銳的針小到幾乎察覺不出來。接著只要把球藏在目標的床墊裡。等到他去睡覺時，針就會刺進皮膚，在身體的重壓下，橡膠球的毒藥就會進入體內。」

我說：「但是他在家裡，而且那個女孩是證人。」

「沒錯。」

「那你怎麼讓他供出他的夥伴？」

「我跟他進行交易。我叫隊友抓住他，我把他的手塞進碎肉機裡，說要弄成碎肉，然後叫他看著我們的狗把肉吃掉。之後他就招了。」

我點點頭，在腦海裡想像那情景。電梯門打開後，我們走到前門。我幫他把門撐著。

「他招供了，接下來呢？」

「接下來怎樣？」葛雷夫瞇眼抬頭看天空。

「你完成了你該做的事嗎？」

葛雷夫說：「我……」他從胸前口袋撈出一副茂宜睛鈦金屬太陽眼鏡戴上。「總是會把該做的事完成。」

「完成那毫無意義的逮捕程序？這值得你花兩個月的時間，冒著生命危險進行追捕嗎？」

葛雷夫輕聲笑說：「你不懂，羅格。像我這種人是從來不會考慮放棄追捕的。我就跟我的狗一樣，基因與訓練造就了我們。我們不把危險當一回事。一旦有人惹到我，我就像一枚銳不可擋的追熱式導彈，基本上以自我毀滅為目標。你大可以用你那蹩腳的心理學知識去分析看看。」他把一隻手擺在我的手臂上，擠出一抹微笑，低聲對我說：「但是分析結果不用告訴我，你知道就好。」

我撐著門站立。「還有那女孩呢？你怎麼逼她招供？」

「她才十四歲。」

「所以呢？」

「你覺得會怎樣？」

「我不知道。」

葛雷夫嘆了一大口氣。「我不知道你怎麼會對我有這種印象，羅格。我才不會偵訊未成年小女孩。我帶她去帕拉馬里博市，用我的薪餉幫她買了張機票，在蘇利南的警察有機會抓到她之前就把她送上下一班飛機，讓她回家找爸媽。」

我就這樣看著他，看他朝停車場裡那輛銀灰色凌志GS430轎車走過去。

秋天的天氣帶著一種驚人的美感。我結婚那一天是下雨的。

10 心臟病

我第三次按柔媞‧馬森的門鈴。事實上，門鈴旁並沒有她的名字，不過因為我不斷在艾勒桑德街這一帶到處按門鈴，最後才找到她。

這一天早早就變暗變冷了，而且速度很快。我的腳底在發抖。午餐後，我從公司打電話，問說是不是可以在大概八點時去找她，她猶豫了好久。最後，等到她簡單地用「好」這個字答應給我一個申辯的機會時，我知道她一定是打破了對自己許下的誓言：不要再跟這個斷然離她而去的男人有任何瓜葛。

門鎖嗡地一聲打開，我緊緊拉住門，唯恐這是自己能上樓的唯一機會。我走上樓，不想在電梯裡與多事的鄰居打照面，讓他們有時間可以打量我，把我記下，猜想我是誰。

柔媞已經先喀啦一下把門打開，我瞥見她蒼白的臉。

我走進去，把身後的門帶上。

「我又來了。」

她沒答話。通常都是這樣。

我問說：「妳還好嗎？」

柔媞・馬森聳聳肩。她看起來就跟我初次見到她的時候一樣：像個膽怯的小女孩，嬌小而衣衫凌亂，有著一雙像小狗的棕色眼睛，眼神驚恐。油膩的頭髮垂在臉龐兩側，看來沒有精神，駝著背，衣服的顏色黯淡，剪裁不合身，給人的印象是這個女人穿衣服的目的並非要吸引旁人注意，而是要掩飾她的身體。但是柔媞沒有理由這麼做，她的身形窈窕豐滿，皮膚光滑無瑕。但是，我想她就跟那種總是遭人毒打遺棄，從未獲得應有優待的女人一樣，散發著一種順服的光芒。也許就是因為這樣，我才會被激起那種過去未曾有過的感覺，一種想保護人的本能，還有一股讓我們發展出短暫關係的肉慾，或者說是婚外情。婚外情。我們的關係還在，但婚外情已經是過去式了。

那年夏天，我第一次在荻雅娜的某個賞畫會上看見柔媞・馬森。她站在房間的另一頭，正盯著我看，想要閃避我的眼神時卻太遲了。任誰捕捉到女性投射過來的眼神都會感到受寵若驚，但是當我知道她不會再把眼神擺在我身上時，便漫步走到她正在研究的畫作前面，對她自我介紹。當然，這主要是出於一股好奇心，因為我很清楚自己有多少斤兩，所以向來對荻雅娜非常忠心。有人可能會毒舌地說，我的忠心並非以愛為出發點，而是基於一種風險分析。他們會說，荻雅娜的行情比我好多了，她充滿吸引力，因此，除非我願意餘生跟行情比她差的人一起過，否則根本沒有冒險的本錢。

也許吧。但是柔媞．馬森的行情是跟我同一等級的。

她看起來像個怪胎藝術家，而我自然而然地以為她就是從事那一行，又或者她是藝術家的情人。否則，像她這樣身穿鬆垮垮的棕色燈心絨牛仔褲和單調緊身灰毛衣的人，怎麼拿得到賞畫會的邀請函？結果，她是個買家。用的自然不是她自己的錢，出錢的是一家位於丹麥歐登塞市，需要買些畫掛在新房間裡的公司。她是個在家接案的西班牙文譯者，翻譯過一些手冊、文章、使用說明書、電影，和一本專業書籍。那公司是她比較常合作的對象。她講話輕聲細語，露出一抹猶豫的微笑，好像不明白為什麼有人願意浪費時間與她交談。我很快地就被柔媞給吸引了。是的，我想「吸引」這兩個字是用對了。她的長相甜美，身形嬌小，只有一五九公分。不用問也知道，我很會看人的身高。等到那晚我離開賞畫會時，已經要到了她的電話，因為我說要把賞畫會那個藝術家的其他畫作傳給她。那個時候，我可能還是覺得自己沒有心懷不軌。

下次碰面時，我們約在「壽司與咖啡」喝卡布奇諾。我跟她解釋說我想要把畫作印出來給她看，而不是用電子郵件傳送，因為電腦螢幕會騙人——就像我也會騙人一樣。

很快地把畫作看完之後，我跟她說自己的婚姻不快樂，之所以會堅持下去，是因為我老婆很愛我，我對她有責任。任何已婚男女想要釣未婚男女時，都會用這種由來已久的陳腔濫調，但是我看得出她沒聽過這種話。以前我也沒親耳聽過別人對我說這種話，但是當然知道話可以這麼說，而且心想它應該會奏效。

她看看手錶，說她該走了，而我問說我可不可以找個晚上去拜訪她，為她介紹另一個更值得她那丹麥客戶投資的畫家。她猶豫了一下，但答應了。

我從藝廊拿了幾幅糟糕的畫作，還有地窖裡的一瓶紅酒去找她。那是個溫暖的夏夜，她幫我開門時臉上露出一副認命的表情。

我跟她說了一些自己的糗事——那種看似讓你沒面子，但因為你敢損自己，實際上卻能顯得你有自信且有成就的小事。她說她是獨生女，小時候跟著爸媽環遊世界，她爸爸是某家國際自來水系統公司的總工程師。她並不覺得自己是哪個國家的人，與其他地方相較，她並沒有更喜歡挪威。但就是這樣而已。對於一個能講數國語言的人而言，她的話實在很少。我心想，因為她是譯者，所以她寧願聽別人說故事，而不是講自己的故事。

她問起我老婆的事。儘管她一定知道荻雅娜的名字，因為她收到了邀請函，但她還是說「你老婆」。如此一來她的確讓我感到比較自在，也讓她自己自在點。

我跟柔媞說，當「我老婆」懷孕，但我不想要小孩時，我們的婚姻受到了莫大衝擊。而荻雅娜聲稱，她是經過我的勸說才去墮胎的。

柔媞問我：「真的嗎？」

「我想是吧。」

我看見柔媞的臉色改變，於是問她怎麼了。

「我爸媽也勸我去墮胎。因為當時我才十幾歲，而且小孩不會有爸爸。不過，我還是為此恨他們。恨他們，也恨自己。」

我倒抽了一口氣。一時語塞的我趕快跟她解釋：「我們的胎兒患有唐氏症。遇到這種事的父母有百分之八十五會選擇墮胎。」

說完後我馬上就後悔了。當時我在想什麼？這跟唐氏症有什麼關係？是我不想跟老婆生小孩的啊。

柔媞說：「無論如何，你老婆還是很可能會失去孩子。患有唐氏症的小孩通常也有心臟病。」

當時我想，心臟病，內心隱隱感謝她這麼配合我，感謝她讓我不用解釋那麼多。讓我們都比較好過。一個小時後，我們倆脫掉所有衣服，我心裡為自己的勝利而歡呼——對於那些習慣於征服的人，這看來沒什麼，但是卻讓我飄飄然好幾天。好幾週。確切來說是三週半。我只不過就是有了情人而已。二十四天後就分手的情人。

現在，我看著走廊裡的她，她就在我眼前，那感覺似乎好不真實。

漢姆生曾寫道，在嘗過戀愛的滋味後，人類很快就會膩了。任何份量太多的東西，我們都吞不下去。人們真的都那麼陳腐嗎？顯然如此。但我並不是那樣。我的情況是，良心不安的感覺一直侵擾著我。並不是因為我無法回報柔媞的愛，而是因為我愛荻雅娜。我當然早就意識到這一點，但擊垮這段婚外情的最後一擊卻是個奇怪的小插曲。那是夏末時分，我犯下罪的第二十四天，地點是柔媞那間位於艾勒桑德街的兩房小公寓，我們倆已上床睡覺。在那之前，我們徹夜聊天——精確說來，是我說了一整晚的話。我不斷描述並且解釋自己對人生的看法。這是我在行的，我的話帶有保羅・科爾賀的風格，也就是說，我說話的方式會讓易受影響的人著迷，激怒要求較高的聽眾。我的雙唇貼著柔媞的憂鬱棕眼，她聆聽著我每一句話，我好像真的能看見她踏進我一手編織出來的幻想裡，她的腦袋接受了我的思維模式，她愛上了我的心靈世界。至於我自己，我則是愛上了愛我的她，她那忠實的雙眼，她的沉默，還有她在做愛時那種幾乎聽不見的低聲呻吟，與荻雅娜那種電鋸似的哀鳴截然不同。戀愛的感覺讓我在那三週半裡變得性慾高漲。每當我不再自言自語，我們會互看一眼，我的身體就往前傾，把手擺在她的胸部，不知是她還是我總會渾身顫抖一番，然後兩人就往臥室的門口衝過去，目標是她那張宜家家居單人床，床的名字好誘人——Brekke，聽來像是要我們把它弄垮似的。那一晚她的呻吟聲比平常還大，而且她在我的耳邊低聲說了一些我聽不懂的丹麥語，因為客觀來講丹麥語是種困難的語言（丹麥兒童學說話的時間比歐洲任何國家的孩子都還要晚），但我還是覺得好有「助性」的效果，於是把節奏給加快了。通常柔媞不喜歡我加快速度，但是那晚她卻抓著我的屁股，把我拉過去，我認為她是示意我要更用力一點，把頻率加快。我一邊照做，一邊集中精神想著葬禮上棺材裡的老爸——事實證明，這是預防早洩的良方。雖然我已經撐很久了，但這能讓我更持久。儘管柔媞說她有吃避孕藥，但想到她還是有可能懷孕，我心裡就害怕。我不知道我們做愛時柔媞是否有過高潮；從她那安靜而自制的神態看來，即使她高潮了，也只會像一陣小小的漣漪，也許我壓根兒不會注意到。而且我覺得她實在太過嬌弱，如果直接開口問，她一定承受不了那種壓力。正因如此，接下來發生的事讓我一點心理準備也沒有。我感到我該停下來，但還是任由自己用力地頂最後一次。我感覺這一次到達了她體內深處。她的身體變僵硬，睜大雙眼與嘴巴。接下來，她抽搐了一下，當時我腦中瘋狂閃過一個念頭，居然深怕自己把她搞到癲癇症發作了。然後我的陽具感到一陣溫熱，被一股甚至比她的陰道還溫暖的熱氣包圍，接下來我的肚子、屁股與睪丸就這樣被她的一陣潮水給沾濕。

我用雙臂撐起身來，以難以置信且驚恐的眼神看著兩人身體的交合處。她的下腹部收縮著，好像要把我往外推似的，然後她用一種我未曾聽過的低沉聲音深深地呻吟，跟牛鳴一樣，接下來又是一陣潮水。她的體液從我們的兩股之間流下，落在仍然濕漉一片的墊子上。我心想，天啊！我是不是把她戳出一個洞？驚慌之餘，我的腦袋開始胡思亂想。我心想，她懷孕了。我把她體內胚胎的外膜戳破，現在所有的鬼東西都流到床上了。我的天啊！我們的周遭到處是孕育著那個孩子的體液，它是個「水子」，另一個「水子」！好吧，也許我的確看過書裡怎樣描述女性的潮吹，好嗎？或者我也曾在奇怪的A片裡面看過那種片段，但我總以為那是騙人的把戲，男性認為他們的性伴侶也該享有「射出」的權力，因此是一種性幻想。躺在那裡的我腦袋裡只有一個想法：這是個報應，上帝為了我勸荻雅娜墮胎而處罰我，是我自己辦事不小心，到頭來還要害一個無辜的孩子送命。

我掙扎著下床，把絨毛被一起扯了下來。柔媞嚇了一跳，但我沒有注意到她蜷曲的胴體，只是看著床單上那個仍在往外擴散的深色圈圈。我漸漸地搞懂這是怎麼一回事了。更重要的，或者應該說我發現自己運氣很好，某件事沒有發生在我身上。但是傷害已經造成了，一切為時已晚，已經沒有回頭路了。

我說：「我該走了，我們不能繼續這樣下去。」

柔媞縮著身體，用幾乎聽不見的聲音低聲說：「你在做什麼？」

我說：「我很抱歉，但是我必須回家請求荻雅娜原諒我。」

柔媞低聲說：「她不會原諒你的。」

我到浴室洗手漱口，去除她身上的味道，沒有聽見臥室裡有任何動靜，接著我就離開了，小心地把身後的門關上。

此刻，過了三個月之後，我又站在她家走廊，知道這次該裝可憐的人不是柔媞而是我。

我問說：「妳可以原諒我嗎？」

柔媞用單調的聲音問：「她不肯原諒你嗎？」但也許這就是丹麥腔。

「我從未跟她說我們的事。」

「為什麼不說？」

我說：「我不知道。有心臟病的人很有可能是我。」

她用目光打量著我，看了很久。而在她那雙憂鬱無比的棕色眼睛裡，我看到了一抹笑意。

「你來這裡幹什麼？」

「因為我忘不了妳。」

她用一種我未曾聽過的堅定語氣再問一遍：「你來這裡幹什麼？」

「我只是覺得我們應該——」

「為什麼，羅格？」

我嘆氣說：「我對她再也沒有虧欠。她有了一個情夫。」

接下來我們陷入一陣長時間的沉默。

她稍稍動了一下下唇。「她讓你心碎了嗎？」

我點點頭。

「而現在你要我幫你撫平內心的創傷？」

這個女人向來沉默寡言，我不曾聽過她用這種輕描淡寫的方式說話。

「妳撫平不了的，柔媞。」

「沒錯，我想我辦不到。你知道她的情夫是誰嗎？」

「我就這麼說吧，他只是個要透過我們公司爭取工作的傢伙，但他是不會被錄用的。我們能聊聊別的事嗎？」

「聊聊就好？」

「妳決定吧。」

「好，我來決定。聊聊就好，那是你的專長。」

「嗯。我帶了一瓶紅酒。」

她微微點頭，幾乎看不出來。然後她轉身往前走，我跟在後面。

我一邊跟她喝酒，一邊講個不停，最後在沙發上睡著。醒來時，我的頭枕在她的膝蓋上，她正撫摸著我的頭髮。

當她發現我醒來後，問道：「你知道自己哪一點最先引起我的注意嗎？」

我說：「我的頭髮。」

「我跟你說過嗎？」

我看著手錶說：「沒有。」九點半，該回家了——那個已經破碎的家。我好害怕。

我問說：「我可以跟妳復合嗎？」

我看得出她在猶豫。

我說：「我需要妳。」

我知道這個理由實在很沒說服力。這是我跟當年那個QPR隊球迷學來的，她說過，她覺得那球隊需要她。但這是我能找到的唯一理由。

她說：「我不知道。我得想一想。」

我進門時，荻雅娜正在客廳裡看一本大開本的書。范．莫里森正在唱著，「……**像你這種人讓這一切都值得了**」，直到我站在她面前，大聲唸出那本書的書名，她都還沒發現我回來了。

「《一個孩子的出生》？」

她嚇了一跳，但露出愉悅的神情，急忙把書擺回她身後的書架上。

「親愛的，你今天比較晚回家。你做了什麼好事嗎，或者只是在工作而已？」

我說：「兩者都有。」我走到客廳的窗邊。白色月光灑在車庫上，但是烏維要再過幾個小時才會來拿那幅畫。「我回了幾通電話，然後想想看要提報哪個候選人給探路者公司。」

她高興地拍拍手說：「好興奮啊！應該是我幫你挑的那個吧，他叫做……呃，他叫做什麼來著？」

「葛雷夫。」

「克拉斯．葛雷夫！我越來越健忘。等到他發現是我幫忙的，希望他能夠跟我買一幅很貴的畫。這是應該的，對不對？」

她開朗地笑了一會兒，把剛剛縮在下面的細腿伸直，打了一個哈欠。她的話彷彿一隻爪子，抓著我那好像灌水氣球的心臟，緊緊捏著，我必須趕快轉身看窗外，以免讓她看見我痛苦的表情。過去我曾以為她是個誠實無欺的女人，如今她不僅成功地戴上了面具，而且像個厲害的騙子。我吞了一口口水，等到確定能控制自己的聲音才開口。

我仔細打量著她在玻璃上的倒影，說：「葛雷夫不是適當的人選。我會挑別人。」

這騙子沒那麼厲害。她沒能針對這句話隨機應變，只見她張大了嘴巴。

「親愛的，你在開玩笑吧？他是個完美的人選！你自己也說過……」

「我錯了。」

「錯了？」她的聲音夾帶著一點尖叫聲，我感到滿意極了。「你究竟是什麼意思？」

「葛雷夫是個外國人。他的身高不到一百八。還有，他有嚴重的人格缺陷。」

「不到一百八！天啊，羅格，你還不到一百七耶。你才有人格缺陷！」

聽來真是心痛。不是因為她說我有人格缺陷，當然，她說的可能沒錯。我使勁壓抑，讓聲音保持平靜。

「荻雅娜，妳幹嘛那麼激動？我曾看好克拉斯．葛雷夫，但我們也常見到令人失望、辜負期望的人啊！」

「但是……但是你錯了。你看不出來嗎？他是個男子漢！」

我轉過身，打算用一副高傲的笑臉面對她。「聽我說，荻雅娜，我是這行的佼佼者，做的就是透過判斷來篩選人才。我在私生活裡也許會犯錯……」

我看見她的臉抽搐了一下。

「但在工作上從來沒有。從來沒有。」

她不發一語。

我說：「我累透了。昨晚我睡得很少，晚安了。」

我躺在床上，聽著上方傳來腳步聲。她坐立難安，走來走去。我聽不到任何講話聲，但我知道她在講電話時總是喜歡四處踱步。我突然想起，這好像是我們這個世代的人才會做的事——小時候我們沒有用過無線電話與手機，所以現在講電話時總是會走來走去，好像仍然覺得能夠一邊四處走動，一邊講話是很神奇的事。我曾看過一種說法：現代人花在與人溝通的時間是過去人類的六倍。所以我們花更多時間與人溝通，但是溝通的效果有比較好嗎？為何這麼說？舉例說來，儘管我知道荻雅娜曾與葛雷夫在他的公寓裡做愛，但我還不是沒有拿這件事當面質問她？是不是因為我知道她不可能把整件事的原委講清楚，到頭來我仍然只能面對自己的種種假設與臆測？例如，也許她會跟我說他們倆不過是露水姻緣，只有一夜情，但我知道並不是那麼一回事。如果只是逢場作戲，沒有任何女人會這樣利用自己的丈夫，幫另一個男人謀得一份薪資優渥的工作。

不過，我之所以會絕口不提，還有別的理由。因為，只要我假裝不知道荻雅娜跟葛雷夫的關係，誰也不能說我在評估他的應徵案時有所偏私，因此我不但不用把這份差事拱手讓給費迪南，還可以靜悄悄地盡情報復——儘管只是微不足道的可悲報復。接下來，我還要想辦法跟荻雅娜解釋我為什麼會起疑。畢竟，我是絕對不可能跟她說我是個常常闖空門的雅賊。

我在床上翻來覆去，聆聽她腳底那雙細跟高跟鞋不斷發出單調的喀噠聲響，彷彿我聽不懂的摩斯密碼。我想要睡覺，我想要進入夢鄉，我想要逃離這一切。最好醒來後可以忘掉所有事。這是我之所以不對她說破最重要的理由：只要我不說出來，我們就還有機會把這一切忘掉。我們可以睡覺作夢，醒來後發現那件事就這樣煙消雲散，變成只會在我們的腦海裡出現的抽象情景，就像任何一個愛人每天都會在腦海裡幻想的「精神外遇」——即使再怎麼愛對方，總會有想入非非的時候。

我想到，如果此刻她用的是行動電話，那麼一定是新買的手機。而那支新手機也會變成一個平凡但是無可反駁的真憑實據，足以證明之前發生的事並非一場夢。

後來她終於進來臥室脫衣睡覺，我裝作已經睡著了。但是，藉著從窗簾之間灑進屋內的淡淡月光，我設法瞥見她把手機關掉，放進長褲口袋裡。結果還是那支手機。那支黑色的Prada手機。所以，也許是我在作夢。我感到一陣濃濃睡意，開始想睡覺了。或者，也有可能是他又買了一模一樣的手機給她。我的睡意又暫時消退了。或者，是她找到了手機，所以他們一定有再見面。我整個人清醒了起來，意識到今晚將會失眠。

到了午夜我仍然醒著，敞開的窗戶外面傳來隱約的聲響，我想有可能是烏維到車庫裡去拿那幅魯本斯的畫。儘管我仔細聆聽，卻未聽見他離開的聲音。或許我畢竟睡著了。我夢見了一個海底世界。那裡的居民都好快樂，帶著微笑，所有的婦孺都靜悄悄的，開口說話時只會從嘴裡冒泡泡。在夢裡我完全沒有料到的是，醒來後我將陷入一個惡夢中。

11 氯化琥珀胆鹼

我八點起床，自己吃了早餐。就一個帶著罪惡感睡覺的人來講，荻雅娜睡得可真好。我自己則是只睡了兩三個小時。我在八點四十五分往樓下走，打開車庫的門。附近一扇敞開的窗戶傳出音樂，我認出那是「黑色速度」樂團（Turbonegro）的作品，不是因為我聽過那旋律，而是因為他們的英文腔調。車庫燈自動打開，燈光投射在我那輛氣派的S80富豪轎車上面，它正乖乖地等待主人來臨。我抓住門把後，立刻放手往後跳。車裡駕駛座上有人！一開始的恐懼感消退後，我發現他有一張船槳狀的橢圓形臉龐——那是烏維．奇克魯。顯然過去幾個晚上的差事讓他累壞了，因為他就坐在那裡，雙眼緊閉，嘴巴半開。還有，他無疑睡得很沉，因為直到我打開門時，他還是沒有動靜。

過去我曾不顧父親反對，去受過三個月的士官訓練，我用當時學來的語氣開口說：「奇克魯，早啊！」

他連眼皮都沒有動一下。我吸了一口氣，大聲叫他起床，同時注意到車內天花板的墊片已經被打開了，露出魯本斯那幅畫作的邊邊。此時我彷彿是被蓬鬆雲朵遮蔽的春日，突然感到一陣寒意，打了個冷顫。我不再出聲，只是抓著他的肩膀輕輕搖晃。還是沒反應。

我更使勁搖他，他的頭在肩膀上來回晃動，沒有絲毫抗拒。

我把食指跟大拇指放上應該是他主動脈的地方，但根本分不出我感覺到的脈搏是來自他身上，還是來自我那顆怦怦跳的心臟。但是他的身體是冷的。太冷了，不是嗎？我用顫抖的手指頭撐開他的眼皮。這下就錯不了了。我看到他那雙毫無生氣的瞳孔盯著我，不由自主地往後退。

一直以來我總是覺得自己在驚險的時刻仍然有清晰的思考力，以為自己不會慌張。當然，那有可能是因為我這輩子還沒有遭遇過足以讓我慌張的大風大浪。當然啦，除了荻雅娜懷孕那次以外——當時我真的慌了。所以說，也許我畢竟是個會感到慌張的人。無論如何，此刻我的腦海裡浮現了一些極度不理性的想法。我就像一輛需要清洗的車輛，要沖水才能清醒過來。我想到的居然是烏維的那件襯衫，上面逢了迪奧的標籤，應該是他去泰國度假時買的。我還想到，一般人都認為「黑色速度」不是個好樂團，但實際上他們是。不過，我也知道現在是什麼狀況：我知道自己快要失控了，於是緊閉雙眼，不再胡思亂想。然後我又張開眼睛，此刻我一定要抱持著一絲希望才可以。但是沒用，事實依舊沒變，烏維．奇克魯的屍體還是在那邊。

我得出的第一個結論很簡單：我必須把烏維的屍體處理掉。如果有人在這裡發現他，一切都會曝光。我堅決地把烏維往方向盤推過去，靠近他的後背，從後面抓住他的胸口，將他拖出來。他好重，而且他的雙臂被拉得往上伸直，看來好像要掙脫我似的。我又把他往上抬，重新抱起來，結果還是一樣；他的手擺動到我面前，一隻手指劃過我的嘴角。我感到有一片被他咬得歪七扭八的指甲摩擦到我的舌頭，驚恐之餘我吐了一口口水，但是嘴裡仍然殘留著尼古丁的苦澀味。我把他丟到車庫地板上，打開後車箱，但是當我要把他拉起來時，只拉起了他的夾克跟那件仿冒的迪奧襯衫，他的身體還是躺在水泥地上，一點也沒移動。我罵了一聲，一手抓住他的長褲皮帶內側，拉起他之後把頭先塞進容量有四百八十公升的後車箱。他的頭碰到後車箱底部，輕輕地發出砰一聲。我用力把後車箱的蓋子關上，然後跟許多用手搬過東西的人一樣，拍拍雙手。

接著我走回駕駛座那一邊。座椅上只有那種全世界計程車司機都在用、以木珠編成的椅墊，沒有任何血跡。烏維的死因到底是什麼？心臟衰竭？腦出血？毒品還是其他玩意使用過量？我知道，像這樣從外行人的角度去進行診斷根本就是浪費時間，上車後我發現一件怪事，我注意到墊子上居然有殘留的體溫。那塊墊子是父親遺物中唯一有價值的東西：他是因為有痔瘡才會用墊子，我則是深怕痔瘡具有遺傳性，所以用它來預防。我的屁股突然感到一陣疼痛，身體抽動了一下，膝蓋撞到方向盤。我小心地下車。那種痛感不見了，但剛剛我的確被某個東西給刺到。我彎腰盯著駕駛座，在昏暗的車內燈光下看不見任何異常的東西。有可能是馬蜂嗎?都已經到深秋了,不可能。我發現墊子上的珠珠之間有東西發出亮光。我把身子彎得更低。有一個幾乎看不見,小小的金屬尖頭冒了出來。有時候人腦進行思考的速度快到我們自己無法理解。這是唯一的解釋,否則我怎麼會在掀開墊子,看到那個東西之前就有隱約的預感,心頭因而怦怦跳。

沒有錯,那個東西的大小就跟一顆葡萄一樣。而且葛雷夫已經講得很明白了,那是用橡膠製成的。它不完全是球狀,底部是一個平面,如此一來針頭才會永遠朝上。我把橡膠球拿到耳邊搖搖看,聽不見任何聲音。我的運氣真好,當烏維.奇克魯坐在橡膠球上面時,球裡所有物質都刺進他的體內了。我揉揉屁股,看看身體是否有異狀。我有一點頭暈,但是在搬運過同夥的屍體,並且被氯化琥珀胆鹼的毒針刺過後,任誰都會頭暈吧?那非常有可能是本來要用來對付我的殺人武器。我感覺到自己在咯咯傻笑,有時候我一害怕就會這樣。我閉上眼睛,深深吸一口氣,全神貫注。笑聲不見了,取而代之的是怒氣。這真是他媽的令人不敢相信!還是我早該料到這一點?像克拉斯.葛雷夫那種有暴力傾向的瘋子本來就會想要除掉丈夫。我用力踢輪胎。一次,兩次。我腳上那雙約翰.羅布牌的鞋尖上出現了一道灰色痕跡。

但是葛雷夫是怎麼打開車子的?他究竟怎樣……?

車庫門被打開,走進來的人解答了這一切問題。

12 娜塔夏

荻雅娜站在車庫門口盯著我。顯然她是在匆忙間著裝，還頂著一頭亂髮。她低聲說話，我幾乎聽不見。

「發生什麼事？」

我盯著她，腦海裡也閃過同樣的問題。知道答案後，我那已經破碎的心好像被磨成粉似的。

荻雅娜。是我的荻雅娜。不會是別人幹的。是她把毒藥擺在墊子下面的。是她和葛雷夫串通好的。

我手上拿著那顆橡膠球說：「我正要坐下去的時候，看到這根針從座位上冒出來。」

她接近我，小心地把那個殺人武器握在手裡，明顯非常小心翼翼。

她說：「你**看到**這根針？」說話時完全沒有掩飾那懷疑的口氣。

我說：「我的目光很銳利。」不過，我想她聽不出我的話一語雙關，就算聽得懂也不在意。

她看著那顆小球說：「幸好你沒有坐上去。這到底是什麼？」

沒錯，她是個厲害的騙子。

我輕快地說：「我不知道。妳來這裡幹什麼？」

她張嘴看著我，有一瞬間我覺得自己好像面對著空氣。

「我……」

「怎樣，親愛的？」

「我躺在床上，聽見你往下走進車庫，但是車子沒有發動開走。我自然想知道是不是出了什麼事。看來我還真沒猜錯。」

「呃，真的沒事啦，寶貝，只是一根小針而已。」

「親愛的，那種針可能很危險耶！」

「是嗎？」

「你不知道喔？你可能感染上愛滋病、狂犬病等各種病毒。」

她向我靠過來，我看得出她這動作是什麼意思，她的目光變柔和，噘著雙唇，接下來就要擁抱我了。但是她沒有那麼做，有什麼打斷了她，也許是因為我的眼神。

她說：「喔，天啊！」她低頭看著那顆橡膠球，把它擺在我未曾用過，未來也不會去使用的工作檯上。然後她很快地跨一步過來，伸手抱住我，稍稍駝背以縮短我們的身高差距，下巴擱在我的脖子側邊，左手撫摸著我的頭髮。

「你知道嗎？親愛的，我有點擔心你。」

那感覺就好像被陌生人擁抱。此刻她給我的感覺已經完全不同了，就連她的味道也一樣。搞不好那是他的味道？真噁心。她的手在我的頭髮上慢慢地來回按摩，好像在幫我洗頭似的，好像這一刻我的頭髮讓她無比喜愛。我很想打她，用整隻手掌打。如此一來我才能感覺到那種膚觸，感覺那種痛苦與震撼。

但是我卻閉上雙眼，任由她撫摸，任她按摩、安撫與取悅我。也許我是個很變態的人。她似乎不想停下來，於是我說：「我要去上班了。我必須在十二點以前把人選呈報出去。」

但是她不願放開我，最後我得掙脫她的擁抱。我發現她的眼角閃耀著淚光。

我問她說：「怎麼回事？」

但她不回答，只是搖搖頭。

「荻雅娜……」

她用微微顫抖的聲音低語。「祝你今天順利，我愛你。」

然後她就走出門了。

我想追出去，但是卻沒動。安慰想要謀殺你的人？這根本就沒有道理。這世上還有任何事有道理嗎？於是我進到車裡，吐了一大口氣，從後照鏡看自己。

我低聲說：「活下去，羅格。振作起來，然後活下去。」

我把魯本斯的畫推進天花板裡面，把墊片關起來，發動車子，聽見車庫門在我身後升起，倒車出去，慢慢地沿著彎曲的道路往下開向奧斯陸。

烏維的車子就停在四百公尺外的人行道旁。很好，就停在那邊吧，可能要到幾週後才會有人起疑，到時候已經開始下雪，掃雪車也來了。讓我比較擔心的是，我必須把車裡的屍體處理掉。弔詭的是，直到這一刻，過去我與烏維相處時所採取的那些預防措施才完全發揮了效用。棄屍後，誰也不能把我們倆扯在一起。但是要丟在哪裡呢？

我腦海裡浮現的第一個解答，是位於葛魯莫垃圾掩埋場的焚化爐。在動手之前，我必須先找東西把屍體包起來，然後直接開到焚化爐，打開後車箱，把屍體弄到焚化爐的坡道上，它就會直接滑進那片劈啪作響的火海裡。我要冒的風險是旁邊可能會有其他丟垃圾的人，尤其是一定會有員工監督著焚化爐。要不找個偏僻的地方自己把它燒掉？但顯然人的屍體很難完全燃燒。我曾經讀過，在印度葬禮上用柴堆焚燒屍體時，平均要十個小時才能燒完。還是，等荻雅娜離家前往藝廊後，我把車開回車庫，將屍體擺在工作檯上，最後用岳父送我的那把鋼絲鋸處理它——雖然他把鋸子當聖誕禮物送我，但我看不出有任何諷刺的意味。等到把屍體肢解成適當的大小後，用塑膠袋把屍塊跟一兩塊石頭包在一起，從奧斯陸周遭森林的幾百個湖泊裡挑幾個出來，把塑膠袋沉到湖底。

我用拳頭搥了前額幾下。我他媽的在想什麼？幹嘛肢解屍體？首先，《CSI犯罪現場》影集我還沒看夠嗎？遲早會有人發現屍體。只要哪裡沾到一滴血，再加上岳父給的鋸子上留下的血跡，我就吃不完兜著走了。再來，我為什麼要費力掩藏屍體？為什麼不找一條偏僻的橋，把烏維的屍體丟過欄杆就好？也許屍體會浮上河面被發現，但那又怎樣？沒有人會曉得我跟這起謀殺案的關聯，我也不認識什麼烏維．奇克魯，就連「氯化琥珀胆鹼」這個藥名要怎麼寫我都不知道。

我最後的選擇是莫里道湖。它距離市區只有十分鐘的車程，平日的早上不會有任何人在那裡。我打電話給伊妲或歐妲，跟她說我今天會晚一點到。

我開車開了半小時，穿越幾百萬立方公尺的森林，令人震驚的是，在距離挪威首都那麼近的地方，居然還有兩個鄉巴佬居住的落後村落。但是，那裡的某條碎石小路上，有一座我在尋找的那種橋。我把車停下，等了五分鐘。舉目可見可聞的距離內，都沒有人車與房屋，只有一陣陣淒涼的奇怪鳥叫聲。是烏鴉嗎？總之是一種黑鳥。那座低矮木橋下方一公尺有一處神祕的靜水，水的顏色跟烏鴉一樣黑。太完美了。

我走下車，打開後車箱。烏維完全沒動，姿勢跟我把他擺進去時一樣，臉朝下，手臂在身體兩側，屁股高高翹起。我最後再一次四處張望，確定沒有別人，然後才開始行動。快速而有效率。

令我感到訝異的是，屍體撞擊水面並未發出太大的撲通聲響，比較像是咯吱一聲，彷彿這座湖決定要成為我這件邪惡差事的幫凶。我靠在欄杆上，往下看著那片沉靜而封閉的湖面，想著接下來該怎麼做。想著想著，我似乎看到烏維．奇克魯起身看著我；一張慘白的綠臉張大眼睛，想要浮上湖面，一個嘴裡還有爛泥，頭髮上有海草的鬼魂。我心想自己需要喝一點威士忌才能平復情緒，此時那張臉真的就這樣浮出湖面，持續朝著我往上升起。

我發出尖叫。那具屍體也尖叫起來，用力發出咻咻聲響，似乎連我身邊的氧氣也都想吸走。

然後它又消失了，遭到黑色湖水吞滅。

我凝視著那一片黯黑。剛剛發生的事是真的嗎？媽的，當然是真的，尖叫聲的回音還在樹梢繚繞著。

我翻到欄杆的另一邊。我閉住呼吸，等待身體被冰冷的湖水淹沒，一陣冷顫從腳底往頭頂上竄。接著我發現自己站在水裡，水深及腰，腳旁有東西在動。我把手伸進泥濘的湖水裡，一把抓住那本來以為是海草的東西，結果摸到了下面的頭皮，於是便往上拉。烏維．奇克魯的臉再度出現，他不斷眨眼把水弄掉，然後又發出那種拼命呼吸的低沉咻咻聲響。

我受不了了。剎那間我只想鬆開他然後逃走。

但是我不能那樣，對吧？

總之，我開始把他拖回橋樑盡頭的湖畔。烏維又暫時失去意識，我必須用力抬著他，設法讓他的頭比水面高。湖底軟泥好滑，不斷動來動去，好幾次差點讓我失足滑倒，而且也毀了我那雙名牌皮鞋。幾分鐘過後，我終於設法讓我們倆都抵達湖畔，進入車內。

我把頭靠在方向盤上休息，喘個不停。

我們開車離去，把車輪轉往木橋的方向，在此同時，那隻可惡的鳥不斷咯咯發出嘲笑聲。

就像我先前所說的，我沒有去過烏維家，但是我有他家地址。我打開車內置物箱，拿出黑色的衛星定位導航器，輸入街名與號碼，幾乎撞上一輛迎面而來的車子。導航器經過一番計算推論，歸納出行車距離。這只是一種不涉及感情的分析結果。就連那機器的電腦語音——一個溫柔而克制的聲音，也沒有受到此刻的情況影響。我告訴自己，現在我就該像那樣，像一具機器似的準確行動，不要犯下愚蠢的錯誤。

半小時後我來到了那個地址。那是一條靜僻的窄街。烏維的屋子又小又舊，位於街道的另一頭，後方有一大片深綠色的雲杉木森林。我在屋前台階停下來，抬頭打量那屋子，再次斷定這醜陋的建築物不是現代的作品。

烏維坐在後座，那模樣也是醜得要命，臉色灰白，而且全身都溼透了，不斷滴著水。我在他的口袋裡尋找鑰匙，最後終於找到了一整串。

我搖醒他，他用迷濛的雙眼盯著我。

我問他：「你能走路嗎？」

他看我的眼神好像我是個外星人似的。說話時他的下顎比平常更突出，讓他看起來好像復活島上的巨大石像，與布魯斯·史普林斯汀又有幾分相似。

我繞到車子另一邊，把他拖出來，讓他靠在牆上。我試著用鑰匙開門，結果第一把就開成了，心想也許自己終於要轉運了，接著就把他拖進去。

進屋後我走到一半才想起警鈴。我當然不希望等一下這裡被三城公司的保全人員給包圍，也不希望監視錄影機拍到我和半死不活的烏維·奇克魯在一起。

我大聲對著烏維的耳朵說：「密碼是什麼？」

他踉蹌了一下，幾乎從我的懷裡滑脫。

「烏維！密碼是什麼？」

「啊？」

「我必須在警鈴大作之前把它解除。」

他閉著眼睛口齒不清地說：「娜塔夏……」

「烏維！振作起來！」

「娜塔夏……」

「我問密碼是什麼！」我用力甩了他一巴掌，他立刻張大眼睛看我。

「我說了啊，你這狗雜碎！**娜塔夏啊！**」

我放開他，跑到屋子前面時聽見他倒在地上的聲音。我發現藏在門板後的警鈴——在這之前，我早就知道三城公司的技工慣於這麼裝設。一個小小的紅燈正閃閃發亮，顯示警鈴啟動的時間已經開始倒數計時。我輸入那個俄羅斯妓女的名字。就在要按下最後的「a」字母時，我突然想起烏維的識字能力有問題。天知道他怎麼拼那個名字啊！但是十五秒快要用完了，要問他也已經來不及。我按下「a」，閉上眼睛，做好心理準備。等了一陣子，我再度張開眼睛，看見紅燈已經不再閃爍。我吐了一口氣，不敢想像剛剛有多麼驚險。

等我回去時，烏維已經不見了。我跟著濕漉漉的腳印一直走，來到一個起居室。顯然他把這裡當作娛樂、工作、吃飯與睡覺的地方。總之，房間的一邊窗戶底下有張雙人床，另一邊是一台掛在牆上的電漿電視，中間擺著茶几，上面是一盒還沒吃完的披薩。靠在比較長那面牆上的則是一具桌上型虎頭鉗，鉗上夾著一支已經被鋸斷、顯然他正在改造的霰彈槍。烏維已經爬上床，正在那上面呻吟。我猜應該很痛苦吧。我根本就不知道氯化琥珀胆鹼對人體有何影響，但肯定不會是什麼好事。

我靠過去問他：「你還好嗎？」我踢到某個東西，那玩意在破損的拼花地板上滾動，我低頭一看，結果發現床邊到處是空彈殼。

他呻吟著說：「我快死了。這是怎麼一回事？」

「你上車以後坐到了一個裝有氯化琥珀胆鹼的注射器。」

「**氯化琥珀胆鹼！**」他抬起頭，怒目瞪我。「你是說那種叫做氯化琥珀胆鹼的毒藥？我的身體裡有他媽的氯化琥珀胆鹼？」

「嗯，但顯然劑量不足。」

「不足？」

「不足以殺掉你。他一定是搞錯劑量了。」

「他？是誰？」

「克拉斯・葛雷夫。」

烏維的頭往枕頭上倒下去。「媽的！別跟我說是你搞砸了！布朗，你把我們的事洩漏出去了嗎？」

我拉了一張椅子，坐在床腳。「才不是。車上會有針頭是因為……因為另一件事。」

「除了我們惡搞那個傢伙之外，還會有什麼鳥事？」

「我不想談那件事。但是他想做掉的是我。」

烏維嚎叫起來。「氯化琥珀胆鹼！我必須去醫院，布朗。我快死了！你他媽的為什麼把我帶回來這裡？打電話叫救護車！」他對著床邊小桌上的某個東西點點頭——一開始我以為那是塑膠人偶，看來像兩個女人正在用「69式」做愛，現在才明白那是電話。

我吞了一口口水。「你不能去醫院，烏維。」

「我不能去？我一定要去！我都快要死了，你白癡啊！快死了！」

「你聽我說。當他們發現你體內有氯化琥珀胆鹼的時候，一定會立刻打電話給警察的。這不是處方藥。它是這世界上最厲害的毒藥，跟氫氰酸還有炭疽菌是同一個等級。最後你一定會被克里波刑事調查部偵訊的。」

「那又怎樣？我不會露口風的。」

「你要怎麼解釋毒藥的事？」

「我會想辦法。」

我搖頭說：「你根本一點機會也沒有，烏維。等到他們把英鮑、萊德與巴克來的偵訊程序搬出來，你就沒轍了。」

「啊？」

「你會崩潰的。你一定要待在這裡，懂嗎？反正你現在也比較好了。」

「你他媽懂些什麼，布朗？難道你是醫生嗎？不是，你他媽的是個獵人頭專家，而且現在我的肺部熱得要命。我的脾臟已經爆掉了，再過一小時我的腎臟也會衰竭。我一定要去醫院，**現在就去！**」

他掙扎地想要坐著，但是我跳起來，把他往後推。

「聽我說，我現在去冰箱裡面找看看有沒有牛奶。牛奶可以解毒。你到醫院他們也是這樣治療你而已。」

「只會灌我喝牛奶？」

他又想要坐起來，但是我用力地把他往後推，突然間他好像斷了氣。他的眼球凹陷，嘴巴半開，頭靠在枕頭上。我彎下腰面對他的臉，確認他仍對著我呼出充滿菸臭的氣息。然後我開始在屋子裡四處翻找任何可能會減輕其痛苦的東西。

我只找得到彈藥。很多彈藥。那個用紅十字裝飾，看來煞有介事的醫藥櫃裡面裝滿了盒子，從標籤看來盒內都是九毫米子彈的彈匣。餐廳抽屜裏面裝的還是彈藥盒，其中有些寫著「空包彈」——過去在接受士官訓練時我們都管它叫「紅屁」，意思是沒有彈頭的彈殼。每當烏維看到不喜歡的電視節目總是會開槍，他用的一定是這種子彈。變態的傢伙。打開冰箱後，我除了看到一罐提內牌脫脂鮮奶，同一層還擺著一把銀閃閃的手槍。我把它拿出來。槍把感覺起來好冰。鋼鐵材質上銘刻著型號：葛拉克17型。我用手掂掂槍的重量，顯然保險沒有關起來，不過槍膛裡已經有一顆子彈了。換言之，好比說你在廚房裡，一拿到槍就可以立刻射擊，對付你沒有料到的不速之客。我抬頭往上看天花板的監視攝影器，這才明白，烏維・奇克魯這傢伙遠比我想像的更為偏執，也許他根本就是個偏執狂病人。

我把手槍跟那盒鮮奶都拿出來。就算沒有其他意圖，如果他不守規矩的話，至少我可以用那把槍控制他。

我從角落轉進起居室，發現他已起身坐在床上，之前只是裝作暈過去而已。他的手裡握著那個正屈身舔東西的塑膠裸女話筒。

他大聲而且清楚地對著話筒說：「你們必須派一輛救護車過來。」他用一種不屑的眼神看我。看來他之所以覺得自己能這麼做，是因為另一隻手裡正握著一把我在電影裡看過的武器。我想到電影裡那些犯罪、幫派火拼與黑人互相殘殺的情節。簡而言之，那是一把烏茲衝鋒槍。一種用來非常順手的小型機關槍，它可怕且充滿殺傷力，被打到可不是好玩的。而且，他正拿槍對準我。

我大叫：「不要！別那樣，烏維！他們會直接打電話給警——」

他對我開火。

那聲音聽起來就像用煎鍋做爆米花。我還有時間思考，我想到那聲音就是我死掉時的背景音樂。我看見噴出來的血潑灑在手裡的鮮奶盒上。白色的血？我這才知道實情跟我想的剛好顛倒——被打穿的是鮮奶盒。絕望之餘，我不由自主地舉起手槍來擊發，對自己還能這麼做感到有點訝異。槍聲引發了我的滿腔怒火：至少這砰的一聲比那該死的烏茲槍還有力。接著他那支以色列製的娘砲機關槍也靜了下來。我把槍放下，剛好看到烏維皺著眉頭瞪我。他額頭皺紋上方有一個小巧的黑洞。然後他的頭往後栽，啪一聲倒在枕頭上。我的怒氣消失了，眼睛眨了又眨，感覺視網膜上好像有一片不斷跑過的電視影像。那影像像是在跟我說，烏維．奇克魯再也不會醒過來了。

13 甲烷

我腳踩油門在E6高速公路上馳騁著，大雨不斷打在烏維那輛賓士280SE的擋風玻璃和雨刷上。下午一點十五分了，在我起床後的四個小時裡，我先是毫髮無傷地躲過老婆的謀殺計畫，然後把行竊夥伴的屍體丟到湖裡，又將他救起來，活蹦亂跳的我親眼看到我那生氣勃勃的夥伴企圖開槍殺我。而我卻誤打誤撞，隨便一槍就把他又變成一具屍體，這次他死透了，而我也成了殺人凶手，此時已在前往埃爾沃呂姆的路上。

大雨落在柏油路面，雨水不斷彈起，看來像奶泡似的，我不由自主地屈身靠在方向盤上，深恐沒有看到路標，錯過出口。因為此刻我要去的地方可是沒有地址的，探路者的衛星定位導航器也無用武之地。

離開烏維家之前，我唯一做的事就只有換上我在衣櫃裡找到的乾衣服，然後一把抓起他的車鑰匙，把他皮夾裡的現金與信用卡拿走。我任由屍體躺在床上，沒有動它。如果警鈴被啟動了，那張床是屋裡唯一沒有被監視錄影器拍到的地方。我也把葛拉克手槍帶走，因為把凶器帶離犯罪現場似乎是挺合理的事。我還拿了一串鑰匙，裡面除了有他家的鑰匙，還有一把可以用來開啟埃爾沃呂姆郊外那間小木屋——也就是平常我們會面的地點。那是個可以讓人好好思考，做計劃與幻想遠景的地方。沒有人會去那裡找我，因為沒人知道我居然有那種地方可以去。除此之外，那也是我唯一可以去的地方，除非我想把柔媞給扯進這種事情來。而這種事情，到底是什麼鳥事？呃，總之此刻就是我正被一個瘋狂的荷蘭佬追殺，而那剛好是這傢伙的專業。還有，再過不久警察也會插手，前提是他們必須比我所料想的還要聰明一點。如果我有機會的話，一定會故佈疑陣。例如，我會換一輛車，因為要辨認七位數的車牌號碼還是比認人要容易一點。離開烏維的屋子時，我聽到警鈴發出嗶一聲，意味著它已經自動啟動，我開著他的車回我家。我知道葛雷夫也許就在那裡等我，所以把車停在離家一段距離的邊街上。我把濕掉的衣服擺在後車箱，從天花板墊片裡拿出魯本斯的畫作，擺進我的大型文件夾裡，鎖上車子後走路離開。烏維的車仍然停在我稍早看到它的那個地方。上車後我把文件夾擺在旁邊座位上，驅車前往埃爾沃呂姆。

岔路口到了。它不知道從哪裡冒出來，我必須小心踩煞車，以免失控。能見度很低，路面濕滑，車子衝進路邊樹籬的機率很高，此刻我既不想見到條子，也不想扭傷脖子。

接著我就開進了鄉間。一片迷霧中，四處是農田，路兩邊的原野起起伏伏，路面則漸漸變得越來越窄，而且更為曲折。一輛車身上有席格多廚具廣告的卡車經過，輪胎濺起的水花噴在我的車上，所幸下一條岔路終於出現了，我來到了我要找的路。路面上的坑洞越來越大，也越來越多，農場則是越來越小，也越來越少。接下來我看到了第三個路口，轉進一條碎石子路。第四條岔路，我開進了一片荒野裡面。大雨中，低垂的樹枝不斷摩擦車身，宛如盲人的手指在陌生人的臉上摸來摸去，想看他長什麼樣子。接下來的二十幾分鐘，我用龜速前進，最後終於到了。它是這段時間裡我見到的第一間房子。

我戴上烏維那件毛衣的帽子，在雨中跑了起來，經過那間擴建部分蓋得歪歪斜斜的穀倉。根據烏維的說法，這都是因為屋主很小氣：他是個與世隔絕的怪咖農夫，叫做辛德雷・歐，擴建穀倉時他沒有打地基，所以多年來那個部分不斷一公分一公分陷入泥土裡。我自己從來沒跟那該死的農夫講過話，這種事都是烏維在處理的，但是我曾從遠處看過他兩三次，所以此刻我認得出農舍台階上那個彎著腰的精瘦身影就是他。天知道在這大雨中他怎麼聽得見有車子開過來。一隻肥貓正用頭磨蹭他的腿。

我還沒有走到台階之前就高聲叫他：「哈囉！」

他沒回答。

「哈囉，歐！」我又叫了一遍。還是沒回答。

我在台階的底部停下來，在雨中等他回答。台階上的貓往下朝我走來。而我則是想到，貓不是都討厭下雨嗎？牠有一雙跟荻雅娜一樣的杏仁眼，靠在我身上磨蹭，彷彿我是牠的老朋友。或者說，彷彿我完全是個陌生人。那農夫把他的來福槍放下來。烏維曾跟我說過，歐實在很吝嗇，所以他不願花錢買望遠鏡，而是將一把老舊來福槍上的望遠鏡瞄準器拿來看是誰來了。但是，同樣也因為太吝嗇了，他不會花大錢買彈藥，所以我可能不會有什麼危險。我想，他之所以有手持來福槍的習慣，也是因為不希望有太多訪客。歐朝著欄杆外吐了一口口水。

「奇克魯什麼時候會來，布朗？」他的聲音吱吱咯咯像是沒有上油的門，而且他說「奇克魯」的時候好像把那三個字當成驅魔咒語似的。我不明白他為什麼會知道我的名字，但顯然不是烏維跟他說的。

我說：「他等一會來。我可以把車停在穀倉裡嗎？」

歐又吐了一口口水。「不便宜喔。而且那也不是你的車，那是奇克魯的。他怎麼過來呢？」

我深吸了一口氣。「滑雪橇啊！多少錢？」

「一天五百。」

「五……百？」

他咧嘴笑說：「你也可以停在路邊，不用錢。」

我從烏維的鈔票裡抽出三張兩百元，走上台階，歐早就伸出他那隻皮包骨的手在那邊等著了。他把錢塞進一個鼓鼓的皮夾，又吐了一口口水。

我說：「你可以等一下再找我零錢。」

他沒回話，只是在走進屋子之前用力地把門甩上。

我把車子倒進穀倉裡，一片漆黑中我幾乎撞上裝有整排鐵耙子的牧草裝運機。所幸裝運機連接在辛德雷．歐那輛麥西．福格森牌藍色曳引機後面，是被架高的。所以我沒把車子的後擋泥板或者輪胎給戳破，只是刮到後車箱蓋的下緣，及時提醒我該停下來，否則後擋風玻璃就會被那十根鐵耙子給穿破。

我把車停在曳引機旁，將大型文件夾拿下來，在雨中衝向小木屋。還好沒有多少雨有辦法穿透濃密的雲杉樹林，我走進那個簡單的小木屋時驚訝地發現頭髮還是很乾。本來我想生火，但打消了念頭。既然我採取了藏車的預警措施，生火冒煙，讓人知道小屋裡有人，恐怕不是個好主意。

直到此刻我才注意到自己有多餓。

我把烏維的單寧布夾克擺在廚房的椅子上，在櫥櫃裡找吃的，最後翻出一罐上次烏維跟我來這裡時剩下的燉肉。抽屜裡面沒有刀，也沒開罐器，但是我設法用葛拉克手槍的槍管把鐵罐的蓋子敲出一個洞。我坐下來，用手指把那些又油又鹹的玩意掏出來吃。

然後我凝視窗外，看著雨水落在森林以及小木屋和室外廁所之間的那一塊小小空地上。

我走進臥室，把藏有魯本斯畫作的大型文件夾擺在床墊下，躺在下舖開始想事情。我沒能思考太久。一定是因為那天我的體內產生了太多腎上腺素，因為當我突然張開雙眼時，才發現自己睡著了。我看看手錶。下午四點。我拿出手機，發現有八通未接來電。四通是荻雅娜打的，她也許想扮演賢妻的角色，當時葛雷夫可能從身後靠在她的肩膀上，聽著她問我究竟在哪裡。有三通是費迪南打的，他或許是等著我跟他說要把誰的名字呈報出去，或至少聽我指示接下來要怎麼處理探路者公司的那個職務。有一個電話號碼我沒有立刻認出來，因為來電者本來已經被我從電話簿裡刪除了，但我的記憶與心裡可沒有把她給刪除。當我在看那個號碼時，發現了一件事：我在這個世界上已經待了三十幾年，也交了許多學生時代的朋友、前女友，還有同事與工作往來的聯絡人，這個人際網絡如果用Outlook電子郵件軟體來計算的話，容量是2MB大小——而裡面獨獨有一個熟人是我可以信任的。嚴格來講，是我才結識三週的女人。呃，一個我搞了三週的女人。一個穿著像稻草人的棕眼丹麥女人，她回話時只說是或不是，名字也只有四個字。我不知道這對她還是對我來說比較慘。

我打電話到查號台，問了一個外國的電話。挪威國內大部分的電話總機都在四點就關了，很可能是因為大部分公司的接線生都已經回家去——根據統計數字顯示，他們總是有生病的配偶需要照顧，我國可說是世界上工時最短、醫療保健預算最高、國人請病假頻率最高的國家。霍特公司的總機人員接起了我的電話，語氣自然無比。我不知道要找誰或哪個部門，只是碰碰運氣。

「可以拜託你幫我轉接新來的那個傢伙嗎？」

「哪個新來的傢伙，先生？」

「呃，技術部門的主管。」

「費森布林克幾乎不算是新人了，先生。」

「對我來講他還是。那麼，費森布林克在公司嗎？」

四秒過後，我跟一個荷蘭佬通上了電話——儘管已經四點零一分了，他不僅還在工作，而且聲音聽起來精力充沛，彬彬有禮。

「我是阿爾發人力公司的羅格・布朗。」這是真的。「克拉斯・葛雷夫先生把你列為他的推薦人。」這句是假的。

那個男人說：「嗯。」他的聲音聽起來沒有一丁點訝異。「在與我共事過的經理人裡面，克拉斯・葛雷夫是最棒的一個。」

「所以你……」我起了個頭。

「沒錯，先生，我可以毫不保留地推薦他。他是探路者的絕佳人選。任何公司都應該用他。」

我猶豫了一下，接著改變了心意。「謝謝你，芬瑟布林克先生。」

「是費森布林克。不客氣。」

我把電話擺在褲子口袋裡。不知為何，我感覺自己捅了一個漏子。

屋外的雨不停地下著，因為沒什麼正經事可以做，我拿出魯本斯的畫，在廚房窗戶射進來的光線下仔細研究它。獵人梅利埃格以長矛戳刺野豬的胸膛，他臉上流露著憤怒的表情。我才發現第一次看到這幅畫時他就讓我想起了一個人：克拉斯．葛雷夫。我突然想到一件事。當然，是一個巧合，但荻雅娜曾跟我說過羅馬女神荻雅娜就是執掌狩獵與生育的神祇，祂在希臘神話裡則是被稱為阿提密斯。而且，就是阿提密斯派梅利埃格去獵豬的，不是嗎？我打了個哈欠，開始想像自己應該是哪一個畫中人，直到我發現自己搞混了。其實應該相反才對：阿提密斯派出的是那隻野豬。

此時我注意到周遭有點不對勁，但是之前因為太專心看畫所以沒注意到。我看著窗外，是聲音改變了——雨停了。

我把那幅畫擺回文件夾裡，決定找個地方把它藏起來。我必須離開小木屋去買東西，處理一些事，而我當然不信任辛德雷．歐，他就是那種會在背後捅你一刀的傢伙。

我環顧四周，注意到窗外的廁所。廁所的天花板是幾塊鬆鬆的木板疊成的。我穿越那一小塊空地，感覺出來之前應該把夾克穿上。

那廁所只是一個具有最簡陋設備的小棚屋：四面牆是由木板構成，木板間的細縫具有天然的通風功能，裡面擺了一個中間被鋸出一個圓洞的木箱，上面蓋著一個隨便劈出來的方形木片。我從蓋子上拿開三根衛生紙已經用完的捲筒和一本雜誌，然後爬上去。雜誌封面上的魯內．路伯格（Rune Rudberg）雙眼已經被挖出兩個小洞。我踮著腳跟，把手伸長，想要去搆橫樑上的木板，一個念頭在我的腦海裡轉了九百萬次：為什麼我沒有長高一點？但我終究還是鬆開了一片木板，把文件夾塞進屋頂下的夾層裡，再把木板放好。我跨站在馬桶上，當我朝木板之間的縫隙往外看的時候，整個人呆掉了。

外面一片死寂，但是下垂的樹枝上偶有水滴滴落，發出聲響。剛剛我沒聽見任何聲音——沒有細小樹枝被碰斷的聲音，也沒有腳踩在泥濘路面上的嘎吱聲響。就連那隻待在主人身邊，與他一起站在森林邊緣的狗，我也不曾聽見牠的任何一聲低鳴。如果我一直坐在小木屋裡，就不會看見他們了，因為他們站在窗戶視野的死角裡。那隻狗看起來滿身肌肉糾結，像是個被裝上狗牙的拳擊手，體型比較小，但是更為結實。容我再說一遍：我討厭狗。克拉斯．葛雷夫穿著一件迷彩花紋的斗篷與綠色軍帽。他的手裡沒有拿武器，我只能猜測他的斗篷裡面藏著什麼。我覺得這裡對於葛雷夫來講，可說是個十全十美的地方。在這荒野裡沒有任何證人，埋屍滅跡對他來講根本是小菜一碟。

主人與猛犬合而為一，好像都遵從著一道無聲的命令。

我的心臟因為恐懼而不斷怦怦跳，但是我卻情不自禁，入迷地看著他們的動作有多快，且完全沒有出聲。他們從樹林邊緣出發，沿著小木屋的牆壁移動，然後毫不猶豫地進門，讓門就這樣開著。

我知道在葛雷夫發現小木屋沒有人之前我只有幾秒鐘的時間，他們會發現椅背上的夾克，知道我就在這附近。還有……媽的！……看到那把在燉肉空罐旁邊、擺在流理台上的葛拉克手槍。我想破了頭，最後只得到這個結論：我無計可施，沒有武器，沒有可以逃走的方式，沒有計畫，也沒有時間。如果我衝出去，最多只要過十秒鐘，那隻二十公斤重的尼德獚犬就會追上來，我的頭上就此多一顆九毫米的鉛彈頭。簡單來講，當下我的腦袋像掉進排水管似的停擺了。就在快要驚慌失措之際，我的腦袋卻猛然一轉，不再多想，只是退了一步——退得「像掉進排水管似的」。

那只是一個主意。絕望時刻想出的極度噁心主意。儘管如此，還是有它了不起之處：那是我唯一的脫身之計。

我一把抓起其中一根衛生紙捲筒，塞在嘴裡，感覺一下嘴巴能夠閉多緊。接著我拿起馬桶箱，一陣惡臭迎面撲來。下方是個一點五公尺深的糞槽，糞便、尿液、衛生紙與流進牆內的雨水全都在裡面混和成黏稠的一團。如果想把糞槽扛到森林裡去，倒在坑洞裡，至少要兩個大男人才辦得到，而且那差事簡直像夢魘一般。真的是噩夢一場。烏維跟我曾經幹過一次，接下來的三個晚上我一直夢見四溢的大便。顯然歐自己也不願幹這種事：那一點五公尺深的糞槽都快要滿出來了。結果，這居然正合我意。就算是尼德獚犬也只聞得到大便味。

我把馬桶箱蓋頂在頭上，兩隻手擺在洞的兩邊，小心地下到糞槽裡。

身體整個沉入糞便裡讓人有一種很不真實的感覺，當我整個人陷下去的時候，感到人類大便對身體產生了一點點壓力。我的頭往下通過那個洞的邊緣時，並沒有移動到馬桶箱座。也許我的味覺已經承受不了那臭味，我想它一定是暫時去度假了，我只感覺到淚腺的反應越來越強烈。糞槽最上面那一層東西是液狀的，而且冷得要死，但下面其實相當溫暖，也許是因為裡面有許多化學作用正在進行中。我不是曾在哪裡讀過一篇文章說到，這種糞坑裡會產生甲烷這種沼氣嗎？還有，如果吸入太多這種氣體，人可能會死掉？此刻我已經可以彎腰站穩了。眼淚不斷從我的雙頰流下，鼻水也流個不停。我往後靠，確認那根捲筒是直挺挺朝上的，隨即閉上雙眼，試著放輕鬆，藉此忍住想要嘔吐的反射動作，然後小心翼翼地蹲下。我的耳朵裡塞滿了大便，什麼也聽不見。我逼自己用捲筒呼吸，結果這方法奏效了。此時我的身子沒必要繼續往下了──除非我想讓自己的嘴巴與耳朵塞滿大便，就這樣死掉。當然了，如果我淹死在烏維與自己的屎尿裡，也是一種非常了不起的死法，只是我不想讓自己的死充滿諷刺。我想要活下去。

我似乎聽見遠處傳來的開門聲。

重頭戲來了。

我感覺到沉重腳步的震動，用力跺步後趨於安靜。然後是啪啪的腳步聲，狗的腳步聲。馬桶箱蓋被打開了，我知道此刻葛雷夫正盯著我看。他正看著那個可以直通我內臟的捲筒開口。我盡可能安靜地呼吸。厚紙板做的捲筒已經變濕變軟了，我知道它很快就會變皺、裂開，然後垮下去。

我聽見砰的一聲。那是什麼？

下一個聲音就很清楚了。突然間噗噗幾聲，隨後變成嘶嘶的腸子排氣聲，最後終於消失，為此圓滿收尾的是一個舒服的呻吟聲。

我心想，見鬼了。

錯不了。幾秒過後我聽見撲通聲響，我往上仰的臉感覺到新增的重量。在這個當下，我覺得自己寧願去死，但是那感覺並未持久。事實上還真弔詭：我從來沒有這麼不想活，但求生的意志也從不曾那麼強。

呻吟聲持續得更久了，顯然他正在使力。絕對不能讓他命中捲筒！一陣驚慌湧上我心頭。我似乎無法透過捲筒吸取足夠的空氣。又是撲通一聲。

我感到頭暈，我的小腿肌肉因為一直維持蹲姿而疼痛。我稍稍挺直身子，臉浮出表面。我眨眨眼，發現自己正瞪著克拉斯·葛雷夫毛茸茸的白屁股。而掛在那白皮膚上面的，是他的大……呃，不只是大，應該說是巨屌。雖然我怕死，但忌妒之情還是油然浮現，我想到了荻雅娜。就是在此時此刻，我才發現，如果葛雷夫沒有先殺掉我，我會殺掉他。葛雷夫站起身，光線從洞口射進來，我發現有件事不太對勁，一件我沒料到的事。我閉上雙眼，又讓自己陷下去。我幾乎快受不了那頭暈的感覺。難道我因為甲烷中毒而快死了？

片刻靜默後，我心想，沒事了嗎？吸氣吸到一半時，我發現突然間什麼都沒有了，我吸不到氣。空氣被阻斷了。我本能地開始感到窒息。我一定要起來！我的臉浮出表面，聽到砰的一聲。我眨眨眼，上方一片漆黑。然後我聽見沉重的腳步聲，門被打開了，狗啪啪啪走出去，門又關了起來。我把捲筒吐出來，看到剛剛是怎麼回事。捲筒開口被東西堵住了——葛雷夫用來擦屁股的衛生紙。

我從糞槽爬起來，透過木板的縫隙往外看，剛好看見葛雷夫命令狗前往森林，而他自己則回到小木屋。狗朝著山頂的方向過去，我一直看著，直到牠隱沒於森林裡。就在那一刻，也許是因為我暫時鬆了一口氣，得救的希望從我眼前閃過，所以我不自覺地哽咽了。我心想，不行。不要抱持希望，不要有所感覺，也不要有感情牽絆。分析就好。拜託，布朗。快想啊，就像思考關於質數的數學問題一樣。就像綜觀棋局一樣。好吧。葛雷夫是怎麼找到我的？他到底是怎麼知道這裡的？荻雅娜連聽都沒聽過這個地方。他從誰那邊打聽到的？沒有答案。沒關係。此刻我有什麼選擇？我必須要逃走，而我有兩個優勢：快要入夜了，還有我全身上下沾滿了大便，這味道就像我的保護色一樣。但是我在頭痛，頭也越來越暈，而且我不能等天色變得一片漆黑後再行動。

我滑下糞槽外面，雙腳踏在廁所後側那片斜坡上。我蹲下來估計廁所與森林之間的距離。到了那裡，我就可以前往穀倉，開車逃走。汽車鑰匙在我的口袋裡，不是嗎？我伸手去掏，左邊口袋裡有幾張紙鈔、烏維的信用卡，還有我家跟他家的鑰匙。我在右邊口袋裡摸到了手機，汽車鑰匙就在下面，為此我鬆了一口氣。

手機。

當然了。

基地台會鎖定手機訊號。的確，只能知道某個範圍，沒辦法確認我在哪個地方，但如果挪威電信的基地台發現我的手機在這裡，可能的地點也不多，因為這方圓一公里內，辛德雷·歐是唯一一戶人家。當然，這也意味著葛雷夫在挪威電信公司的營運部門裡有內應，但是如今就算他有天大的本事，我也不意外。我開始搞清楚這到底是怎麼一回事了。還有，費森布林克的語氣聽來就好像在等我的電話，證明我的懷疑是有根據的。這一切不是因為我、我老婆跟一個好色的荷蘭佬之間的三角戀。如果我想的沒錯，我已經惹上了連自己都難以想像的大麻煩。

14 麥西・福格森

我謹慎地從室外廁所的側邊伸出頭，朝小木屋看過去。窗戶玻璃一片漆黑，裡面什麼也看不見。所以說他沒有把燈打開。好吧。我不能待在這裡。我等到一陣風吹過樹叢才開始奔跑。七秒後，我已經跑到了森林的邊緣，隱身於樹後。但是那七秒幾乎讓我筋疲力竭，我的肺部好痛，頭也在抽痛，而且自從老爸第一次也是唯一一次帶我去遊樂園玩之後，我還是第一次感到頭那麼暈。那是我九歲生日當天，老爸把帶我去玩當生日禮物，園裡遊客除了我們之外，只有三個用可樂瓶共享透明液體的半醉青少年。當時只有一個遊樂設施是開放的，憤怒的他用一口破挪威話殺價：那是一台可怕的機器，顯然功能就是要把小孩甩來甩去，甩到把棉花糖都吐出來，然後再由爸媽買爆米花與汽水安撫他們。我不想拿自己的命來冒險，於是拒絕搭乘那搖搖晃晃的機器，但我爸堅持，他還幫我繫上應該是用來保護我的安全帶。此刻，二十五年過後，我好像來到了一間同樣髒兮兮、充滿超寫實風格的遊樂園，園裡到處瀰漫著尿騷味與垃圾臭味，我怕得要死，一直想吐。

一條溪流在我身邊汩汩流動，我拿出手機丟進去。看你怎麼繼續追蹤我，你這該死的都市印地安人。然後我跑步穿越森林的鬆軟地面，朝農田的方向而去。松林裡已經變得一片漆黑，但是因為沒有其他植披，我很容易地找到林間路。不到兩三分鐘，我就看到農舍外面的燈光。我又繼續往下跑一小段路，在我跑出森林以前，穀倉已經位於我跟農舍之間了。我有充分的理由相信，如果歐看到我這副模樣，一定會要我解釋清楚，接下來還會打電話給當地警察局。

我朝著穀倉的門爬過去，打開門閂，推門進去。我的頭跟肺都好痛。我在一片漆黑中眨眼，幾乎看不見車子與曳引機在哪裡。甲烷對於人體到底有何影響？我會瞎掉嗎？甲烷。甲醇。我想它們一定有所關聯。

我聽到身後傳來喘氣聲，還有動物肉掌踏地、幾乎無法察覺的輕柔聲響，然後那聲音又消失了。我已經知道那是什麼，但來不及轉身。牠跳了起來。一切都靜止了，就連我的心跳也停了。下一刻我往前跌倒。我不知道尼德獚犬是否可以跳起來用利牙咬住中等個頭的籃球員的脖子——只不過，也許我已經提過了，我不是個籃球員。所以，當劇痛的感覺傳到我的腦子裡時，我往前跌落。狗爪抓傷了我的背，我聽見肉被撕裂的聲音，還有骨頭被咬得嘎吱作響。我的骨頭。我試著要抓住那隻畜牲，但是我的手腳不聽使喚，彷彿脖子被利牙咬住後，腦部訊息的傳輸也出了問題。腦部的命令就是無法往下傳遞。我的肚子貼地趴著，連滿口木屑也吐不出來。我的主動脈承受重壓，大腦快要缺氧，視野漸漸變窄。我很快就要失去意識了。所以這就是我的死法，被一隻醜陋的肥狗咬死。說得含蓄點，這真是令人沮喪啊。沒錯，這足以讓人生氣。我的頭開始感到一陣灼熱，冰冷的身體開始熱了起來，熱氣傳到指尖。在死前遭逢如此愉悅的詛咒，突然間我因為一股求生力量湧現而顫抖了起來。

我任由狗咬著脖子，站了起來，讓牠像一條活生生的毛皮圍巾似的垂在我的背後。我踉蹌打轉，揮舞著雙臂，但還是沒辦法抓住牠。我知道這爆發出來的身體能量是我在絕望之餘的最後機會，很快我就要死了。我的視野此刻已經縮得跟００７電影的片頭一樣小——不過在電影裡那是故事的序幕，而我的人生則快閉幕了，畫面四周一片漆黑，只看得見小小的圓洞裡有個穿著晚禮服的傢伙拿手槍對準你。透過那個小圓洞，我看見一輛麥西．福格森牌藍色曳引機。我的腦袋浮現最後一個念頭：我痛恨狗。

我搖搖晃晃，轉身背對曳引機，藉著狗的重量讓重心從腳趾移往腳跟，然後用力往後退。我跌倒了，我們撞在車後牧草裝運機的整排銳利鐵耙子上面。從狗毛皮被扯裂的聲音聽來，我知道就算要死，也要拉一個墊背的。我的視野就此消失，世界變得一片漆黑。

我一定昏迷了一段時間。

我躺在地板上，瞪著那隻狗張開的嘴巴。牠的身體看來好像高懸在半空中，蜷縮成胎兒的姿勢，背部被兩根鐵耙刺穿。我站起來，感到穀倉在旋轉，我必須往旁邊多走兩三步路才能維持平衡。我把手擺在脖子上，感到剛剛被狗咬的傷口流出鮮血。接著我發現自己瀕臨瘋狂了，因為我沒有上車去，只是站在那裡出神地凝視眼前景象。我創造出一個藝術品。〈狩獵卡呂冬犭更犬〉。真美啊！特別是那死狗還張著嘴巴。也許牠是因為驚嚇而合不攏嘴，也許這種狗的死狀就是這樣。不管理由如何，我喜歡這種目瞪口呆的憤怒神情，好像牠除了狗命被縮短了，還必須忍受這最後的羞辱，這種丟臉的死法。我想對牠吐口水，但嘴巴太乾了。

結果我只是把汽車鑰匙從口袋裡掏出來，蹣跚地走到烏維的賓士車旁，開鎖上車，轉動鑰匙啟動引擎。沒有動靜。我又試一次，踩踩油門，車子就像死了似的。我透過擋風玻璃往外看，呻吟了一聲，下車打開引擎蓋。屋內一片昏暗，我很勉強才看到有兩根電線被割斷了，高高挺立著。我不知道它們有何功能，也許對於發動汽車的小小奇蹟而言是很重要的。該死的混血雜種，葛雷夫你這王八蛋！我希望他還坐在小木屋裡等我回去。但是他一定已經開始納悶他的狗到底怎麼了。慢慢來，布朗。好吧，辛德雷．歐的曳引機是我離開這裡的唯一交通工具了。但是它太慢了，葛雷夫一定立刻就會再度追上我。所以我必須找到他開來的那輛車，他的銀灰色淩志轎車一定停在路邊某處，然後用他對待賓士的方式把他的車動手腳。

我快步走到農舍，心想歐很可能會走出來到台階上——我可以看見前門並未緊閉，但是他並未出來。我敲敲門，把門推開。在門廊裡我看見那把帶著望遠鏡瞄準器的來福槍靠牆擺著，旁邊有一雙髒兮兮的橡膠鞋。

「歐？」

他的名字發音聽起來根本就不像個姓氏，反而像是我要請求他繼續講故事似的。就某方面來講，的確是如此。所以我進屋後不斷地呼喚著他那愚蠢的單音節姓氏。我想我瞥見了一點動靜，於是轉身一看。我身上沒有流光的那些血液好像凍結了。一個有兩條腿的黑色怪物用跟我一樣的姿勢站著，漆黑身上的那雙眼睛看來又白又大，正回瞪著我。我舉起右手，它也舉起左手。我舉起左手，它也舉起右手。結果是一面鏡子。我鬆了一口氣。大便已經乾了，沾得我全身上下都是：鞋子、身體、臉上還有頭髮。我繼續前進，推開起居室的門。

他正斜倚著搖椅，臉上掛著咧嘴笑容。那隻肥貓在他的膝蓋上，用跟荻雅娜一樣的風騷杏眼看著我。牠站起來跳走了。貓掌輕輕著地，牠搖著尾巴朝我慢慢走來，然後突然停下。呃，我身上可沒有玫瑰或者薰衣草的香味。但是在短暫的猶豫過後，牠繼續朝我走過來，一邊發出低沉而誘人的呼嚕聲響。貓真是一種懂得見風轉舵的動物，牠們知道什麼時候自己需要新的供食者。懂嗎？前一任供食者已經掛了。

辛德雷．歐之所以看起來咧著嘴，是因為嘴唇兩側有血痕往旁邊延伸。從一邊臉頰裂痕伸出來的，是他那藍黑色的舌頭，我看得到他下顎的牙齦與牙齒。這個怪咖農夫的模樣讓我想起以前電子遊戲裡面的「小精靈」，但是這咧到耳邊的笑容不太可能是他的死因，因為他的喉嚨上有一道X型血痕。他是被人從後面絞殺的，凶器是細尼龍繩或者鐵絲。我一邊喘息著，腦袋一邊快速地自動重建整個事發經過：葛雷夫開車經過農舍，看到泥濘的空地上出現我的輪胎胎痕。也許他繼續往下開，把車停在一段距離外，回來後往穀倉裡看，確認我的車在裡面。此時辛德雷・歐一定是站在台階上，多疑而狡猾的他先吐了口口水，葛雷夫詢問我的行蹤，他只是給了個不著邊際的答案。葛雷夫有給他錢嗎？他們一起走進屋裡嗎？無論如何，當時歐一定還保持著戒心，因為當葛雷夫從他身後把絞線套上去的時候，他還試著把下巴放低，如此一來絞線才沒有繞過他的脖子。他們掙扎了一陣，絞線滑到他的嘴巴上，葛雷夫用力一拉，割裂了歐的臉頰。但是葛雷夫很強壯，終究把那條致命的絞線繞到絕望老傢伙的脖子上。我們的證人不會說話，整個謀殺案的過程也都沒人說話。但是葛雷夫為什麼不簡單一點，直接用槍呢？畢竟，最近的鄰居距離此地也有幾公里遠。也許是為了避免留下蛛絲馬跡？我想到一個最明顯的答案：他沒有帶槍。我低聲咒罵了一句。現在他有一把槍了。我把葛拉克留在流理台上，等於是發了一把新的凶槍給他。你真笨啊！

一陣滴滴答答的聲音吸引了我的注意，那隻貓跑到我的兩腿間。牠伸著粉紅舌頭，不斷舔著我從襯衫下襬往地板低落的血。我漸漸因為疲累而感到昏昏沉沉。我深深吸了三口氣。我必須專心，要不停地思考與行動，只有這樣才能抗拒那足以令人麻木的恐懼。首先，我必須找出曳引機的鑰匙。我毫無頭緒地在各個房間翻箱倒櫃，在臥室裡找到一個空的彈藥盒，在走廊上找到一條圍巾，遂用它在我的脖子上打個結，至少可以先止血，但是沒找到曳引機的鑰匙。我看看手錶。葛雷夫一定已經開始在想他的狗怎麼了。最後我回到起居室，在歐的屍體前彎下腰掏他的口袋。鑰匙在裡面！鑰匙圈上甚至還有「麥西．福格森」的字樣。我在趕時間，但現在可不能大意，不能犯任何錯誤。意思是當警方發現歐的屍體時，這裡就變成犯罪現場了，他們會尋找DNA跡證。我趕快跑進廚房，弄濕一條毛巾，到各個進去過的房間把我的血跡擦掉。把我碰過、可能留下指紋的所有東西都擦一擦。我站在門廊準備要走時，注意到那支來福槍。會不會我真的開始走運，槍膛裡有子彈呢？我一把抓起槍，根據我的了解把槍上膛，用力拉扯，聽見槍栓還是叫槍槽之類的鬼東西發出喀噠聲響，最後我終於設法把槍膛打開，在黑暗中，槍膛裡的一點紅色鐵鏽看來特別明顯。沒有子彈。我聽到聲音，抬頭一看。貓站在通往廚房的門檻上，用混雜著悲傷與責怪的眼神瞪著我：我不能就這樣把牠留在這裡，對吧？我咒罵了一聲，朝那毫不戀主的動物一踢，牠躲開後又急忙跑回起居室了。然後我把來福槍擦一擦，放回原位，走到外面，用力把門甩上。

曳引機於轟隆聲中被我發動了。當我把它開出穀倉時，它持續發出轟隆聲響。我壓根沒有想要去關門，因為我可以聽見那輛曳引機好像正在呼喊著：「克拉斯．葛雷夫！布朗要逃走了！快點！快點！」

我踩下油門，開上來時路。此刻四處一片漆黑，曳引機的車頭燈光在凹凸不平的路面上跳動著。我找不到那輛凌志轎車，它一定停放在這附近的某處啊！不，此刻我無法好好地思考，他有可能把車停在這條路上的更遠處。我甩了自己一巴掌。眨眨眼，深呼吸，你不累，還沒有筋疲力盡。就是這樣。

我用力踩油門，轟隆隆的聲音持續響個不停。要去哪裡呢？離開這裡就是了。車頭燈光變小，我的眼前又漸漸變暗。我的視野又變成一個小圓洞了，很快就要失去意識。我盡可能深呼吸，讓腦袋獲得多一點氧氣。要保持恐懼與警戒，要活下去！

除了單調的轟隆隆引擎聲之外，現在又出現另一個音調較高的聲音。

我知道那是什麼，於是更用力握住方向盤。

那是另一台車的引擎聲。

後照鏡裡出現了燈光。

那一輛車從後面以平穩的速度接近我。急什麼？這荒野中只有我們倆。他有的是時間可以跟我耗。

我唯一的希望就是讓他一直在我後面，這樣他就不會擋住我的路。我把車開到碎石路正中央，趴伏在方向盤上，盡可能降低被葛拉克手槍擊中的機率。我們開過了一個彎道，路突然變直變寬。接著我發現，葛雷夫好像對這地區非常熟悉似的，早已加快速度與我並行。我把曳引機往右偏，想要把他逼進水溝。但是太慢了，他已經先開過去了，我反而朝水溝而去。絕望之餘，我死命撲向方向盤，讓車子在碎石路上滑行。我還在路上，但是我的前方閃耀著藍光，或者是兩道紅光。從車上的煞車燈看來，他已經停下了。我也停了下來，但是讓引擎怠速。我不想在這該死的原野裡像一隻笨羊般被幹掉。此刻我唯一的機會就是讓他下車來，我把他輾過去，用龐大的前輪把他壓平，讓他像薑一樣被啪一聲壓碎，成為輪下冤魂。

駕駛座的門打開了。我用腳趾趾尖踩一踩油門，感覺一下引擎的反應能有多快。並不快。我頭暈目眩，視線又開始模糊，但是可以看見有人下車朝我走來。我看準目標，同時努力維持清醒。是個高高瘦瘦的人。高高瘦瘦？葛雷夫並不是高高瘦瘦的。

「辛德雷？」

我刻意用英文回答：「怎樣？」雖然我爸總是灌輸我一個觀念，說我應該用「抱歉，可以再說一遍嗎？」「對不起，先生。」或者是「這位女士，我可以為妳效勞嗎？」來回話，我幾乎已經癱倒在座位上了。過去他總是禁止我媽讓我坐在她的膝蓋上，他說這樣會讓孩子變軟弱。爸，你看我現在怎樣？我變軟弱了嗎？爸，現在我可以坐在你的膝蓋上嗎？

黑暗中傳來一陣美妙的人聲，講的是挪威語，音調像在唱歌，但帶著猶豫的語氣。

「你是從……呃，從收容中心來的嗎？」

我覆述了一遍：「收容中心？」

他已經走到曳引機旁邊來了，我仍然靠在方向盤上，朝旁邊瞥了他一眼。

他說：「喔，抱歉。你看起來像是……呃……你剛剛跌進了堆肥裡面嗎？」

「我是出了一點意外，沒錯。」

「我看得出來。我把你攔下來，是因為我認出這是辛德雷的曳引機，也因為有一隻狗掛在車尾。」

還說要專心咧。哈哈，我完全忘記那隻該死的狗了，你聽見了嗎，老爸？我腦部的血不夠。太多……

我的手指頭失去了知覺，我看著自己的手從方向盤上滑落。然後我就昏過去了。

15 會客時間

醒來時，我在天堂裡。周遭的一切都是白的，我躺在雲端，有個天使用溫和的眼神低頭看我，問我知不知道自己在哪裡。我點點頭，她說有人想跟我談一談，但是不急，他可以等。嗯，我心想，他可以等。因為，等到他聽見我的所作所為，會當場把我丟下去，把我逐出這柔軟舒服的白色天堂，我會不斷墜落，直到我摔到我應該去的地方——到鐵匠的工坊去，待在那冶鐵的房間裡，因為自己的罪孽而永遠浸泡在強酸裡。

我閉上雙眼，低聲說我現在還不想被打擾。

那個天使同情地點點頭，把四周的白雲拉得更靠近我，在木鞋的喀噠聲響中離去消失。她關上身後的門之前，走廊上的人聲傳進了我的耳裡。

我摸一摸喉嚨傷口周圍的繃帶，腦海裡出現了一些片段的記憶。包括站在我眼前那個高瘦男人的臉，一輛車在蜿蜒的路上以高速奔馳，我在車後座，兩個穿著白色護士服的男人把我抬上擔架。還有沖澡。之前我曾趴著沖澡。舒服美好的熱水，然後我又昏了過去。

此刻我很想一直這樣下去，但我的大腦告訴我這只是暫時的，時間的沙漏還是在往下掉，地球仍照常運轉，而事件的發展也是不可避免的。我知道他們剛剛決定再等一下下，暫時屏息以待。

好好想想。

是啊，想事情令人頭痛，但是打消念頭，放棄，順從命運的牽引就容易多了。不過如果你遇到的都是一些瑣碎的蠢事，怎能讓人不氣得跳腳？

所以還是得好好想想。

在外面等我的不可能是葛雷夫，也許是警察。我看看手錶，早上八點。如果警察已經找到辛德雷．歐的屍體，把我當嫌犯，他們不可能只是派一個人在外面客氣地等我。也許是個警官，只想問我發生了什麼事，也許是因為我把曳引機停在路中間，也許是……也許我希望是警察，也許我已經受夠了，也許我應該對他們全盤托出。我躺在那裡感覺自己的情緒反應。我感到自己心裡出現一陣笑聲。沒錯，一陣**狂笑！**

在那一刻門打開了，走廊上的聲音傳進來，一個穿著白袍的男人走進來。他正看著寫字板上的東西。

他抬起頭，帶著微笑問我說：「被狗咬傷嗎？」

我立刻就認出他。門在他身後砰一聲關起來，只剩我們兩個。

他低聲說：「抱歉，我們不能繼續等下去了。」

那件白色醫生袍還真適合克拉斯．葛雷夫。天知道他是從哪裡弄來的。天知道他是怎麼找到我的，我只知道我的手機已經掉到小溪裡了。但是老天爺跟我都知道接下來我會面臨什麼。好像要證實我所擔心的事似的，葛雷夫把手塞進外套口袋裡，掏出一支手槍。我的手槍，或者說得更精確一點，烏維的手槍。令人更痛苦的精確說法是：一把裝著九毫米鉛彈的葛拉克17型手槍，其彈頭的衝擊足以令人類組織瓦解碎裂，因為鉛彈頭會帶走遠比自身大小還要多的人肉、肌肉、骨頭與腦漿，在它穿透你的身體之後，會在你身後的牆面留下一片模糊血肉，簡直就像巴納比．弗納斯（Barnaby Furnas）的作品。他把手槍槍口對準我。據說人在遇到這種情況時嘴巴會變乾，的確如此。

葛雷夫說：「羅格，希望你不介意我用你的手槍。我來挪威時並沒有帶自己的槍。如今坐飛機要帶武器實在太麻煩了。總之，我幾乎沒有料到——」他把雙手一攤，「這種狀況。靠彈頭也沒辦法追查到我身上，不是嗎，羅格？」

我沒回答。

他又問了一遍：「不是嗎？」

「為什麼……？」我開口問他，我的聲音就像沙漠裡的風一樣粗糙。

克拉斯．葛雷夫用一種聽得津津有味的表情等我繼續說下去。

我低聲說：「這一切是為了什麼？是因為一個你只認識了五分鐘的女人？」

他順一順自己的眉毛。「你是指荻雅娜嗎？你知道她跟我──」

為了不讓他繼續說下去，我插嘴說：「沒錯。」

他咯咯笑道：「你是白癡嗎，羅格？你真的以為這是關於我們三個人之間的事嗎？」

我沒回答。**本來**我也是那樣想的。我以為這**不是**關於人生、情感與愛人等等瑣碎的人事物。

「荻雅娜只是我達成目的的手段，羅格。我利用她接近你，因為我的第一個魚餌沒讓你上鉤。」

「接近我？」

「沒錯，就是你。自從我們知道探路者要聘一個新的執行長以來，這件事我們已經籌畫了四個多月。」

「我們？」

「猜猜看是誰。」

「霍特公司？」

「還有剛剛買下公司的美國老闆。老實說，就財務上來講，當他們在今年春天找上我們的時候，公司的確是有點吃緊。所以，為了一個表面上看來像併購，實際上是解救我們公司的交易，我們必須答應他們兩三個條件。其中一個就是要把探路者也交給他們。」

「把探路者也交出去？用什麼方法？」

「用你我都知道的方法，羅格。儘管書面規定公司的決策者是股東與董事會，但實際上管事的人卻是執行長。公司要不要賣，或者賣給誰，終究是取決於執行長。我領導霍特的方式是故意讓董事會得知很少的資訊，讓他們感受到最強烈的不確定性，如此一來，他們會一直選擇相信我。順便一提，不管發生什麼事，這對他們來講也是有利的。如果能夠獲得董事會的信任，每一個厲害的領導者都有辦法操縱、說服一群資訊不足的股東幫自己做事。」

「你太誇張了。」

「是嗎？就我所知，你能夠吃這行飯就是靠做這種事，對那些所謂的董事們耍嘴皮子。」

當然，他說的沒錯。而這也確認了我的懷疑：如果不是這樣，為什麼霍特公司的費森布林克先生會毫無保留地推薦葛雷夫出任最大競爭對手的執行長？

「所以霍特想要……」我把話說一半。

「沒錯，霍特想要併購探路者。」

「因為美國人把它當成幫助你脫困的先決條件？」

「霍特的股東所收到的錢會一直被凍結在戶頭裡，直到我們完成併購的任務。當然啦，我們現在所討論的一切都還沒白紙黑字寫下來。」

我慢慢地點頭說：「所以，說什麼你為了抗議新來的美國老闆而辭職，其實只是虛晃一招，目的是為了讓你成為一個探路者可以信賴的執行長人選？」

「沒錯。」

「而你一當上探路者的執行長，任務就是要逼迫公司接受美國人的併購？」

「我不確定**逼迫**這兩個字是正確的說法。過幾個月，等探路者發現他們的科技對於霍特來講已經不是祕密後，他們就會看出自己獨立運作沒有成功的機會，合作是讓公司繼續發展的最佳方式。」

「因為你將會偷偷把這項科技洩漏給霍特公司？」

葛雷夫露出冷笑，他的臉色跟條蟲一樣白。「是這樣沒錯，就像我說的，這是完美的聯姻。」

「你是說完美的強迫聯姻吧？」

「你愛怎麼說都沒關係。但是，把霍特跟探路者的科技結合在一起之後，我們可以搶下西方國家國防單位的所有全球衛星定位合約。除此之外，還有兩三個東方國家……這是值得透過操控來達成的事，難道你不同意嗎？」

「所以你計畫讓我幫你得到那個職務？」

「無論如何，我本來就是一個條件很好的人選，你不覺得嗎？」葛雷夫已經站到床腳的位置，把手槍舉到腰際，背對著門。「但是我們想要做到萬無一失。我們很快地查到他們把招聘案交給哪些公司，接著做了一點研究。結果你在這一行還小有名氣哩，羅格．布朗。大家都說，如果是你推薦的人選，一定會被接受。你的確有些了不起的紀錄。所以，我們當然想要透過你來進行。」

「我很榮幸。但是你為什麼不直接跟探路者聯絡，說你有興趣？」

「拜託，羅格！我當過執行長的公司是一家擅長併購、聲名狼藉的大公司，你忘了嗎？如果我直接找上門，一定會打草驚蛇的。必須是由他們來『發掘』我才對。例如，由某個獵人頭專家發掘我，並且勸我接受職務。唯有用這種方式進入探路者，他們才會覺得我值得信任，沒有不良意圖。」

「我懂了。但是為什麼要利用荻雅娜？為什麼不直接聯絡我？」

「現在換你裝瘋賣傻了，羅格。如果我直接找你，你一定也會懷疑的。你絕對會對我敬而遠之。」

他說的沒錯，我是在裝瘋賣傻。同樣的，他的確也是個傻子，對自己那了不起的貪婪計畫感到自豪，所以忍不住站在那裡自吹自擂，直到有人從那扇該死的門走進來。一定有人會來吧？天啊，我可是個病人耶！

我說：「克拉斯，你把我跟我的工作想得太高尚了。」這傢伙應該不會處決一個直呼其名的人吧，我心想。「我選擇的人都是我認為會獲聘的人，而他們不見得是對公司最有利的人選。」

「真的嗎？」葛雷夫皺眉說，「就連你這種獵人頭專家也這麼無視於道德標準嗎？」

「我猜你對獵人頭專家不太了解。你不應該把荻雅娜牽扯進來的。」

對此葛雷夫似乎覺得很好笑。「是嗎？」

「你怎麼釣上她的？」

「你真的想知道，羅格？」他已經把手槍稍稍抬高。他要瞄準眉心嗎？

「想得要死，克拉斯。」

「那就如你所願。」他又稍稍把手槍放下。「我去她的藝廊逛了幾次，買了一些作品，都是她推薦的，就這樣過了一段時間，我邀請她出去喝咖啡。我們談天說地，聊一些非常私密的事，就像能夠毫無顧忌暢所欲言的陌生人那樣。還聊到了婚姻問題……」

「你們聊我跟她的婚姻問題？」話就這樣脫口而出。

「是的，沒錯。畢竟我已經離婚了，所以我對她充滿同情。例如，我就可以了解荻雅娜為什麼沒辦法接受丈夫不願生小孩的事實，因為她是個漂亮、成熟而且健康的女人。她也不能接受丈夫居然勸她去墮胎，只因小孩有唐氏症。」葛雷夫咧嘴微笑，那張嘴咧得就像搖椅上的歐一樣開。「特別是我自己也很愛小孩。」

此刻我的腦袋已經不缺血，也恢復了理智，因此忘了自己想要殺掉站在眼前的這個男人。「你……你跟她說你想要生個小孩？」

葛雷夫靜靜地說：「不是，我是說，我想要**跟她**一起生個小孩。」

我必須專心才能控制自己的聲音。「荻雅娜絕對不會為了一個騙子而離開我，像——」

「我帶她去那間公寓，給她看我那幅所謂魯本斯的畫作。」

我迷糊了。「所謂……？」

「沒錯，那幅畫當然不是原作，只是來自魯本斯那個時代非常相似的仿作。事實上，有很長一段時間德國人覺得它是真畫。小時候我住在這裡時，我外祖母把它拿出來給我看。抱歉，我騙你說它是真畫。」

這個訊息也許應該對我產生某種影響，但是我已經難過到極點，所以只是聽聽而已，同時意識到葛雷夫還沒發現那幅畫已經被掉包了。

葛雷夫說：「不過，那幅畫還是發揮了作用。當荻雅娜看到她以為是真跡的魯本斯畫作時，當下一定做出了結論——我不只可以給她一個孩子，還可以讓孩子和她過得非常好。簡單來講，就是讓她過她夢想中的生活。」

「而她……」

「當然，她就同意幫她未來的丈夫取得執行長的職位了，因為在有錢之後，應該也要擁有的就是地位。」

「你的意思是……那天晚上在藝廊裡……從頭到尾都是你們倆串通好的？」

「當然。只不過我們沒有輕易達成目標。荻雅娜打電話給我說你已經決定不推薦我……」他用戲劇性且充滿諷刺的方式翻翻白眼。「你可以想像當時我有多震驚嗎，羅格？你知道我有多失望、多憤怒嗎？我就是不能了解你為什麼不喜歡我。為什麼，羅格，為什麼？我哪裡得罪你了？」

我用力吸了一大口氣。荒謬的是，他看來好輕鬆，好像他有得是時間，不急著朝我的頭顱、心臟，或者任何他想好的地方開槍。

我說：「你太矮了。」

「你說什麼？」

「所以是你要荻雅娜把那顆裝有氯化琥珀胆鹼的橡膠球擺在我車上的？本來她應該要把我弄死，這樣我才沒有機會撰寫不利於你的報告？」

葛雷夫皺眉道：「氯化琥珀胆鹼？真有趣，你居然相信自己的老婆會為了小孩和一大筆錢而犯下謀殺罪。就我的了解，你也許沒說錯。但事實上我並沒有要她那麼做。橡膠球裡面是克太拉與導眠靜的混合液，是一種發作極快的麻醉藥，事實上藥效強烈到有一定的致命風險。我們的計畫是把早上要去開車的你弄昏，由荻雅娜開車把你載到某個預定的地方。」

「什麼樣的地方？」

「一間我租的小木屋。事實上，與昨晚我希望能在裡面找到你的那間木屋有幾分相似。不過房東比較討人喜歡，也沒那麼會問東問西的。」

「而一旦到了那裡，我就會……」

「我們就會勸你。」

「怎麼勸？」

「你也知道的。連哄帶騙，如果有必要，可以稍稍威脅你。」

「刑求？」

「刑求的確有其樂趣，但是，首先我痛恨讓別人承受身體的痛苦。其次，在過了某個階段之後，刑求的功效會變得沒有大家想的那麼高。所以說，不會，我沒打算認真地刑求你。只是要讓你嘗嘗那滋味，足以讓你浮現那種對於疼痛無法控制的深深恐懼，這恐懼人人都有。懂嗎？會讓你乖乖聽話的不是疼痛，而是恐懼。正因如此，那些最厲害最專業的審訊者，都只稍微用足以引發恐懼聯想的刑求……」他咧嘴微笑。「……至少根據美國中情局的手冊，是這樣沒錯。比你採用的那種聯邦調查局偵訊程序還管用，你說是嗎，羅格？」

我可以感覺到喉嚨上的繃帶內側在出汗。「你本來想要達到的目的是什麼？」

「本來我們想逼你寫一份我們想要的報告，在上面簽名。我們甚至想過要貼張郵票幫你寄出去。」

「如果我拒絕的話呢？繼續刑求嗎？」

「我們還有人性，羅格。如果你拒絕的話，我們只會把你留在那裡而已。直到阿爾發公司把寫報告這件差事交給你的同事去做。也許是費迪南——那是他的名字吧？」

「費迪。」我用凶狠的口氣說。

「一點也沒錯。而且他似乎很看好我。探路者的董事長跟公關經理也是。這跟你的印象相符嗎，羅格？你不覺得，基本上能夠阻止我的就只有一紙負面的報告嗎？而且只會出自你羅格．布朗之手。你會明白，我們沒有必要傷害你。」

我說：「你在說謊。」

「有嗎？」

「你根本沒打算讓我活下去。你有什麼理由在事後還放我走，為此承擔被舉發的風險？」

「我可以用一大筆錢收買你。你可以永遠不愁吃穿，永遠保持沉默。」

「遭背叛的丈夫並非理性的合作夥伴，葛雷夫。這你也知道。」

葛雷夫用槍管磨蹭下巴。「這倒是真的。沒錯，你說得對。我們很有可能殺掉你。但無論如何這就是我透露給荻雅娜的計畫。而且她也相信我。」

「因為她想殺我。」

「雌激素讓你變盲目了，羅格。」

我想不出自己還可以說些什麼。到底為什麼還沒有人……？

葛雷夫好像看穿我的心思似的，他說：「我在衣櫃裡發現這件外套時也看到了一個『請勿打擾』的牌子。我想每當病人在使用便盆時，他們就會把那牌子掛在外面。」

此時他直接把槍管對著我，我看到他的手指頭在扳機前彎曲。他沒有把槍舉起來：顯然他打算直接從腰際開槍，在那些四、五〇年代的黑幫電影裡，詹姆斯·卡格尼都是這樣開槍的，而且荒謬的是居然還可以百發百中。遺憾的是，直覺告訴我，克拉斯·葛雷夫就是那種可以用荒謬姿勢開槍的神槍手。

葛雷夫說：「我想，你本來就不應該被打擾。」他已經瞇起一隻眼，準備砰一聲幹掉我。「畢竟，死亡是屬於自己的事，不是嗎？」

我閉上雙眼。一直以來我都是對的：我已經在天堂裡了。

「抱歉，醫生！」

聲音從房外傳進來。

我睜開雙眼，看見三個男人站在葛雷夫身後，就在門口附近，門在他們身後輕輕地關上。

穿便服的那個說：「我們是警察。事關凶殺案，所以我們不得不忽略門上的牌子。」

我可以看得出來，事實上，來拯救我的這位天使跟上述的詹姆斯．卡格尼還有幾分相像。但這也可能是因為他身上那件灰色雨衣的關係，或者是我受到藥效的影響，他那兩個同事都身穿帶有格紋反光帶的黑色警察制服（讓我聯想到跳傘裝），簡直像是雙胞胎，肥得跟豬一樣，高聳如樓房。

葛雷夫身體一僵，他沒有轉身，只是凶狠地看著我。此時他還是用槍比著我，三個警察的視線被擋住了，看不到槍。

便衣警察說：「我們沒有因為這個小小的謀殺案打擾到你吧，醫生？」他覺得這白衣男人好像完全不想搭理他，所以壓根不想掩藏惱怒的表情。

葛雷夫說：「完全不會。」他還是背對著他們。「我跟病人之間已經沒事了。」他把白袍往旁邊拉開，將手槍插在褲帶上。

「我……我——」我本想說話，但被葛雷夫給打斷了。

「放輕鬆。我會讓你老婆知道你的狀況。別擔心，我們會確保她沒事。你懂嗎？」

我眨了幾次眼睛。葛雷夫從床邊彎下腰，拍拍我蓋著羽毛被的膝蓋。

「我們會溫柔一點的，好嗎？」

我默不作聲地點點頭。一定是藥效的關係，毫無疑問。否則怎麼會有這種事？

葛雷夫露出微笑，站起身來說：「還有，荻雅娜說的沒錯。你的髮質真的很棒。」

葛雷夫轉身，低頭看著寫字板上面那張紙，經過三個警察身邊時低聲對他們說：「他交給你們了。」

門合上後，像詹姆斯．卡格尼的那傢伙走向前對我說：「我叫做松戴。」

我慢慢地點點頭，同時感覺到綳帶卡到我喉嚨上的皮膚。「你來得剛剛好，松德。」

他嚴肅地複述：「松戴。尾音是戴。我是刑事組的，奧斯陸的克里波刑事調查部派我過來。克里波是——」

我說：「警察犯罪中心，也就是重案組，我知道。」

「很好。這兩位是埃爾沃呂姆警局的安德利．蒙森與艾斯基．蒙森。」

我打量了一下，真了不起。像海象一樣大隻的雙胞胎，身穿一樣的制服，還留著相同的八字鬍。毫無疑問，很多人是為了錢才幹警察的。

松戴說：「首先，我要宣讀一下你的權利。」

我大叫：「等一等！這是什麼意思？」

松戴扯出一個疲倦的微笑，說：「意思是，奇克魯先生，你被逮捕了。」

「奇——」我把想說的話忍住。松戴手上揮著一個看來像信用卡的東西。一張藍色的信用卡，烏維的卡。從我的口袋拿出來的。松戴懷疑地抬起一邊眉毛。

「奇……怪了。」我說，「你們為什麼逮捕我？」

「因為辛德雷·歐的謀殺案。」

我瞪著松戴，聽他用自己日常講話的方式跟我解釋，我有權聘請律師，也有權保持緘默，而不是用美國電影裡主禱文似的冗長廢話。最後，他解釋說，主治醫師允許他等到我清醒後把我帶走。畢竟，我只是在頸部後面縫了幾針而已。

沒等他解釋完我就說：「沒關係。我很樂意跟你們走。」

16 零一號巡邏車

結果我發現，醫院的地點在距離埃爾沃呂姆有一段路程的鄉間。看著那一棟棟床墊狀的白色建築物在我們身後消失讓我鬆了一口氣。而舉目所及都看不見那輛銀灰色凌志轎車更是令我寬心不少。

我們搭乘一輛老舊但是保養得宜的富豪轎車，從它那轟隆隆的悅耳引擎聲聽來，我懷疑它被重新烤漆變成警車之前，應該是一輛馬力強大的改裝車。

我從後座問他們：「我們在哪裡？」當時我被夾在安德利．蒙森與艾斯基．蒙森兩人的魁梧身體之間。我的衣服——應該說烏維的衣服已經被送去乾洗了，但是有個護士拿了一雙網球鞋跟衣服給我，一套上面印有醫院名稱縮寫的綠色運動服，還特別強調務必把衣服洗好後歸還院方。還有，他們已經把所有的鑰匙跟烏維的皮夾還我了。

松戴說：「海德馬克郡。」他坐的地方是副駕駛座，也就是有美國黑人幫派背景的人所謂的「霰彈槍位置」。

「那我們要去哪裡？」

「干你屁事！」那滿臉面皰的年輕駕駛對我咆哮，從後照鏡狠狠地瞥了我一眼。爛條子。他穿著身後印有黃色字母的黑色尼龍夾克。**埃爾沃呂姆KO-DAW-YING俱樂部**。我猜那應該是某種剛剛被發展出來，但是源自於古代的神祕武術。他下巴的肌肉之所以會如此發達，應該是因為他早已養成卯起來嚼口香糖的習慣。這面皰小子之所以看起來那麼瘦，肩膀如此窄，是因為現在他把兩隻手都擺在方向盤上，雙臂都縮著呈V字形。

松戴低聲說：「開車要看路。」

面皰小子嘟噥了兩句，怒目看著那條穿越如鬆餅般平坦農地的筆直柏油路。

松戴說：「我們要去埃爾沃呂姆的警察局，奇克魯。我從奧斯陸過來的，今天會偵訊你，有必要的話明天、後天繼續。我希望你是個明理的傢伙，因為我可不喜歡海德馬克郡這個地方。」他用手指頭咚咚敲著剛剛安德利因為後面太擠而遞到前座給他的行李袋。

「我是個明理的人。」說話時我覺得雙臂快失去知覺了。那對雙胞胎兄弟的呼吸極有節奏，這意味著我好像一管美乃滋醬似的，每四秒鐘會被擠一下。我考慮要不要請他們其中一人調整一下呼吸的節奏，但打消了念頭。就某方面來講，如果與葛雷夫用手槍指著我的時候相較，此刻我覺得自己安全多了。這讓我聯想到小時候，每當媽媽生病時，我爸就必須帶我去上班，因此我必須坐在大使館的禮車後座，夾在兩個嚴肅但是客氣的大人之間。大家的穿著都很優雅，但最優雅的是我爸，他頭戴司機帽，慢條斯理地開車。事後我爸會買冰淇淋給我，說我的表現就像個小紳士。

無線電發出沙沙聲響。

「噓……」面皰小子打破了車裡的沉寂。

一個帶著鼻音的女人用斷斷續續的聲音說：「所有的巡邏車請注意。」

「也只有兩輛巡邏車。」面皰小子嘟噥著，同時把音量轉大。

「艾格蒙．卡爾森報案說他的卡車跟後面的拖車都被偷了……」

接下來的無線電訊息被淹沒在面皰小子跟蒙森雙胞胎的大笑聲裡。他們笑得身體抖動，我好像被按摩似的，覺得很舒服。我想應該是因為藥效還在吧。

面皰小子拿起對講機說話：「卡爾森的聲音聽起來是清醒的嗎？完畢。」

那個女人回答：「不是，不怎麼清醒。」

「那他又酒駕了，而且還忘了這檔事。打電話到班塞酒吧去。我敢打賭，他一定是把車停在酒吧外了。那是一輛十八輪大卡車，後面的拖車側邊是席格多廚具廣告。完畢，通話結束。」

他把無線電對講機擺回去，我可以感覺到車裡的氣氛明顯變得較為輕鬆，所以我趁機發問。

「我想一定是有人被謀殺了，但是我可以問問這跟我有什麼關係嗎？」

他們沉默以對，但是從松戴的姿勢看來，我知道他在想怎麼回答。他轉身面對後座，雙眼直視著我：「好吧，我們就這樣很快地把這件事解決掉也好。我們知道是你幹的，奇克魯先生，而且你沒辦法脫罪的。你聽我說，我們找到了屍體與犯罪現場，還有一件能把你跟兩者都連結在一起的證物。」

本來我應該感到震驚害怕才對。我應該感覺到自己的心跳停了一拍，或者心頭一沉——總之，就是當警察得意洋洋地跟你說他們有證據可以把你一輩子關在監獄裡時，任何人都該有的那種反應。但是我完全沒有那些感覺。因為我聽到的不只是個語氣得意洋洋的警察。我聽到的是英鮑、萊德與巴克來。第一步驟，把話當面挑明。或者，套句手冊裡的話：警探在偵訊一開始就讓對方清清楚楚地明白，警方什麼都知道了。用詞應該是「我們」與「警方」，而非「我」。應該說「知道」，而非「相信」。要扭曲受偵訊者的自我形象，因此如果對象是身分地位低下的人，要稱其「先生」，而對於身分地位高的人則是直呼其名。

松戴繼續說：「還有，這句話你知我知就好。」他刻意壓低聲音，聽來顯然是要我以為他說的是個祕密。「我聽說啊，辛德雷·歐死了也罷。就算你不用繩子勒死那個老渾球，很可能別人也會。」

我想打呵欠，但忍住了。第二步驟，將嫌犯的罪行合理化，藉此對其表達同理心。

我沒有回話，松戴繼續說：「好消息是，如果你快一點招供，我可以幫你減刑。」

喔，我的天啊！明白的承諾！這是英鮑、萊德與巴克來絕對禁止的，這種法律上的陷阱只有最絕望的警探才會使用。這傢伙是真的想要離開海德馬克，快快回家。

「所以說，你為什麼要犯案呢，奇克魯？」

我凝視著車窗外。到處是原野與農田。原野，農田。原野，小溪，原野。催眠效果還真強。

「喂，奇克魯？」我聽見松戴的手指頭不斷敲著他的行李袋。

我說：「你在說謊。」

他的手停了下來。「你再說一遍。」

「你在說謊，松戴。我根本不知道辛德雷．歐是誰，而且你沒有我的把柄。」

松戴嘎嘎笑了兩聲。「我沒有？那說說看過去二十四小時你在哪裡？行行好吧，奇克魯？」

我說：「我考慮一下。但你要先跟我說這案子是怎麼一回事。」

面皰小子不屑地說：「揍他啦！安德利，打——」

「閉嘴！」松戴平靜地說，接著他轉頭面對我。「為什麼我應該跟你說呢，奇克魯？」

「因為，如果你說了，也許我就會告訴你。如果你不說，我就會閉嘴等到我的律師過來。從奧斯陸過來。」我看見松戴抿起嘴，於是又加了一句。「運氣好的話，明天會到吧……」

松戴歪了歪頭，仔細打量我，彷彿我是隻昆蟲，他正在考慮要收藏起來或是隨手捏死。

「好吧，奇克魯。這一切的起因是坐在你身邊的傢伙接到一通報案電話，說有一輛曳引機被亂停在路中間。他們發現那輛曳引機，還有一群烏鴉聚集在後面的牧草裝運機上面吃午餐。牠們三兩下就吃掉了那隻狗的肉。那是辛德雷・歐的曳引機，但是我們打電話過去時，他當然沒有接聽，所以警方派一個人過去看看，發現他的屍體被你留在搖椅上。我們在穀倉裡發現一輛引擎被破壞的賓士車，用車牌號碼追查到你，奇克魯。最後，埃爾沃呂姆警察局想出那隻死狗跟一通來自醫院的普通報案電話有關，因為有個全身沾屎、神智不清的住院病患身上有嚴重的狗咬傷痕。他們打電話過去，值班護士說那傢伙正昏迷不醒，但是他的口袋裡有一張持卡人名字是烏維・奇克魯的信用卡。然後，咻地一下——我們就在這裡了。」

我點點頭。現在我知道他們怎麼找到我的了。但是葛雷夫究竟是怎麼辦到的？這個問題在我的腦袋裡轉來轉去，但此時我昏昏沉沉，想不出結果。難道葛雷夫在當地警察局也有內應？有人幫他，他才能比警察早到醫院？不對！剛剛他們才走進房間，救了我啊！不對！是松戴救了我，因為他是個不知內情的外人，一個來自奧斯陸克里波的傢伙。當我又想到另一件事時，頭也痛了起來：如果我害怕的事是真的，那麼我在拘留室裡還有何安全可言？突然間，蒙森兄弟的同步呼吸動作感覺起來沒有剛剛那麼安心了。沒有任何事可以讓我安心了。

我感覺這世界上好像再也沒有人是我可以信任的。任何人都一樣。除了一個人之外。這個帶著行李袋的外人。我必須把我的牌都攤開在桌上，把一切告訴松戴，要他一定得帶我去另一個警局。無疑的，埃爾沃呂姆警局是個貪污的地方，有可能這輛車裡面與葛雷夫共謀的不只一人。

無線電又發出沙沙聲響：「零一號巡邏車，收到請回答。」

面皰小子一把抓起無線電對講機：「收到，莉莎。」

「班塞酒吧外面沒有卡車。完畢。」

當然，如果把一切告訴松戴，我也必須把自己是個雅賊的事說出來。而我要怎樣才能讓他們相信，我是出於自衛才開槍打死烏維，而且的確是個意外？像烏維那樣被葛雷夫下了那麼重的毒藥，眼前看到的是誰都搞不清楚了。

「冷靜一下，莉莎。到處去問問看。在這種小地方，沒有人可以把一輛十八公尺長的車子藏起來，好嗎？」

她回答的聲音聽起來有點生氣。「卡爾森說，通常都是你幫他找到車的，因為你不但是警察，也是他姊夫。完畢。」

「我他媽的就是不要！別想要我幫他，莉莎。」

「他說這要求不算太多。你老婆是他家姊妹裡最不醜的。」

蒙森雙胞胎大笑，我的身體跟著他們一起晃來晃去。

「跟那個白癡說，我們今天真的是有警察的正事要辦。」面皰小子不屑地說，「完畢，通話結束。」

我真不知要怎麼玩這個遊戲。我的真實身分早晚會曝光的。我到底應該直接跟他們講，還是把真實身分當成王牌藏在袖子裡，晚一點再拿出來打？

松戴說：「換你說了，奇克魯。我對你做了一些調查。你是我們警方的老朋友了。根據我們的記錄，你是單身。所以，那個醫生跟你說他會幫你照顧老婆是什麼意思？荻雅娜？他是不是那樣說？」

我的王牌飛了。我嘆了一口氣，從車身窗戶往外看。荒地，耕地。附近沒有任何車輛，沒有房屋，只有地平線遠處的一輛曳引機或車子揚起的一片煙塵。

我回答：「我不知道。」我必須想得更清楚一點。探個究竟。必須先綜觀整個棋局。

「你跟辛德雷．歐的關係是什麼，奇克魯？」

一直被叫成別人的名字開始讓我厭煩不已。我快要開口回話時，才意識到自己錯了。又錯了。警方真的以為我就是烏維．奇克魯啊！他們接獲報案時，獲知的就是我入院時院方幫我登記的名字。但如果是他們把這訊息洩漏給葛雷夫，為什麼葛雷夫會到醫院找烏維呢？他沒聽過這名字，這世界上沒有任何人知道我跟烏維有關係——而我是羅格．布朗！這實在沒道理。他一定是透過另一個管道找到我的。

我看見路上那一團煙塵正在接近我們。

「你聽見我的問題了嗎，奇克魯？」

最剛開始，葛雷夫發現我去了小木屋。接著是醫院。儘管我身上已經沒有手機了。挪威電信與警方都沒有葛雷夫的內應。所以他怎麼可能找到我呢？

「奇克魯！喂！」

那一團煙塵在旁邊那條路移動，速度比它在遠處時看來快多了。我看見十字路口就在眼前，突然感覺到它正朝我們逼近，我們就快要相撞了。我希望另一輛車知道我們這輛車有優先路權。

但是，也許面皰小子應該暗示他，按按喇叭。暗示他。按喇叭啊！葛雷夫在醫院對我說過什麼來著？「**荻雅娜說的沒錯。你的髮質真的很棒。**」我閉上眼睛，回想她在車庫裡用手梳過我頭髮那種感覺。那種味道。當時她的味道不太一樣。她身上有他的味道，葛雷夫的味道。不，不是葛雷夫。是霍特的味道，正朝我們逼近。慢動作讓一切都變得清楚起來。為什麼剛剛我一直都沒想到呢？我張開眼睛。

「我們有生命危險，松戴。」

「這裡唯一會遭遇危險的人是你，奇克魯。不管你叫什麼名字。」

「什麼？」

松戴看看後照鏡，舉起他在醫院裡拿給我看的信用卡。

「你看起來跟照片裡的奇克魯不一樣。還有，當我追查奇克魯的檔案資料時，發現他有一百七十三公分。而你呢……幾公分？一六五？」

車裡陷入一片沉寂。我瞪著那團以高速靠近的煙塵。那不是一輛轎車。那是一輛後面帶著拖車的大卡車。現在它已經近到我可以看見車身上寫了什麼字。**席格多廚具**。

我說：「是一六八。」

松戴對我咆哮。「所以你到底是誰？」

「我是羅格．布朗，而現在在我們左邊的，是卡爾森的卡車。」

所有人都轉頭往左邊看過去。

松戴大叫：「現在是怎樣啊？」

我說：「也就是說，開著那輛卡車的人是叫做克拉斯．葛雷夫的傢伙。而且他知道我在這輛車裡，他的目標就是要殺掉我。」

「怎麼會……？」

「他有一個衛星定位追蹤器，意思是不管我在哪裡，他都找得到我。而且，自從我老婆在車庫裡摸過我的頭髮之後，他就一直在找我。她的手上抹著一種含有超小型發報器的髮膠，沾上頭髮後就洗不掉。」

那位來自克里波的警探咆哮說：「廢話少說！」

面皰小子說：「松戴……那的確是卡爾森的卡車。」

我說：「我們必須停車然後掉頭。不然他會把我們都殺掉的，停車！」

松戴說：「繼續開。」

我大叫：「你看不出等一下會發生什麼事嗎？你快要死了，松戴！」

松戴開始發出他那嘎嘎嘎的笑聲，但是聲音漸漸無力。此時他也看出來了。但已經為時已晚。

17 席格多廚具

兩輛車碰撞後會有什麼結果，是用基本物理學原理就可以計算出來的。結果會怎樣，全然取決於機運，但能夠解釋機運這種現象的，則是以下這個公式：能量×時間＝質量×速度差。把這個數值加上一些偶然的變數，我們就可以得出一個簡單、真實而毫無悔意的故事。例如，藉此我們就可以知道，一輛二十五噸重、時速八十公里的重型卡車，如果撞上一輛一千八百公斤重（其中包括蒙森雙胞胎的重量）、以相同時速行駛的轎車，會是什麼狀況。除了機運這個因素，如果把撞擊點、車體的堅固程度與兩輛車的對撞角度也考慮進去的話，這個故事就可能會出現好幾個不同的版本，但是它們會有兩個共同的特點：每個版本都是一樁悲劇。而且，下場會很慘的，都是轎車。

葛雷夫開的卡車與拖車在十點十三分撞上零一號巡邏車——它是一輛一九八九年出廠的富豪740轎車，被撞到的地方就在駕駛座的前方，當車被撞得往空中飛的時候，汽車引擎、兩個前輪，還有面皰小子的雙腿都往一邊推擠，穿出車體。沒有安全氣囊彈出來，因為一九九〇年以前出廠的富豪汽車都還沒有裝氣囊。警車已經被撞得稀巴爛，它飛出路面，越過路邊護欄，落在斜坡底部沿著河邊生長的茂密雲杉林。在這輛警車穿過樹頂往下掉之前，車身扭轉了一次半，騰空翻了兩圈半。現場沒有證人可以確認我所說的話，但這就是事發經過。如我所說，這一切是用基本物理學原理就可以計算出來的。相同的，另一個事實也可以這樣算出來：相對來講，那輛卡車幾乎沒什麼損傷，它只是繼續在沒有人車的十字路口前進，發出一長串刺耳的金屬摩擦聲之後煞車停下。最後當煞車被放開時，它發出像龍噴鼻息似的哼聲，橡膠與煞車盤來令片的焦味瀰漫在一片風景中，好幾分鐘都沒散掉。

十點十四分，雲杉不再搖晃，塵埃也都已落定，卡車的引擎怠速，陽光一樣持續照射在海德馬克的原野上。

十點十五分，第一輛車經過了犯罪現場，很可能那駕駛什麼都沒看到，只見旁邊的碎石小路上停著一輛卡車，還有他的車底發出嘎吱聲響，可能是因為輾過了剛剛留下的碎玻璃。他不會看到有輛警車翻覆在河邊的樹下。

我知道這些，是因為我的姿勢剛好看得出我們的車頂著地，車身被河邊的樹木遮住了，所以從路上看不見我們。剛剛我說的時間對不對完全取決於松戴手錶的準確度，它就在我面前滴答滴答地走著。至少我認為那是他的錶：因為那支錶掛在一隻斷臂的手腕上，臂上還纏著一片灰色雨衣的碎片。

一陣風吹過，煞車來令片的樹脂味與卡車柴油引擎的怠速聲響都被風帶了過來。

萬里無雲，陽光穿透樹梢閃爍照下。我的身邊卻在下雨：汽油、機油，還有鮮血不斷從我身邊落下。滴下來又流掉。大家都死了。面皰小子的臉上不再有面皰，應該說，他已經面目全非。松戴的臉只剩下平面，好像厚紙板上的人臉。我可以看見他的雙眼朝自己的兩腿之間往前瞪。雙胞胎的身軀多少比較完整一點，但是也沒了呼吸。我之所以還能活著，完全是因為蒙森一家人的體重天生就很有份量，身體形成了完美的安全氣囊。他們的身體剛剛救了我一命，但現在卻慢慢開始要我的命。整台車都被壓扁了，而我現在正頭下腳上地掛在我的位子上。我有一隻手臂可以活動，但是身體卻緊緊地卡在兩個警察的屍體中間，無法動彈，也不能呼吸。然而，目前我的感官都還是很正常地在運作。因此我發現汽油正慢慢流出來，感覺到它沿著我的褲管與身體往下流，從運動服的領子流出去。我也可以聽見路邊的卡車聲，聽見它噴著鼻息，清清喉嚨，持續抖動著。我知道葛雷夫正坐在那裡思考，評估此刻的狀況。他可以從衛星定位追蹤器看得出來我沒有移動。他心想還是應該下來看一下，確認大家都死了。但另一方面，要下到斜坡底部實在很難，要回去更是難上加難。而且，這種車禍當然不會有任何生還者，對吧？但親眼看過還是會讓人睡得比較安穩一點。

開車吧，我心裡懇求著，開車吧。

對於清醒的我而言，最慘的就是我可以想像如果他發現我滿身汽油，接下來會發生什麼事。

開車吧，開車吧。

卡車柴油引擎持續低聲作響，好像在跟自己對話似的。

此時我已經完全明白之前到底發生了什麼事。葛雷夫登上台階朝辛德雷．歐走過去，不是為了打聽我的下落，因為他光看衛星定位追蹤器的顯示螢幕就可以知道。葛雷夫必須把歐給做掉，純粹是因為歐看到了他的人跟車。但是，當葛雷夫沿路走到小木屋時，我已經先去廁所了，當他在小屋裡找不到我的時候，就用追蹤器再測一遍。令他驚訝的是，訊號居然不見了。因為當時我頭髮裡的發報器已經浸到糞便裡了，如同先前提過的，霍特的發報器沒辦法發出具有強大穿透力的訊號。儘管我是個白癡，運氣倒還不錯。

葛雷夫接下來就派狗去找我，他自己在那邊等。還是沒有訊號。因為發報器周遭那些乾掉的糞便依舊擋住了訊號，當時我正在查看歐的屍體，然後就駕駛曳引機逃走了。直到那天半夜，葛雷夫的衛星定位追蹤器才又開始接收到訊號。當時我正躺在擔架上，在醫院裡淋浴，頭髮上的糞便都被沖掉了。於是葛雷夫跳上車，在黎明時分抵達醫院。天知道他是怎麼偷到那輛卡車的，總之他可以再度找到我——布朗，你這個胡說八道的瘋子，居然還真的求人把你逮捕。

松戴斷手上的手指仍然握著行李袋提把。他的腕錶正滴答作響。十點十六分。再過一分鐘我就會失去意識。兩分鐘內我會窒息。快點下定決心吧，葛雷夫。

然後他真的決定了。

我聽見卡車的吐氣聲。引擎轉速下降，表示他已經把引擎關掉，要往這裡來了！

還是……他要換檔開車了？

我聽見卡車低聲隆隆作響。輪胎上的二十五噸重量把碎石路壓得吱吱嘎嘎。隆隆聲變大，再變大，最後變得更安靜。那聲音遁入鄉間，消失無蹤。

我閉上眼睛，心存感謝。為的是沒有被燒死，只是缺氧致死而已。因為，那絕對不是最慘的死法。我的大腦一個個區塊逐一停止運作，先是感到昏昏沉沉，變得麻木，無法思考，接下來問題也將化為烏有。某方面說來，那就像是喝烈酒喝到醉一樣。對啊，我心想，我可以接受那種逐漸垂死的方式。

想到這裡，我幾乎大笑出來。

我這輩子總是要試著成為跟我爸相反的人，最後結束人生的方式卻跟他一樣，死在一輛撞毀的車裡。而過去我跟他到底有多少不同呢？當我長大到再也不容許那個該死的酒鬼打我時，就換我開始打他了。我用他打我媽的方式打他，也就是絕不留下任何傷痕。另外一個例子是，他提議要教我開車，我禮貌地拒絕了，還跟他說我不想考駕照。我跟大使那個被寵壞的醜女兒敘舊，因為以前我爸都要載她去上課，所以我帶她回家吃晚餐，藉此羞辱他。但是當我看到主菜上完，我媽到廚房裡去準備甜點時居然哭了起來，我又後悔了。我申請就讀一家倫敦的大學，只因我爸說過那裡是個專供社會寄生蟲就讀的豪華學校。但是，他沒有像我所希望的那樣生氣。當我跟他說這件事時，他甚至勉強擠出一抹微笑，看起來為我感到驕傲的樣子，那個狡猾的老雜碎。所以，後來在那年秋天他問我是不是可以跟我媽一起從挪威到學校去看我，我拒絕了，只因我不希望同學發現我爸不是外交高官，而是一介司機。這似乎是我脆弱的地方。當然，不是我的弱點，而是我的隱痛。

舉行婚禮前兩週我打電話給我媽，說我要跟我認識的一個女孩結婚了，我跟她解釋說，婚禮很簡單，就只有我們倆還有兩個證人，但是我歡迎她去觀禮，前提是她不能跟我爸一起去。我媽大發雷霆，她說她當然不可能不跟他一起去。高貴而忠心的人總有個缺點：即使是對那些最下流的傢伙，他們還是很忠心。呃，而且他們對那些人特別忠心。

那年夏天，荻雅娜本來要在學期結束後去跟我爸媽見面，但是在我們離開倫敦的三週前，我接到了車禍的噩耗。有個警察透過一通訊號不良的電話跟我說，車禍發生在他們要從小木屋返家的路上。那天晚上下雨，車子開得太快了。因為高速公路擴建，舊路暫時改道。路上出現了新的、可能有點不理想的彎道，但是有擺一個寫著危險路段的標誌。想當然耳，新鋪的柏油會吸收路面的光線，而路邊停了一輛壓路機。我打斷警察，跟他說警方應該對我爸做酒測，如此一來他們才能確認我早已知道的事：我爸害死了我媽。

當晚我獨自到一家位於男爵廣場的酒吧買醉，第一次在大庭廣眾下哭泣。那天晚上我把最後的眼淚滴在熏臭的小便池裡，在碎裂的鏡子裡看見我爸那張毫無生氣的醉臉。我想起他把棋子掃落棋盤時，眼中平靜而全神貫注的神情，皇后被他掃得在空中翻轉——轉了兩圈半，最後掉在地上。然後他開始打我。我看見他舉起手，甩了我一個耳光，只有那一次我目睹他流露出一種被我媽稱之為變態的眼神。躲在那眼神後面的，是一隻醜陋、優雅而且嗜血的怪物。但那也是他，我的父親，給我血肉的人。

血。

我內心長期以來藏得比對我爸的否定還要深的某個東西，如今浮現出來。我隱約想起一個曾從我腦海閃過，但此刻再也壓抑不住的念頭。那念頭以更為具體的形式呈現出來，身體的疼痛讓它變得清清楚楚，變成一個事實。一個近在眼前，但是因為我欺騙自己，因此被我掩蓋的事實。我之所以不想要小孩，並不是因為怕被小孩取代，而是因為我害怕那個變態的眼神。我怕自己身為我爸的兒子，也跟他一樣變態。我怕我的眼睛後面也藏著變態的怪物。我對所有人說謊。我曾跟柔媞說，我不要那孩子是因為孩子有缺陷，也就是染色體異常引起的唐氏症。但事實上真正異常的是我的內心。

一切正快速地流逝。我的人生是亡者留下來的遺產，此刻我的腦袋已經停止運作，準備要切斷意識流。我熱淚盈眶，湧出的淚水流過額頭來到頭皮。我快要被身旁的兩個人體氣球給悶死了。我想到了柔媞。接著，在生死交關之際，我恍然大悟。我看見了一道光。我看見……荻雅娜？那個水性楊花的女人在這時候出現幹什麼？氣球……

我還能活動的那隻垂著的手朝行李袋伸過去，麻木的手指扳開松戴在把手上的手指，打開行李袋。汽油從我身上滴進袋子裡，我在裡面亂掏，拉出一件襯衫、一雙襪子、一條內褲跟一個盥洗用品包。只有這些東西了。我打開盥洗用品包，把東西都倒在車內天花板上。牙膏、電動刮鬍刀、膏藥、洗髮乳、一個顯然在機場安檢通關時用過的透明塑膠袋，還有凡士林……找到了！一把剪刀，那種尖頭小剪刀，頂端向上彎曲，許多人基於各自不同的理由不喜歡用它，寧願選擇後來才發明的指甲剪。

我舉起手來，在雙胞胎其中一人身上摸索，試著在肚子或胸口找到一條拉鍊或一排鈕扣。但是我的手指已經失去知覺，它們既不接受大腦的命令，也不會把任何訊息回傳到大腦。於是我一把抓住剪刀，把它的尖頭刺向……呃，姑且說刺向安德利的肚子吧。

尼龍衣料往兩旁裂開，露出了被包裹在淺藍色警察制服裡的凸肚。我把他的襯衫與肌肉剪開，原本被毛茸茸蒼白皮膚包覆的肉因此捲了起來。此時我要做的是我最怕的部分，但是一想到可能獲得的獎賞，也就是可以活下去，可以呼吸，我就壓抑一切雜念，用盡全力揮舞剪刀，刺進肚臍上方的肚子，再拔出來。沒有任何事發生。

怪了。他的肚子上有個明顯的洞，但是沒有任何東西跑出來，我承受的壓力沒有如預期的減輕。氣球還是跟之前一樣緊繃。

我又刺了一下，刺出另一個洞，但它就像另一個枯井一樣。

我發狂似的又把剪刀揮過去，刺得噗滋作響，還是沒有東西。這對雙胞胎到底是什麼東西做的？全身上下只有豬油嗎？我會死於他們的肥胖症嗎？

上面的路又有另一輛車經過。

我試著尖叫，卻吸不到任何空氣。

我用僅存的力氣把剪刀戳進他的肚子，但這一次沒有把它拔出來，因為我可說是氣力用盡了。停頓一下之後，我開始移動剪刀，大拇指與食指張開又合攏，割出一個可以把手伸進去的洞。真是輕而易舉地令人驚訝。終於有反應了。血從那個洞裡不斷流出來，沿著胃部往下流，消失在衣服裡，又出現在他留著鬍子的喉嚨上，然後流過下巴、嘴唇，消失在一個鼻孔裡。此時我發狂似的繼續割洞，發現人類真的是一種很脆弱的動物，人體居然可以這樣輕易劃開，就像我在電視上看到鯨魚被宰割的畫面一樣。而這只用一把小小的指甲剪刀就辦到了！我刺個不停，直到胃部出現一個從腰際往肋骨延伸的傷口。但是我預期中的大量血液與腸子並未流出來。我的手臂沒了力氣，遂丟下剪刀。我的老朋友回來了——我的視野又縮成了小圓洞，透過洞口可以看見車內天花板上有一片灰色的棋盤格紋，身邊到處散落著斷掉的棋子。我放棄了，閉上雙眼。放棄真是件美妙的事。我感覺到重力把我往地心拉，頭先下去，就像嬰兒要從母親子宮裡出去的時候一樣，我會被擠出去，在瀕死之際重生。我甚至可以感覺到母體的陣痛，那顫動的疼痛按摩著我。然後我想到了白皇后。我聽見了聲音，羊水嘩一聲全都流到了地板上。

還有那氣味。

我的天啊，那個氣味！

我出生了，因為掉下來而重生，我砰一聲撞到頭，四周變得一片漆黑。

一片漆黑。

漆黑。

氧氣？

光線。

我睜開眼睛。我仰躺著，上方是方才雙胞胎擠著我坐的位置。我一定是躺在車內天花板的內側，躺在棋盤上。而且我正在呼吸，聞得到死亡與人類內臟的臭味。我凝視四周，看起來有如置身屠宰場或香腸工廠裡。但奇怪的是，我並沒有依照本能反應行事：沒有壓抑、否定或逃走。為了盡情接受各種感官印象，我的腦袋變得清醒無比。我決定先待在這裡。我吸進那氣味，仔細看，仔細聽，拾起地上所有棋子，把它們擺回棋盤上，逐一就位。最後，我舉起斷掉的白皇后，仔細研究它，然後直接擺在黑色國王的對面。

第四部

棋步

18 白皇后

我坐在汽車殘骸裡凝視著電鬍刀。人都會有一些奇怪的想法。白皇后斷掉了。過去我之所以能抗拒我爸、我的背景，甚至我過去那一段人生的影響，都是因為有她。她曾說過她愛我，而我——雖然是在扯謊，我也曾立誓，內心會有一部分是永遠愛她的，只因她那句我愛你。我曾說她是我比較好的那一半，因為我曾經真的相信她跟我就像門神雅努斯的兩張臉，而她是比較好的那邊。但我錯了，而且我恨她。不，不只是那樣；對我來講，荻雅娜·史托姆－艾里亞森已不復存在。但是，如今我坐在汽車殘骸裡，被四具屍體包圍，手拿電鬍刀，心裡只有一個念頭：

如果我的頭髮沒了，荻雅娜還會愛我嗎？

就像我說的，人都會有一些奇怪的想法。然後我不理會這想法，按下開關鈕。我手裡的電鬍刀震動起來。

我要改變。我想改變。總之，過去那個羅格不存在了。我著手變身。

十五分鐘後，我透過殘存的鏡子看自己。一如我所擔心的——並不怎麼好看。我的頭型看起來就像一大顆尖頭的橢圓形帶殼花生。剃過的頭看來亮晶晶，頭皮灰灰白白，臉部的皮膚看來較黑。但是我就是我：全新的羅格．布朗。

頭髮散落在我的雙腿間。我把它們都掃進那個透明塑膠袋裡，塞進艾斯基．蒙森的制服長褲裡。我還在他的褲子裡發現一個皮夾，裡面有些錢跟一張信用卡。既然我不希望因為使用烏維的信用卡遭警方追捕，我決定把他的皮夾拿走。我已經在面皰小子的黑色尼龍夾克裡發現一個打火機，接著我再度考慮是否應該點火燒掉整個浸泡在汽油裡的殘骸。這麼做可以延遲警方辨識屍體的工作，也許讓我有一天的喘息時間。但另一方面，在我逃出這個區域之前，燃燒的黑煙會讓人發覺這團殘骸，如果沒有煙的話，只要一點點好運，可能好幾個小時後才會有人發現車子。我看著面皰小子那張血肉模糊的臉，做出決定。我花了快二十分鐘脫下他的長褲與外套，然後幫他穿上我的綠色慢跑裝。奇怪的是，我居然那麼快就對割人肉這種事感到習以為常。我把他兩手的食指皮膚剪下時（因為我不記得採指紋是用右手或左手），表現得像個外科醫生一樣專注而有效率。最後我也把他的大拇指皮膚剪掉，讓傷口看來像車禍創傷，而非人為造成。我往後退了兩步，仔細觀察布置的結果。只有血與死人，到處一片寂靜。就連樹林旁的那條棕色河流好像也靜止不動，悄然無聲。眼前情景有如摩坦．維斯坎（Morten Viskum）的裝置藝術作品。如果我有相機，一定會拍張照片寄給荻雅娜，建議她掛在藝廊裡，先跟她預告接下來會發生什麼事。當時葛雷夫跟我說了什麼來著？會讓你乖乖聽話的不是疼痛，而是恐懼。

我沿著大路往下走。如果葛雷夫把車往這個方向開的話，我當然有被他看見的風險。但是我不擔心。首先，他不會認出我的，因為我是個穿著黑色尼龍夾克的光頭佬，夾克後方還印有「埃爾沃呂姆KO-DAW-YING俱樂部」這幾個字。其次，這個人走路的樣子跟他所認識的羅格·布朗有所不同，他的腰桿挺直，步伐較慢。第三個理由是，衛星定位追蹤器清楚地顯示，我還在汽車殘骸裡，根本就沒有移動。這一點顯而易見。畢竟，我已經死了。

我經過一個農場，但是繼續往下走。一輛車經過我的時候剎了車，也許駕駛在想我是誰，但是又加速開走，消失在刺眼的秋陽下。

這郊外的空氣還真棒。泥土與草地，針葉林與牛糞。我的頸傷有點痛，但是身體漸漸沒有那麼僵硬了。我大步前進，深呼吸，大口吸氣，確認自己還活著。

走了半小時後，我仍然在那條無止盡的路上，不過已經看到遠處有個藍色招牌跟一間小屋。那是一個公車站。

十五分鐘後，我搭上了灰色的鄉間巴士，從艾斯基·蒙森的皮夾掏錢付款，有人說那車是開往埃爾沃呂姆的，到那裡可以改搭火車前往奧斯陸。我坐在兩個白金髮色的三十幾歲女郎對面，她們倆都不屑瞥我一眼。

我睡著了，但是警鈴聲把我吵醒，巴士減速後靠邊停。一輛閃著藍燈的警車經過我們。我心想，那是零二號巡邏車，注意到其中一個金髮女郎在看我。我們四目相交，我注意到她本能地想要把目光別開——我太直接了，而她覺得我是醜八怪。但她沒有別開目光。我對她擠出一抹微笑，轉頭面對窗戶。

我這個重生的羅格．布朗回到了過往的家鄉，於下午三點十分下了火車。但是一陣冰冷的風颼過來，吹進奧斯陸中央車站前那隻醜陋老虎雕像正在嘶吼的嘴裡，而我則穿過廣場，繼續往船運街前進。

托布街的藥頭與流鶯們都看著我，但是沒有像我以前經過時那樣對我大聲招攬生意。我在雷昂旅館的入口處停下來，抬頭看著旅館正面灰泥開始剝落、留下白色凹痕的地方。一扇窗戶下面掛著海報，宣稱住宿一晚只要四百克朗。

我走進去到接待櫃台前。櫃台後面那個男人上方掛的招牌，把「接待」寫成了「接侍」。

以前那個羅格．布朗每到飯店去，總會有人用熱情的口吻說聲歡迎光臨，此時我卻只聽到了一句：「怎樣？」接待人員滿臉大汗，看起來像一直在認真工作似的。他喝太多咖啡了吧，或者只是生性緊張。從他到處飄的眼神看來，應該是後者。

我問說：「有單人房嗎？」

「嗯。住多久？」

「二十四小時。」

「中間都不離開嗎？」

我不曾去過像雷昂旅館這種旅店，但是曾開車經過幾次，因此約略知道那些性工作者都是以小時計價的。換言之，那種女人不夠漂亮，或者不夠聰明，無法用身體換來烏維．班恩設計的豪宅，或者在福隆納區開一家藝廊。

我點點頭。

那個男人說：「四百元。請先付款。」他講話時帶著一種瑞典腔，那種樂團主唱跟牧師為了某種理由都特別喜歡的腔調。

我把艾斯基．蒙森的信用卡丟在櫃檯上。根據過去經驗，我知道旅館根本不在乎簽名是否相符，但是為了安全起見，先前在火車上我已經把假簽名練得有幾分相似。問題是照片。照片上是個下巴圓潤，留著長捲髮與黑色絡腮鬍的人。就算照片有過度曝光的問題也無法掩飾一個事實：那傢伙根本就不像站在櫃台前這個臉龐消瘦，剛剛剃光頭的人。接待員仔細打量照片。

他連頭都沒抬，看著照片說：「你看起來不像照片裡的傢伙。」

我等了一下。直到他抬頭與我四目相交。

我說：「我得了癌症。」

「什麼？」

「細胞毒素的影響。」

他眨了三次眼睛。

我說：「我接受了三個療程。」

他吞了一口口水，喉結動了一下。我可以看得出他非常懷疑。拜託！我必須趕快躺下，我的喉嚨痛死了。我依舊凝視著他，但他不想看我。

他說：「抱歉。」拿起信用卡還我。「我惹不起麻煩。他們正緊盯著我。你有現金嗎？」

我搖搖頭。買了火車票之後，我只有一張兩百元克朗紙鈔跟一個十元硬幣。

「抱歉。」他又說了一遍，伸出手來，像在懇求似的，讓卡片抵著我的胸口。

我拿走卡片，走出旅館。

到其他旅館嘗試根本就沒意義。如果雷昂旅館不讓我用這張信用卡，其他地方也不會。而且最糟糕的情況是，他們會報警。

我改用備案。

我是個新生的人，城裡的陌生人。我沒錢，沒朋友，沒有過去，也沒有身分。城裡的建築、街道與行人，看起來都跟以前我是羅格．布朗時不一樣了。一絲細細窄窄的雲朵從太陽前面飄過去，氣溫又往下降了幾度。

在奧斯陸中央車站，我必須問人哪一班巴士是前往同森哈根鎮的，當我登上巴士時，不知為何，司機居然對著我說英語。

從巴士站到烏維他家的路上，車子經過了兩座陡峭的山丘，但是最後我前往他家時，還是覺得好冷。我花了幾分鐘在那地區繞一圈，確定附近沒有警察，然後走上階梯，開門進去。

屋裡很溫暖。他家有隨時間自動調溫的暖氣機。

我按下「娜塔夏」，解除警報，走進那個兼作臥室的起居室。裡面的味道跟之前一樣。碗盤沒清，床單沒洗，擦槍油與火藥的味道充斥。烏維跟我離開時一樣，還躺在床上。感覺起來那已經是一週前的事了。

我找到遙控器，上床後躺在烏維身旁，打開電視機。我瀏覽著電視文字廣播，沒有任何關於失蹤巡邏車與殉職警員的報導。埃爾沃呂姆的警方一定存疑了好一陣子才開始搜索，但他們可能會等到不能再等了，才會宣布有警車失蹤，以免這整件事只是個尋常的誤會。然而，他們遲早都會找到車的。要過多久他們才會發現那個沒有指紋，身穿綠色運動服的屍體不是被拘留的嫌犯烏維．奇克魯？二十四小時？我看最多只要四十八小時。

當然，我沒那麼厲害可以猜得出來。對於警方辦案程序我可是一點概念也沒有。重生的羅格．布朗並沒有更了解辦案程序，但至少他明白現在的情況是什麼：他必須根據不明確的資訊來做確實的決定，就算冒險也該採取行動，不能猶豫；為了提高警覺，必須忍受恐懼，但是不能被嚇得動彈不得。

因此我閉上雙眼，開始睡覺。

醒來後，電視文字廣播上的時鐘顯示時間是二十點零三分，下方出現了一排文字，提到至少有四個人死於埃爾沃呂姆郊區的一場車禍，其中有三個警察。據報警車是在早上失蹤，下午在特雷克河河畔一片樹林旁邊被發現。還有一個人目前失蹤了，也是個警察。警方認為他也許是被拋出了車外，掉進河裡，他們已經展開搜索。還有，警方發現一輛遭竊的席格多廚具卡車遭棄置在車禍現場二十公里外的森林路段，因此呼籲民眾提供竊賊的線索。

等到他們發現烏維才是失蹤的人，遲早會來這裡。我必須為自己找另一個今晚可以投宿的地方。

我深深吸了一口氣，傾身隔著烏維的屍體拿起床邊茶几上的電話，撥打我唯一背得起來的電話號碼。

響到第三聲，她就接起電話。

柔媞沒有用慣常的害羞但熱情口吻說「嗨」，而是用幾乎聽不見的聲音說了聲「喂？」

我立刻掛掉電話。我只想確定她在家。希望當晚稍後她也會在家。

我關掉電視，站起來。

找了兩分鐘後，我發現了兩把槍：一把在浴室裡，一把被擠在電視機後面。我選擇了電視後面那把小支的黑色手槍，走到廚房，從抽屜拿出兩盒彈藥，一盒裝的是實彈，另一盒上面寫著「空包彈」，我把彈匣填滿實彈，裝進槍裡，關上保險，然後把槍插在褲頭，就像先前葛雷夫那樣。我走進浴室，把第一把找到的槍放回去。關起櫃子的門之後，我站在鏡子前面打量自己。我的臉型很好看，輪廓很深，光頭看起來粗暴又冷酷；我的目光熱切，皮膚與嘴巴幾近發燙；我既輕鬆又有決心，我的沉默說明了一切。

明早不管我在什麼地方醒來，我都已經犯下了一樁問心有愧的謀殺案。一樁**有計畫的**謀殺案。

19　有計畫的謀殺案

你走在自己住所的那條街道上。黃昏時分，你站在樹叢的陰影下，抬頭看著自己的家，看著窗口的燈光，看著窗簾旁的動靜，那可能是你老婆。有個鄰居出門來遛他的英國塞特獵犬，他看到了你，在一條鄰居大多相識的街道上看見一名陌生人。那個人看來很可疑，塞特獵犬低聲咆哮，牠們聞得出你是個討厭狗的人。

住在這山腰的人，不管是動物或人類，都會團結起來對抗入侵者與越界者，因為這是個遠離城市塵囂的地方，不用捲入種種利益糾葛與例行公事。他們在這裡只希望維持現狀，因為他們過著好日子，一切都很好，人生不該重新洗牌。不行，就讓他們繼續拿著手裡的王牌與老K吧：不確定性會減損投資人的信心，經濟狀況穩定才能確保生產力，進而對社會有所貢獻。你必須先創造成果才能透過分配與人共享。

我總認為我爸是我遇過的人裡最保守的一個，這實在是件怪事：因為他只是個司機，負責接送那些薪水比他高四倍，跟他講話時明明帶著高傲的語氣，但措辭卻禮貌到不行的人。

我爸曾說過，如果我變成了一個社會主義者，他家就再也不歡迎我了，同樣的規則也適用於我媽。的確，這一番威脅不是在他清醒時說出口的，但正因如此，我們就更有理由相信他是說真的。他相信印度的種姓制度是值得推薦的，也相信每個人出生後的身分地位都是上帝根據其意志安排好的，所以我們就乖乖地把悲慘的人生過完，因為那是我們該死的義務。或者如同《第四個守靈夜》一書中，作者尤漢．佛克伯格筆下那個教堂司事說的，「教堂司事就是教堂司事，牧師就是牧師。」

因此，身為司機之子，我用各種方式忤逆我爸：我上大學，娶了有錢人的女兒，身穿費納．雅可森服飾店的高級西裝，還買了一間福斯科倫區的豪宅。結果我搞錯了。我爸居然無恥地原諒了我，狡猾的他還裝出一副引以為傲的模樣。我很清楚，我在他們的葬禮上哭得跟小嬰兒一樣，並不是為我媽感到悲傷，而是對我爸感到憤怒。

塞特獵犬與那位鄰居（奇怪的是，我居然再也想不起他叫什麼）消失在黑暗中，我走到路的對面去。街上並未停著任何沒看過的車輛，而且我把臉貼在我家車庫的窗戶上一看，發現裡面還是空的。

我偷偷溜進花園，那裡的夜色如此純粹，看來好像可以用手觸摸，我知道從屋內客廳不可能看到蘋果樹下的動靜，於是就待在那個位置。

但是我可以看到她。

荻雅娜在地板上踱步。她的動作看來煩躁不安，再加上她把Prada手機緊貼耳邊，我猜想她正打電話給某人，但對方未接聽。她穿著牛仔褲。這世界上沒有人穿牛仔褲的樣子比荻雅娜好看。儘管她穿著白色羊毛衣，卻一邊走一邊將另一隻手抱在胸前，好像很冷似的。溫度驟降後，不管你打開幾台暖氣機，像這種在一九三〇年代完工的大房子需要花一點時間才能變暖。

我一直等到確定她獨自一人時。我摸摸褲頭的槍，深深吸一口氣。這將會是我這輩子最難辦的事。但是我知道我能辦妥。重生的我可以辦妥。也許這是我流淚的原因，因為結果早已確定了。我沒有壓抑自己的眼淚。我一邊小心地保持不動，調勻呼吸，一邊感覺到熱淚從臉頰往下流，好像在撫摸我。五分鐘後我發洩完了，把臉頰擦乾，然後快速地大步往門前走，盡可能悄悄進門。進去後我站在門廊裡仔細聆聽。這間屋子好像屏住呼吸一樣，一片沉寂中，只聽見她在樓上拼花地板上踱步的喀噠聲響。很快的，這聲音也會停下來。

晚上十點了，在那只開了一點縫隙的門裡面，我瞥見一張慘白的臉跟一雙棕色眼睛。

我問說：「我可以睡在這裡嗎？」

柔媞沒有回答。通常她不會回話。但是她看著我的眼神好像見鬼似的。通常她也不會這樣瞪著我，或者看來如此驚恐。

我傻笑了一下，一隻手滑過光滑的頭皮。

「我剃掉了……」我想著該怎樣措辭。「……全部的頭髮。」

她眨了兩次眼睛，然後把門往後拉，我就這樣輕輕地走進去。

20 重生

醒來後我看看手錶。八點。該開始了。今天等著我的，是人們所謂的「大日子」。柔媞背對我側躺著，如同她平常喜歡的那樣，整個人包在床單裡，而不是蓋著絨毛被。我滑下我那一側的床緣，用最快的速度著裝。天氣冷得要死，凍得我連骨頭都發冷。我輕手輕腳進入走廊，把外套、帽子、手套都穿戴起來，然後走進廚房，在某個抽屜裡找到一個塑膠袋，塞進褲袋裡。接著我打開冰箱，心想，這是我這輩子第一天以殺人凶手的身分醒來。槍殺了一個女人的男人。聽起來就像報紙報導的那種事，那種我不會去關心的案件，因為刑事案件總是那麼令人痛苦又平凡無奇。我拿了一盒葡萄柚汁正要放到嘴邊喝，但是改變了主意，從頂的櫥櫃裡拿了一個玻璃杯。就算變成凶手，我也不該降低自己的格調。喝完果汁後，我沖洗杯子，把果汁盒擺回去，走進客廳坐在沙發上。外套口袋裡那把黑色小手槍戳到我的胃部，我把它拿出來。它聞起來還是有味道，而我知道那味道會永遠讓我想起這樁謀殺案。像行刑一樣。一槍就夠了。就在她打算要擁抱我時，我近距離開槍射殺了她。我在擁抱時開槍，打中她的左眼。我是故意的嗎？也許吧。也許我就是要奪走她的某個部分，一如她曾試著奪走我的全部。那說謊的叛徒已經吃了我一顆鉛彈彈頭，彈頭進入她體內，就像我也曾進入她體內一樣。但再也不會了。如今她已經死了。人的思緒就是這樣，你的腦海裡浮現一個個短句，每句都能確認事實。很好。我必須持續像這樣思考，保持這種冷酷的風格，不讓我的情感有任何插手的機會。我還是有害怕失去的東西。

我拿起遙控器，打開電視。電視文字廣播上沒有新消息出現，我想編輯們沒有那麼早進辦公室吧。上面寫的仍然是那四具屍體隔天可以辨認出身分，換言之就是今天，還有一個人仍然行蹤成謎。

一個人。他們本來是寫「一個警察」，所以是改過了對吧？這意味著此刻他們已經知道失蹤的是那個被拘留的嫌犯嗎？也許知道，也許還不知道，上頭並沒有提到他們正在搜捕誰。

我往沙發扶手靠過去，拿起黃色室內電話的話筒——每次我使用這具電話時，總會想起柔媞的紅唇。想起她紅色的舌尖靠在我的耳朵旁，她總是把雙唇舔得濕濕的。我撥打1881，問了兩個電話號碼，當她說自動語音會念出號碼時，我打斷她。

我說：「我想要聽妳親口說，以免自動語音說得不清楚，讓我聽不懂。」

她把那兩個號碼給我，我背了起來，要求她幫我轉接第一個號碼。第二聲鈴響時，克里波刑事調查部的總機就把電話給接了起來。

我說我叫做魯納・布拉特利，是安德利與艾斯基・蒙森兄弟的親戚，他們的家人要我過去拿他們的衣服。但是沒有人跟我說該去哪裡，或者去見誰。

總機那位女接線生說：「請稍候。」然後讓我在線上等待。

等待時耳邊傳來了用排笛演奏的〈奇蹟之牆〉，沒想到居然那麼好聽，此時我心裡想到了魯納・布拉特利。他曾是某份高階管理職位的候選人之一，儘管他是條件最棒的，而且又很高，但我還是決定不推薦他。他有多高呢？最後一次面談時他曾抱怨說自己必須縮著身子才能坐進法拉利跑車裡——他坦承那輛車是一個孩子氣而且異想天開的投資，臉上還掛著一抹男孩般的微笑。我心想，不如說是因為中年危機吧。當時我很快地寫下這幾個字：**心胸開闊，自信高到能容忍自己把愚蠢行徑說出來**。換言之，從各方面看來，他簡直就是個完美無缺的人選。唯一的差錯是他接下來的那句話：「當我想到自己的頭常常去撞到車內天花板的時候，我幾乎開始羨——」

他把話吞了下去，目光從我身上別開，轉頭看著我的客戶派來的某位代表，開始聊說他想把法拉利換成一輛運動休旅車，那種給老婆開也不心疼的車。桌子旁的所有人都笑了出來，我也笑了。儘管表面上我完全不動聲色，但心裡已經幫他把剛剛那句話說完：「……羨慕你這種矮子。」還有，我已經把他的名字從競爭人選名單裡劃掉了。不幸的是，他沒有任何能引發我興趣的藝術作品。

總機接線生又說話了：「東西在病理部。在奧斯陸的國立醫院裡。」

我用裝傻的口氣說：「喔？」但試著不讓自己聽起來太過愚蠢。「為什麼呢？」

「每當我們懷疑涉及犯罪事件時，就會做例行的病理檢驗。看來那輛車是被卡車撞飛的。」

我說：「我懂了。我想這就是為什麼他們找我幫忙。懂嗎？我住在奧斯陸。」

女接線生沒有答話。我可以想像她翻著白眼，仔細上過指甲油的長長指甲敲著桌面。但是，我當然有可能想錯了。獵人頭專家並不一定就很會評斷每個人的性格，或者是會什麼讀心術。我想應該相反，想要在這一行爬到頂端，具有前述兩種特性反而是一種缺點。

我問說：「妳能否轉告相關人員，說我現在正要去病理部一趟？」

我聽得出來她在猶豫。這件差事顯然不在她的職掌範圍內。一般來講，公家單位的分工都很糟糕，相信我，我很清楚。

我說：「我不是當事人。我只是幫個忙而已，所以希望能夠快去快回。」

她說：「我會試試看。」

我放下話筒，撥打第二個電話號碼。他在響到第五聲的時候才接起電話。

「喂？」那聲音聽起來很不耐煩，幾乎是怒氣沖沖。

我試著從背景的聲音猜測他在哪裡。看是在我家，還是他的公寓裡。

我說：「遜咖。」然後就把電話掛斷了。

我特此警告了克拉斯．葛雷夫。

我不知道他會做什麼，但是他應該會打開衛星定位追蹤器，看看我這個幽靈在哪裡。

我回到敞開的門前。在一片昏暗的臥室中，我只能看見她那被包在床單裡的身形。我突然有一種想要脫衣服，滑回床上，依偎在她身旁的衝動，但我壓抑住了。我有種很奇怪的感覺：之前所發生的一切其實不是因為荻雅娜，而是因為我自己。我輕輕關上臥室的門，然後離開。跟我來的時候一樣，樓梯間裡沒有任何人可以讓我打招呼。出去後在街上，也沒有半個人可以讓我友善地點頭致意。沒有人看著我，或者知道我的存在。現在我明白那種感覺是什麼了：我不存在。

該把我自己找回來了。

奧斯陸有許多山脊斜坡，國立醫院就位於其中之一上面，是個可以俯瞰城裡的地方。醫院落成之前，那裡有一間小小的瘋人院——也就是後來所謂的精神病機構，接著被改稱療養院，最後變成精神科醫院。而且社會大眾也是在這過程中了解到一個事實：那新詞彙的涵義其實就是極其一般的精神錯亂問題。儘管有關當局想必認為社會大眾都是群有偏見的白癡，必須如此蒙騙他們，但我個人從來不瞭解這種文字遊戲。他們也許是對的，但是聽到待在玻璃隔間後面的女人對我說：「屍體在地下室，布拉特利。」我還是覺得很新鮮。

顯然，「屍體」這說法是極合理的。就算你這麼說，也沒人會覺得你冒犯了死者，或者也不會有人說「死者」一詞比「死人」更為恰當，甚至當你用「屍體」這個詞時，更不會被認為你把人貶低為一團心臟剛好不再跳動的肉。那又怎樣？也許這都是因為事實上屍體並不能自稱「弱勢族群」——畢竟，說來可悲，它們的數量可是比人還多咧。

她說：「從那邊的樓梯往下走。」一邊比給我看。「我會打電話到樓下，說你要過去。」

我依照指示走去。我的腳步聲在一道道白牆之間迴響，除此之外，這裡可說是一片寂靜。到了樓下，我發現白色狹長走廊的另一頭站著一個身穿綠色醫院制服、一腳在門裡的人。他可能是個外科醫生，但是因為他的神態實在太過輕鬆，也或許是因為他的絡腮鬍，讓我覺得他的階級比較低。

他大叫：「布拉特利？」聲音大到讓人覺得他好像有意要污辱那些在這層樓長眠的人。回音在那條走廊的前後兩端傳來傳去，聽來令人感到不安。

我說：「我是。」我趕快跑到他那邊，以免我們倆還要繼續聽他大叫。

他幫我開著門，我走了進去。那是一個有一格格置物櫃的房間。那傢伙走前頭，到了一個打開的置物櫃前。

他說：「克里波打電話來說你要來領取蒙森兄弟的東西。」他的聲音還是有力到誇張的地步。

我點點頭。我的心跳比我期望的還快，但是沒有快到像我之前擔心的那樣。畢竟這是個關鍵的階段，我整個計畫裡比較弱的一環。

「你跟他們是什麼關係呢？」

我若無其事地說：「遠房表親。他們的至親要我來拿他們的衣服。只要衣服，不用拿貴重物品。」

我早就小心地構思出「至親」這一詞。也許這說法聽起來太過正式，但是因為我不知道蒙森兄弟是否已婚，也不知道他們父母是否健在，我必須選擇一個能夠包含所有可能狀況的措辭。

「為什麼蒙森太太不自己來拿呢？」醫院職員說，「反正她自己十二點也會來。」

我倒抽了一口氣。「我想看到那麼多血會讓她受不了。」

他咧嘴說：「那你就受得了？」

我簡單地回答：「是啊。」並且真心希望他別再問問題了。

職員聳聳肩，把夾著一張紙的寫字板遞過來給我。「在這裡簽名，確認你收到了。」

我先寫了一個潦草的R，一條波浪狀的線條往後拉，接著寫了一個也很潦草的B，最後在

i上面加上一點。

他仔細檢視我的簽名。「你有帶身分證件嗎，布拉特利？」

這計畫就快穿幫了。

我拍拍長褲口袋，露出帶著歉意的微笑。「我一定是把皮夾留在南邊的停車場了。」

「你是說北邊的停車場吧？」

「不，是南邊。我把車停在研究大樓停車場。」

「停那麼遠啊？」

我可以看出他在猶豫。當然，我事先就已經做過沙盤推演了。如果他要求我去拿身分證件，那我就直接走人，不再回來。這也沒多糟，只是如此一來就達不到跑這一趟的目的。我等他開口。但是光從他說的頭兩個字，我就知道他的決定對我不利。

「抱歉，布拉特利，我們必須小心行事。別誤會我的意思，但這種命案會吸引很多怪人的注意。他們的癖好都非常奇怪。」

我裝出一副驚訝不已的模樣。「你的意思是……有人會蒐集命案被害人的衣物？」

他說：「某些人實在變態到令人難以置信。也許你不曾見過蒙森兄弟倆也說不定，只是在報紙上看過報導。抱歉，但恐怕規定就是如此。」

我說：「好吧，等等我再回來。」我朝門口的方向移動，接著好像想起了什麼似的停下來，使出我的最後一招。說得精確一點，我拿出了一張信用卡。

我把手伸進後面口袋，說：「我想到了。安德利上次到我家的時候，把信用卡掉在我那兒了。也許他母親來的時候你可以交給她。」

我把卡遞給那個職員，他拿著仔細看了看名字以及留絡腮鬍小伙子的照片。我等了一會，當我終於聽到身後傳來他的聲音時，都已經往門口走到一半了。

「這就夠啦，布拉特利。來吧，衣服給你。」

我鬆了一口氣，轉身回去。我拿出之前塞在長褲口袋裡的塑膠袋，把衣服塞進去。

「都拿到了嗎？」

我用手指掏安德利的制服長褲口袋，可以感覺到東西還在——裝著我剃掉的頭髮的塑膠袋。我點點頭。

離開時，我壓抑著想要奔跑的念頭。我獲得了重生，掙回了存在，我的內心浮現一種奇怪但是得意洋洋的感覺。一切再度如常運轉，我的心臟跳動，血液循環，我要轉運了。我趕著上樓，大步跨上階梯，經過那個玻璃隔間裡的女人時，我放慢腳步，幾乎要走到門口時，才聽見身後傳來一個熟悉的聲音。

「嘿，先生！等一下。」

當然了，剛剛實在太順利了。

我慢慢轉身。一個面熟的男人向我走來。他拿著一張證件。是暗戀荻雅娜的傢伙。我的腦袋閃過一個奇怪的念頭：真是受夠了。

那人用飛機駕駛常有的低沉嗓音說：「我是克里波的人。」周遭吵雜的氛圍讓我聽不太清楚。「先——，可以跟你談一談嗎？」他講起話來像缺了某個字母的打字機。

據說，我們都會下意識地認為電影裡或電視上的人比較高大，但實際上並不是。然而這不適用於布雷德．史貝瑞。他本人看來甚至比我想像的還要高大。當他朝我走過來時，我逼自己站定。而後他矗立在我身前。他頂著一頭孩子氣的金髮，修剪梳順後雖然略顯不羈，但不會過於輕浮，一雙鐵灰色的眼睛往下看著我。過去有關史貝瑞的傳聞，我只知道他的緋聞對象是個知名度極高，而且形象陽剛的挪威政治人物。如今你若想知道自己是否已躋身名流階層，最關鍵、最重要的證據就是看你能不能捲入同性戀緋聞。跟我講這個緋聞的人是設計師牛頭犬男爵旗下的男模，他曾求我發荻雅娜的賞畫會邀請函給他，還聲稱自己曾被這位他尊稱為「警察之神」的大警監玩過屁股。

「喔，好啊，那就聊聊吧。」我擠出一抹苦笑，希望眼神裡看不出我內心深處的不安。

「好的，先生。我剛聽說你是蒙森兄弟的遠房表親，而且跟他們很熟。也許可以勞駕你幫我指認屍體？」

我吞了一口口水。他對我的稱呼如此客氣，而且兩次說「先生」一詞的口吻都有點好笑，但是史貝瑞的眼神看來對我沒有任何好惡。他現在是在對我擺譜，或者這只是他在職場上慣有的反應？我聽見自己結結巴巴地覆述「指認」兩字，好像那對我來講是個完全陌生的觀念。

史貝瑞說：「再過幾個小時他們的母親就要來了。但是哪怕能節省一點時間……我們都很感謝。只要花你幾秒鐘。」

我不想去。我全身寒毛直豎，腦袋堅決抗拒，想要趕快離開這鬼地方。因為我又活過來了。因為揣著那袋頭髮，現在葛雷夫的衛星定位追蹤器上，我又開始移動了。他一定會繼續獵殺我，只是時間早晚的問題而已。我已經可以聞到空氣中瀰漫著狗味，感覺到驚慌的情緒浮現。但是我腦袋裡的另一個部分，那個新的聲音說我不應該拒絕。那會引起懷疑。而且只需要幾秒而已。

我說：「當然好。」我正想扯出微笑，卻突然意識到這可不是去指認親戚屍體時恰當的反應。

我們又循著原路回去。

我們穿越滿是置物櫃的房間時，那位職員對我點點頭，咧嘴而笑。

史貝瑞說：「你應該要有心理準備。死者的樣子非常慘。」他打開一扇厚重鐵門。我們走進停屍間。我打了一個冷顫。房間裡的一切看起來都像是冰箱的內部：白色牆壁、天花板與地板、零下幾度的室溫，再加上一些已經過了保存期限的肉品。

四具屍體排成一排，每具都躺在一張鐵桌上。雙腳從白布下端露出來，我可以看得出電影裡的場景是有真實根據的，每個人的拇趾上都掛著一枚金屬標籤。

史貝瑞說：「準備好了嗎？」

我點點頭。

他一揮手，把兩條白布往後拉開，手法像個魔術師。「交通意外。」他搖晃著腳跟說：「最嚴重的那種。我想你也看得出來，很難辨識。」我突然間覺得史貝瑞說話的速度慢得異常。「車內本來應該有五個人的，但我們只找到這四具屍體。第五具一定是掉進河裡漂走了。」

我睜大眼睛瞪著，用力吞口水，用鼻子重重呼吸。當然，我只是裝的。就算此刻全身赤裸，蒙森雙胞胎還是比在汽車殘骸裡好看太多了。此外，這裡也不會有惡臭。沒有排泄物的臭味，沒有人血、汽油與人體大小腸的味道。我想到視覺印象往往被誇大了，聲音與味道更容易讓人的感官受到驚嚇。例如，某個女人遭人一槍射穿眼睛後，頭部砰一聲撞在拼花地板上的聲響。

我低聲說：「是蒙森雙胞胎。」

「是啊，我們也設法查出來了。問題是……」

史貝瑞停頓了好一會兒——一次時間很長，非常戲劇化的停頓。我的天啊！

「哪一個是安德利，哪一個是艾斯基？」

儘管室溫像冬天一樣，我的衣服都被冷汗浸濕了。他講話的速度那麼慢是故意的嗎？這是一種我不知道的全新偵訊技巧嗎？

我的目光在兩具裸屍上游移，發現了我做的記號。那道從肋骨到胃部的傷口仍然敞開，而且傷口邊緣出現黑色屍斑。

我伸手指著某一具說：「那是安德利，另一具是艾斯基。」

史貝瑞滿意地嗯了一聲，記錄下來，他說：「你跟雙胞胎一定很熟。就連他們的同事來這裡的時候也沒辦法辨認出來。」

我悲傷地點頭回答：「雙胞胎和我很親，特別是最近。現在我可以走了嗎？」

史貝瑞說：「當然。」但是他繼續記錄，看來不像在對我說「你可以走了」。

我看著他頭部後方的時鐘。

史貝瑞說：「長相一模一樣的雙胞胎。」他繼續埋頭寫。「這是個反諷，不是嗎？」他在寫什麼鬼東西？一個叫安德利，另一個是艾斯基，你到底要寫幾個字才能寫完？

我知道我不該問，但我忍不住問道：「什麼反諷？」

史貝瑞停筆抬頭說：「兩個人同時在同一顆卵子裡誕生。又同時在同一輛車裡死掉。」

「這不是反諷，對吧？」

「不是？」

「我看不出有反諷之處。」

史貝瑞微笑說：「嗯。你說得對。也許正確的用詞是『弔詭』。」

我氣得熱血沸騰。「這也不是弔詭。」

「呃，反正這很奇怪。你不覺得其中冥冥自有天定嗎？」

我失去控制了，看見自己用力擠壓塑膠袋到指關節發白，顫聲說：「沒有反諷，沒有弔詭，也不是什麼天註定。」我提高音量。「只是一種無常的生死巧合，甚至也不能說無常，因為他們跟許多同卵雙胞胎一樣，選擇住在附近，同時也花很多時間在一起。在這場飛來橫禍中，他們剛好也在一起。就是這樣而已。」

說到最後，我幾乎是用吼的。

史貝瑞用深思的目光盯著我。他的大拇指跟食指擺在兩邊嘴角，此時往下移到下巴。我知道那個表情。他是少數的高手之一。他有偵訊高手的那種表情，那雙眼睛可以識破謊言。

他說：「好吧，布拉特利。你的心裡正在煩什麼事，對吧？」

我擠出一抹苦笑，知道此刻自己必須說點真心話，因為眼前有一具活生生的測謊機正瞪著我，他聽得出謊話。「昨晚我跟老婆吵架，現在又要面對這意外。我有點失常，非常抱歉。我現在就走。」

我轉身離去。

史貝瑞不知道說了什麼，也許是再見吧，但是他的話被我身後鐵門關起來的聲音淹沒，低沉的隆隆聲響傳遍了整個停屍間。

21 誘敵

我在國立醫院的外面站牌搭上了電車，付現金給車掌，對他說：「到市中心。」找零時他對我嘻嘻笑，可能是因為不管到哪裡，車資都一樣吧。小時候我當然搭過電車，但是不太記得這種例行的瑣事。從後門下車，把票準備好以備查驗，適時按下車鈴，不要打擾司機。改變實在太多了。軌道的噪音沒以前那麼震耳欲聾，車上廣告卻比以前更有震撼力，也更開放。座位上的人們則是更內向了。

到市中心後我換了交通工具，一輛開往東北方的巴士。有人說我可以用電車票付款，太棒了。才花這麼一點錢，就可以用過去我從不知道的方式在這城裡四處移動。我正在移動，在葛雷夫那個衛星定位玩意上面，我是一個光點。我似乎可以感覺到他的困惑：他媽的這是怎麼一回事？他們在移動屍體嗎？

我在亞沃下了巴士，開始沿山丘朝同森哈根鎮往上爬。我大可以在比較靠近烏維他家的地方下車，但是此刻我所做的每件事都有特別的意義。這是住宅區裡的寧靜早晨。一個駝背老太太蹣跚地走在人行道上，身後拖著一台輪子沒有上油、不斷發出吱嘎聲響的購物車。儘管如此，她還是對我微笑，好像這是美麗世界裡精采的一天，人生如此美妙。此刻葛雷夫在想什麼？一輛靈車正載著布朗回到他童年的家，或者是類似的狀況嗎？但怎麼突然變得那麼慢，是因為塞車嗎？

朝著我走來的是兩個嚼著口香糖，濃妝豔抹的少女，她們揹著書包，身穿緊身長褲，肚子的肥肉從衣服下緣露了出來。她們怒目相視了一會兒，但沒有停止大聲交談，聊的顯然是件讓她們很氣惱的事。她們經過我時，我聽到一句：「我是說……多麼不公平啊！」我猜她們打算逃學，正要到山下亞沃的蛋糕店去，而當她們說不公平時，完全沒有想到這地球上有百分之八十的人口都買不起她們正要去吃的鮮奶油小麵包。這也讓我想到，如果我跟荻雅娜有小孩的話——儘管她幫孩子取名叫達米恩，但我深信那是個女孩——有天她也一定會用同樣擦著濃濃睫毛膏的眼睛看著我，大叫說「這不公平」，天啊，她跟女性友人想到伊比薩島去，畢竟她們都已經是大人，而且很快就要中學畢業了！而我……我想我應該有辦法處理這種問題。

我路經一個中間有大池塘的公園，選擇其中一條棕色小徑通往另一邊的樹叢。不是因為它是捷徑，而是要讓葛雷夫的衛星定位追蹤器上的光點離開街道地圖。屍體有可能被車子載著四處移動，但是不可能穿越風景區。今天早上我從柔媞家打了一通電話喚醒那位荷蘭獵人頭專家，讓他起疑，而現在則是要幫他確認一件事：羅格．布朗死而復生了。之前布朗並不是如衛星定位儀器顯示的，躺在國立醫院的停屍間裡，而是躺在同一棟大樓的床上。但是新聞不是說車內的每個人都死了嗎，怎麼會……？

也許我沒有讀心術的本領，但是我懂得判斷人的智慧，就是因為在這方面那麼厲害，我才能幫挪威的大型企業招聘他們的領導者。所以，當我繞著池塘邊漫步時，我再次開始推演此刻葛雷夫大概會怎麼思考。這很簡單。他必須來追我，把我殺掉，儘管此時他所面臨的風險比先前大多了。因為，我不再只是能阻止霍特併購探路者的人，我也是個證人，能讓他因為謀殺辛德雷．歐而坐牢——如果我活得夠久，撐到案子進入審判程序的話。

簡而言之，我已經發了一封他不能拒絕的邀請函給他。

我走到了公園另一邊，當我經過那片樺樹樹叢時，手指撫過已經開始剝落的薄薄白樹皮，輕輕壓住堅硬的樹幹，屈指一抓，指甲刮過表面。我聞聞指間，停下來，閉上雙眼，在吸進香氣的同時，童年的回憶湧上心頭，我想起了過去的嬉鬧、笑語、驚奇與帶著歡愉的恐懼，還有種種發現。當然，那些我曾以為自己已經忘卻的小事都還在，只是被封存於記憶裡，沒有消失，它們就像水子一樣。過去那個羅格．布朗無法把它們找回來，但新的這個可以。新的這個可以活多久？不會太久。但這不重要，因為他的臨終時刻肯定會比過去那個羅格．布朗的三十五年人生還要刺激。

我開始感到熱了，不過也終於看到烏維他家。我走進森林的邊緣，坐在一棵樹的殘根上，在那裡我可以將沿路有露臺的屋子與公寓給看個清楚。我得出了結論，奧斯陸東區的居民不像西區的居民一樣能夠享有開闊的景觀。我可以看見郵報大樓與廣場飯店。從這裡看來，這個城市並沒有更醜陋或更迷人。唯一的差別是，從這裡我可以看見整個西區。

這讓我想起了古斯塔夫・艾菲爾與那座他為了一八八九年巴黎世界博覽會而建造的知名鐵塔。批評者表示，巴黎最美的景觀要從艾菲爾鐵塔才看得見，因為那裡是全市唯一看不到鐵塔的地方。而我在想是否可以拿那座鐵塔來比擬克拉斯・葛雷夫：在他的眼裡，這世界是一個比較沒那麼醜的地方，因為他沒辦法透過別人的眼光去看他自己。例如我的眼光。我看得見他，而且我恨他。我恨他的程度之強烈，那怨念之深刻，連我自己都感到驚訝，甚至害怕。但我對他的恨並非模糊不清的——反之，那是一種純粹、堂而皇之，幾乎可以說是純真的恨意，就像十字軍對於異教徒的恨是如此自然而然。這就是為什麼我可以判葛雷夫死刑，我的出發點是一種審慎而純真的恨意。就許多方面而言，這恨意是種可以淨化心靈的感覺。

例如，這也讓我了解到，我對我爸的那種感覺其實並非恨意。是憤怒嗎？沒錯。不屑？也許吧。憐憫？那是當然的。為什麼呢？事實上，有許多理由。但是此刻我看得出來，我的憤怒來自於內心深處，因為我深深覺得自己很像他，我的內在有跟他一模一樣的特質：一個酒鬼，毆妻的窮光蛋，覺得東區的人命中注定就該住在東區，別想成為西區的人。此刻我已經變成他了，的的確確，徹徹底底。

我發自內心地大笑，毫不壓抑。我一直笑，笑到聲音在樹幹之間迴響，一隻鳥從我頭上的樹枝飛走，然後我看見下方的路上有一輛車開過來。

一輛銀灰色凌志GS430轎車。

他來得比我預期的還要快。

我很快地站起身來，往下走到烏維的房子。我站在階梯上，正要把鑰匙插進門鎖裡時，看了看自己的手。儘管我感覺不到手在發抖，卻看得出來。

那是一種本能，一種原始的恐懼。克拉斯．葛拉夫就是那種會讓其他動物害怕的動物。

我試第一次就把鑰匙插進去，轉動，開門後很快地走進屋裡。還是沒有異味。我坐在床上，往後移動，直到背部靠在床頭板與窗戶上，確認羽絨被蓋住了躺在我身邊的烏維。

我等待著。時間一秒一秒滴答過去，我的心也怦怦跳著，一秒兩下。

葛雷夫是個小心的人，這一點無庸置疑。他想要確認我只有一個人。而且即使我只有一個人，此時他知道我並非如他先前所想的那樣沒有殺傷力。首先，我跟他那隻狗的死一定有關係。其次，他一定去過那裡，看過她的屍體，知道我是可以下手殺人的。

我沒有聽見開門聲，也沒聽見他的腳步聲，就看見他站在門口，出現在我面前。他輕聲細語，臉上的一抹微笑流露著真誠歉意。

「很抱歉這樣闖進來，羅格。」

葛雷夫從頭到尾都是黑色的：黑長褲、黑鞋、黑色高領毛衣，以及黑色手套。頭上還戴著黑色羊毛帽。唯一不是黑的，只有那把閃閃發亮的銀色葛拉克手槍。

我說：「沒關係，這是會客時間。」

22 默片

關於蒼蠅對於時間的感覺，有一種說法是，當我們一掌快速揮過去時，蒼蠅所感覺到的速度卻是慢得令它們想打哈欠，這是因為其複眼所接收到的訊息實在太多，多到大自然必須讓它們身上有一部超快速的處理器，才有辦法於短時間內消化一切訊息。

起居室裡徹底沉寂了幾秒鐘。我不知道有幾秒，但我好比一隻蒼蠅，一隻手就要揮過來了。烏維的葛拉克手槍指著我的胸膛，葛雷夫的眼睛則盯著我的大光頭。

最後他說：「啊哈！」

這兩個字包含了千言萬語。它們說明了人類為什麼能征服地球，克服惡劣環境，殺死那些速度與力量都遠勝於我們的動物。重點是處理器的速度。在葛雷夫說出「啊哈」之前，他的腦海已經浮現千頭萬緒，思考並且篩選過無數個假設，藉著持續運作的演繹能力，最後得出了一個必然的結論：「你把頭髮剃掉了，羅格。」

如同我先前所說，葛雷夫是個聰明絕頂的傢伙。當然，他所說的不只是我剃光頭這個平凡的事實，也包括這是在何時發生，還有發生的方式與理由。因為這解答了他的所有疑惑，回答了一切問題。因此他才會補上一句話，語氣聽來比較像是陳述事實，而不是發問：

「在汽車殘骸裡。」

我點點頭。

他坐在床腳的那張椅子上，椅背往後靠在牆上，但槍管卻沒有移開我的身體一吋。

「然後呢？你把頭髮放在其中一具屍體身上？」

我迅速把手伸進外套口袋裡。

他大叫：「別動！」我看見他的指頭按住了扳機。不靠擊錘就可以把子彈射出的葛拉克17，烏維口中的「女士」。

我說：「我用的是左手。」

「好，慢一點。」

我慢慢地把手拿出來，將那袋頭髮丟在桌上。葛雷夫緩緩點頭，眼睛一直死盯著我。

他說：「所以你已經知道了，知道發報器都在你的頭髮裡。還有，是她幫我弄上去的。

所以你殺了她，對不對？」

我往後靠，問道：「覺得若有所失嗎，克拉斯？」我的心怦怦跳著，但在這人生的最後時刻裡，我感覺極為愉快。我的肉體懷抱著凡人皆有的恐懼，精神卻平靜不已。

他沒有回答。

「或者她只是……當時你說什麼來著？達成目的的手段？為了獲取收入，就一定要花費的開支？」

「你為什麼想知道呢，羅格？」

「因為我想知道你這種人是真的存在，或者只是人們虛構出來的。」

「我這種人？」

「沒有辦法愛別人的人。」

葛雷夫笑著說：「如果你想知道答案，只要照照鏡子就可以了，羅格。」

我說：「我深愛著某人。」

克拉斯說：「也許你只是模仿了愛。但你有真愛嗎？證據呢？我只看到相反的證據，也就是你拒絕把除了你之外荻雅娜唯一想要的東西給她，小孩。」

「我本來已經想要給她了。」

他又大笑。「所以你已經改變主意了？什麼時候？你什麼時候變成一個痛改前非的丈夫了？當你發現她搞上別的男人時？」

我靜靜地說：「我相信懺悔。懺悔，還有原諒。」

他說：「現在已經太遲了。荻雅娜沒有得到你的原諒，也沒得到孩子。」

「她也沒得到你的。」

「我從來沒想要給她小孩，羅格。」

「沒錯，但就算你曾想過，也永遠辦不到，對吧？」

「我當然辦得到。你以為我性無能嗎？」

這句話他講得好快。快到只有蒼蠅可以感覺到，在十億分之一秒的時間裡，他曾猶豫了一下。我吸了一口氣。「我看過你，克拉斯．葛雷夫。我曾經看過你……由下往上看過你。」

「你他媽的在胡扯什麼，布朗？」

「我曾經在情非得已的狀況下近距離看過你的生殖器官。」

我看到他慢慢張開嘴巴，我繼續說：

「在埃爾沃呂姆郊外的一間戶外廁所裡。」

葛雷夫似乎欲言又止。

「在蘇利南的地牢裡，他們就是那樣逼你招供嗎？他們把你的睪丸當目標，把它們弄碎了。是用刀嗎？他們沒有把你的性慾也一起奪走，只是要讓你無法生育，不是嗎？他們用粗線把你殘缺的睪丸縫回去。」

此時葛雷夫的嘴巴緊閉，在冷峻的臉上彷佛一條線。

「這就足以解釋你的話了，克拉斯。你說那只是一個無關緊要的毒販，但你卻發瘋似的在叢林裡追了他六十五天，不是嗎？因為是他，對不對？是他奪走了你的男性雄風，他奪走了你傳宗接代的能力。他幾乎奪走了你的一切，所以你要了他的命。這我能體會。」

對，沒錯，在英鮑、萊德與巴克來的第二步驟裡，這是第一個要點：為嫌犯的罪行提出一個在道德上可接受的動機。但是我不再需要他的自白了。反而是他比較早取得我的自白。

「我能體會，克拉斯，因為基於同一個理由，我已經決定要殺你了。你幾乎奪走了我的一切。」

葛雷夫的嘴巴發出了我認為是笑聲的聲音。「是誰拿著槍坐在這裡，羅格？」

「我要用殺死你那隻臭狗的方式殺你。」

我看見他咬緊牙關，下顎的肌肉隨之收緊，他的指關節也變白了。

「你沒看到，對吧？最後牠變成烏鴉的大餐。被戳死在歐的曳引機鐵耙子上。」

「你好噁心，羅格．布朗。你坐在這裡對我說教，自己卻殘殺動物，謀殺小孩。」

「你說的對。但是，你在醫院裡對我說的話卻是錯的。你說我們的孩子有唐氏症。剛好相反，所有的檢測都顯示胎兒是健康的。我之所以勸荻雅娜墮胎，只是因為我不希望跟任何人分享她。你有聽過這麼孩子氣的事嗎？對於一個未出生的孩子懷有這種純粹而徹底的忌妒心。我想在成長的過程中我並未獲得足夠的愛。你覺得呢？或許你也一樣，克拉斯？還是你從出生就是個惡魔？」

我不覺得葛雷夫有把問題聽進去，因為他對著我目瞪口呆，表示他又在努力動腦筋了。他在回想，從種種結論回溯到問題本身，回到事實，歸返一切的起點，最後找到它，在醫院裡說的那一句話，他自己說的：「……勸她去墮胎，只因小孩有唐氏症。」

我看出他想起來了，於是說：「跟我說吧，除了你的狗之外，你還有愛過誰嗎？」

他舉起槍。羅格．布朗的新生命如此短暫，此刻只剩下幾秒鐘可以活。葛雷夫的冰冷藍眼閃閃發亮，細語變成了低聲呢喃。

「我曾想過一槍打爆你的頭，藉此向一個值得獵人追捕的獵物致敬，羅格。但此刻我想還是按照原先的計畫好了。我會在你的肚子開一槍。我跟你說過那種槍傷嗎？子彈會穿過脾臟，導致胃酸外流，燒灼大小腸。我會在一旁等著你求我殺你。而且你一定會的，羅格。」

「也許你就別廢話，直接開槍吧，克拉斯。也許你在醫院裡就不該等那麼久。」

葛雷夫又笑了。「喔，我想你應該沒有請警察過來吧，羅格？你殺了一個女人。你跟我一樣是凶手。這是你我之間的事。」

「再想想吧，克拉斯。你覺得我為什麼要冒險到病理部一趟，騙他們把一袋頭髮交給我？」

葛雷夫轉了轉雙肩。「很簡單。因為ＤＮＡ證據。也許那是他們手上唯一可以用來對付你的東西。他們仍然認為自己應該追捕的人叫做烏維．奇克魯。除非，你想要把漂亮的頭髮拿回來做假髮？荻雅娜說，你的頭髮對你來講很重要。她還說你用頭髮來彌補身高的不足，是吧？」

我說：「沒錯，但也不盡然。有時候獵人頭高手會忘記他的獵物也能思考。我不知道沒有頭髮的話是否會減損思考能力，但是就我的狀況而言，獵人已經被我引進了陷阱。」

葛雷夫慢慢地眨眨眼，同時我觀察到他的身體緊繃了起來，他意識到自己陷入了危險。

「我看不出哪裡有陷阱，羅格。」

我說：「在這裡。」我的手輕輕拂過身邊的羽絨被。我看見他的目光落在烏維．奇克魯的屍體，還有他胸口那把烏茲衝鋒槍上面。

他的反應速度像閃電一樣快，馬上用手槍指著我說：「想都別想，布朗。」

我把手往衝鋒槍伸過去。

葛雷夫尖叫說：「不要！」

我舉起武器。

葛雷夫向我開火，槍聲響徹房內。

我拿槍指著葛雷夫。他已差不多站起身來，又開了一槍。我壓住扳機，把它壓到底。刺耳呼嘯的鉛彈穿過空中，擊中了烏維的牆壁、克拉斯．葛雷夫的黑長褲與下方的完美小腿肌肉，他的鼠蹊部爆了開來，希望他曾進入荻雅娜體內的生殖器也是，同時還有肌肉發達的腹部，以及肌肉所保護的器官。

他往後翻倒在椅子上，葛拉克手槍也砰一聲掉在地上。四周突然陷入一陣沉寂，然後出現一枚彈殼掉落拼花地板的滾動聲。我歪過頭往下看他。他也回看我，眼神充滿了憤怒與震驚。

葛雷夫用荷蘭文低聲呻吟，我幾乎聽不見。

「你之所以會被吸引過來，是因為做事喜歡有頭有尾。這是我為你安排的最後一個面談。你知道嗎？你就是我為這份差事一直在尋找的人。我不但認為、也知道你是完美的人選，所以這對你而言也是一份完美的工作。相信我，葛雷夫先生。」

葛雷夫沒有答話，只是低頭凝視自己。他的鮮血讓那件黑色高領毛衣看來更黑了。所以我就繼續講下去：

「在此我任命你為代罪羔羊，葛雷夫先生。你就是殺死烏維．奇克魯的人，也就是躺在我身旁這一具屍體。」我拍拍烏維的肚子。

葛雷夫又開始呻吟，他抬頭說：「你他媽的在胡扯什麼啊？」他的聲音聽來絕望無力，同時又昏沉沉的。「在你犯下另一件謀殺案之前，趕快打電話叫救護車吧，布朗。想想看，你根本不是專業殺手，你逃不過警方的追緝。趕快打電話，我也會救你一命的。」

我低頭看看烏維，躺著的他看來好平靜。「但是殺你的人不是我，葛雷夫，是這位烏維，你還不懂嗎？」

「不，天啊，趕快幫我打電話叫該死的救護車。難道你看不出來我流血流得快死掉了嗎？」

「抱歉，已經太晚了。」

「太晚了？你要不顧我的死活嗎？」

他的聲音聽起來已經不太一樣。是因為帶著哭腔嗎？

「拜託，布朗。我不能死在這裡，不能這樣死掉！我求你，拜託你！」

的確是哭腔。他的眼淚從臉頰流下。也許這沒什麼好奇怪的——如果他對肚子中彈這種死法的描述沒錯的話。我可以看見血液從他的褲管內側流到那雙亮晶晶的Prada皮鞋上。他苦苦哀求，在死前無法保住自己的尊嚴。我聽說沒人可以辦得到，那些表面上看來努力保住尊嚴的人，其實只是因為震驚而變得麻木不仁。對葛雷夫而言，最丟臉的部分當然是有許多人見證了他的崩潰。未來還會有更多人。

我進入烏維家、走到起居室時，因為沒有按下「娜塔夏」這個警報密碼，十五秒後，不但監視攝影機啟動了，三城公司那邊也會有警鈴聲響起。我的腦海浮現他們在監視螢幕前聚集的畫面，他們會帶著難以置信的心情觀看那部默片，葛雷夫是他們看得見的唯一演員，看見他張口，但聽不見他說些什麼。他們會看見他開槍與中彈，同時咒罵烏維不裝一台可以看見床上之人的攝影機。

我看著手錶。警鈴已經啟動四分鐘了，而我認為他們打電話給警方迄今也有三分鐘了。警方會做的則是通知戴爾塔小隊，也就是跟監任務專用的武裝部隊。同森哈根距離市中心有一段距離。我認為第一批警車抵達的時間，最快不會少於十五分鐘，不過這當然是我的假設。但另一方面，我沒有理由像這樣跟他耗下去。葛雷夫已經發射了彈匣裡十七發子彈中的兩發了。

我打開床頭板後面的窗戶，對他說：「好吧，克拉斯。我給你最後一個機會。撿起你的槍。如果你能夠射殺我，就可以自己打電話叫救護車。」

他用空洞的眼神瞪著我。一陣冰冷的風颼進屋內。無疑的，冬天來了。

他被嚇迷糊的腦袋似乎相信了這個說法。他以流暢的動作往旁邊的地板滾，然後一把抓起手槍——就一個受重傷的人而言，他的動作比我想像的快太多了。衝鋒槍帶有毒性的柔軟重金屬鉛彈，把他兩腿間的拼花地板打得木屑四射。在子彈再度掃中他胸口、射穿心臟、打爆兩側肺葉，導致他吐出最後一口氣之前，他又設法開了一槍。就那麼一槍。那聲音在各個牆面之間迴盪，然後四周又安靜下來。一片死寂。只有風聲低語著。默片變成了一個停滯的鏡頭，被滲進房間裡的寒冷低溫凍結起來。

一切都結束了。

第五部

一個月後的最後面談

23 今夜新聞

新聞節目《今夜新聞》的主題曲是極為簡單的即興吉他樂曲，往往讓人聯想到波莎諾瓦曲風，輕擺的翹臀，還有顏色鮮豔的雞尾酒，而不是事實真相，政治，令人沮喪的社會問題，或者像今晚所要講的……刑案。播放音樂的時間很短，因為他們想要營造的形象是：《今夜新聞》不需要那些沒有必要的裝飾，它能命中問題的核心，直探重點。

可能就是因為這樣，這個在三號攝影棚拍攝的節目才會在節目一開始用懸臂攝影機進行拍攝。先從上面拍該晚的來賓，然後攝影機往下移動，最後以上半身特寫鏡頭出現在畫面上的，是主持人歐德·迪布瓦。當音樂停止時，本來在看報紙的他會抬起頭來，摘掉閱讀用的眼鏡。這也許是製作人的主意，他（或她）可能覺得這個動作能夠讓人認為他們即將討論的是剛剛出爐的新聞，因為實在太即時了，所以迪布瓦只好設法自己看新聞報導。

迪布瓦留著一頭濃密短髮，兩鬢已經開始花白，那張臉看來像四十幾歲的人。三十歲時，他看起來像四十歲，到現在他已經五十歲了，還是維持著那張四十歲的臉。迪布瓦在大學主修社會科學，分析力強，能言善道，偏好聳動報導。然而這些特色可能並不是電視台經理決定讓他擁有自己的談話節目之主因，而是因為迪布瓦過去大半輩子都是個新聞主播。大致上而言，過去他的任務就只是用正確的語調大聲讀稿，只要臉部表情適當，穿戴的西裝領帶得體就可以了；但是就迪布瓦的表現而言，因為他的語調、表情與西裝領帶實在都太完美無缺了，以至於他成為全挪威仍在世的人物裡最具公信力的一個。而如果要讓《今夜新聞》這種節目能維持下去，所需要的就是公信力。他曾公開宣稱他還挺喜歡節目的收視表現，而且那些最商業化的新聞之所以能出現在節目上，是因為他在編輯會議上大聲疾呼，並非電視台主管。奇怪的是，這似乎反而加強了迪布瓦的公信力。他喜歡那種可能引發熱烈討論與煽動情緒的偏見，而不是質疑，也不是各種觀點與辯論。最能處理這個的就是報紙上的專題報導。每當被問到這點，他一貫的回應是：「如果《今夜新聞》能夠自己做的話，為什麼要把關於皇室的討論，同性戀伴侶領養小孩的問題，以及福利金詐騙案等主題留給那些膚淺的媒體經營者去做？」

《今夜新聞》獲得了名過其實的成就，歐德．迪布瓦也一砲而紅。正因為他很紅，在經過一次極度痛苦而且人盡皆知的離婚之後，他才有辦法將該電視台的某位年輕女星娶回去當老婆。

他用那雙銳利的眼睛盯著電視螢幕說：「今晚我們有兩個議題。」此時他因為壓抑著自己的情緒，聲音聽起來已經有一點點顫抖。「首先我們要來大致介紹的堪稱是挪威史上最戲劇性的謀殺案。經過一個月的密集調查後，此時警方相信他們已經掌握了所謂葛雷夫謀殺案的所有線索。這案子總計牽涉了八條人命。有個男人被勒死在自己那座位於埃爾沃呂姆郊外的農場。一輛警車被失竊的大卡車撞毀，四名警察殉職。一個女人在奧斯陸自宅中遭到槍殺身亡。這一切發生後，這齣戲的兩個主角居然在奧斯陸附近同森哈根鎮的一間屋子裡互相開槍身亡。這最後一場戲還被拍成了影片，因為那間屋子裝有監視攝影機，影片早已被複製流出，過去幾週內一直在網路上流傳。」

迪布瓦持續加強這個案子的戲劇性。

「接著，上述的一切好像還不夠驚人似的，這個奇案的核心是一幅世界知名的畫作。也就是彼得．保羅．魯本斯那幅二次大戰後就失蹤、恐怕早已失傳的〈狩獵卡呂冬野豬〉。直到四週前它才被發現，地點是一個……」說到這裡，迪布瓦開始因為太激動而口吃。「……是……是一間室外廁所，就在挪威！」

這段引言過後，迪布瓦必須先鎮靜下來，才能夠繼續講下去。

「今晚來到節目的來賓，是最能幫助我們深入了解葛雷夫謀殺案的人。布雷德．史貝瑞……」

迪布瓦頓了一下，因為在聽到這個提示之後，中控室的製作人就必須把鏡頭切換到二號攝影機了。製作人選擇從側面拍攝唯一的特別來賓，一個高大英俊的金髮男子。以公務員來講，他的西裝算是價值不菲，此外他還身穿開領襯衫，上面有珍珠母鈕扣，這一切裝扮都是出自《Elle》雜誌某個設計師的建議——目前他們倆正有著祕密或者半公開的性關係。到目前為止，沒有任何一個女性觀眾捨得轉台。

「目前克里波對於這樁謀殺案所進行的調查是由你領導的。你在警界的資歷幾乎已有十五年之久。過去你曾經遇過類似案件嗎？」

布雷德．史貝瑞說：「每個案件都是不一樣的。」他的口氣聽來輕鬆而有自信。就算你不是算命師也知道，節目播出後他的手機肯定會被簡訊給塞爆。有個女人想知道他是不是單身，喜不喜歡跟有趣的人喝杯咖啡。還有個住在奧斯陸郊區的單親媽媽，自己有車，下禮拜有很多時間。有個年輕人說他喜歡年紀較大，而且有決心的男人。有些人省略了開場白，直接寄一張照片過來。那是他們特別滿意的照片，臉上掛著美妙的微笑，剛剛從美髮師那裡做完造型，身穿華服，領口低的恰到好處。或者是沒有臉的照片，甚至是沒穿衣服的。

史貝瑞用他那種做作的聲音說：「但是，牽涉八條人命的不會是有如家常便飯的案子。」他聽說如果講得太過保守，就會顯得稍嫌漠不關心，於是又補充了一句。「在我國不是，在其他先進國家也不是。」

「布雷德．史貝瑞。」迪布瓦總是會小心地把來賓的名字重複個兩三遍，以便讓觀眾記住。「這是一個國際矚目的案件。除了八條人命之外，外界的高度關注主要是因為一個世界知名的大師畫家也在本案扮演了關鍵角色。不是嗎？」

「這個嘛，對於藝術鑑賞家來講，這當然是一幅熟悉的畫作。」

迪布瓦大叫：「現在，我想我們可以不怕被質疑，安心地聲稱它是一幅世界知名的畫作了！」他試著吸引史貝瑞的注意，也許是為了試著提醒他，別忘了節目開始前他們所討論的：他們是一個團隊，兩個人應該通力合作，才能說出很棒的故事。如果貶損那幅畫的知名度，就會讓故事變得沒那麼精采。

「不過，因為這案子沒有倖存者或其他目擊證人作為辦案的依據，要把拼圖完成，還原真相，魯本斯的畫作一定是關鍵中的關鍵。是不是這樣呢，史貝瑞警監？」

「沒錯。」

「明天你將會呈報結案報告，但我知道你已經可以先把葛雷夫謀殺案的真相，也就是從頭到尾的來龍去脈告訴觀眾。」

布雷德．史貝瑞點點頭。但他沒有開始講話，而是舉起面前桌上的水杯，啜了一小口水。畫面右邊的迪布瓦則是滿臉笑容。這也許是他們倆為了加強戲劇性而預先安排好的一個小橋段，這麼一停頓，觀眾們肯定會靠在沙發邊緣全神貫注地盯著看。也或許這意味著史貝瑞接掌了舞台的主控權。警探把玻璃杯放下，深深吸了一口氣。

「你也知道，在加入克里波之前，我是在竊盜組服務，偵辦過發生在過去兩年內的多起藝術作品竊案。案件之間的相似性顯示它們是同一夥人幹的。一開始我們鎖定的對象是三城保全公司，因為大部分遭竊的住家都裝有該公司的防盜警鈴。而現在我們知道，竊案的主謀之一就是該公司的員工。烏維．奇克魯可以透過三城公司取得住家主人的鑰匙。此外，顯然奇克魯早已發現如何從系統的資料庫裡刪除那些闖入的紀錄。我們認為，大部分竊案都是奇克魯自己犯下的。但是他需要一個有藝術鑑賞眼光的人，那個人常有機會跟奧斯陸的其他藝術愛好者交談，也可以大致掌握誰擁有哪些畫作。」

「所以這就是克拉斯．葛雷夫的角色？」

「是的。他自己在奧斯卡街的公寓就收藏了一批很棒的藝術品，而且他常與藝術行家交往，特別是到E藝廊去，人們常在那裡看到他。他到那裡去跟擁有名畫或者知道誰有名畫的人聊天。葛雷夫會把獲得的訊息告知奇克魯。」

「奇克魯怎樣處理偷來的畫作？」

「透過不具名人士的線報，我們設法追查到一個哥特堡的贓物商，他專門收偷來的物品，前科累累，如今他已經供稱自己一直與奇克魯有聯絡。在偵訊時這個人跟瑞典警方說，他最後一次獲得奇克魯的訊息，是接到其電話，通知他魯本斯的畫作已經在路上了。那個贓物商說他很難相信這是真的，而且最後那幅畫與奇克魯都沒有在哥特堡出現……」

迪布瓦用悲劇性的低沉口吻說：「沒有，沒出現。因為發生了什麼事？」

接下去說之前，史貝瑞笑了出來，好像覺得主持人的語氣聳人聽聞，十分有趣。「看起來奇克魯與葛雷夫決定不與哥特堡的那個贓物商交易。也許他們決定自己賣畫。請注意，售畫收入的百分之五十歸收贓的人所有，而這次涉及的金額遠遠比過去其他畫作的收入還要高。葛雷夫是一家荷蘭科技公司的前執行長，他們與俄羅斯和幾個前東歐共黨國家都有生意往來，因此他的人面很廣，黑白兩道都吃得開。而這次可以說是能讓葛雷夫與奇克魯大撈一筆、往後都不愁吃穿的機會。」

「但是，葛雷夫表面上看來似乎已經是個有錢人了，不是嗎？」

「他擔任大股東的那間科技公司當時正遭遇財務困難，而且他也丟了他在那裡的工作。顯然他過著一種有收入才能維持的生活型態。我們知道他在死前曾經去應徵一份工作，那家挪威公司位於霍爾騰鎮。」

「所以奇克魯沒有去跟贓物商見面，因為他跟葛雷夫想要自己賣畫。後來怎麼了？」

「他們必須把畫作藏在安全的地方，直到買家出現。所以他們前往奇克魯從辛德雷・歐那裡承租多年的小木屋。」

「在埃爾沃呂姆的郊區。」

「對。鄰居說他們並不常使用那間小木屋，偶爾會有兩個男人過去，但是沒人與他們交談過。他們幾乎就像是躲在那裡似的。」

「而你相信那就是葛雷夫與奇克魯？」

「他們很專業，與別人來往時又特別小心。而且他們不希望留下任何可以把兩人連結在一起的證據。沒有任何證人看過他們在一起，也沒有電話紀錄顯示他們曾交談過。」

「然而接下來發生了一件無法預期的事？」

「是的。但我們不知道到底是什麼。他們到小木屋去藏那幅畫。當金額如此龐大時，人難免就會開始懷疑過去曾經信任過的夥伴……也許他們開始爭執。而且他們一定有嗑藥，我們在兩人的血液樣本裡面都發現了毒品。」

「毒品？」

「一種克太拉與導眠靜的混合液。藥效很強的玩意，奧斯陸的毒蟲很少碰那種東西，所以我猜一定是葛雷夫從阿姆斯特丹帶進來的。兩種藥混在一起後可能會讓他們變得迷迷糊糊，最後完全失控。結果，他們倆殺了辛德雷．歐。事後——」

「等一等。」迪布瓦打斷他。「能否請你為觀眾解釋，第一件謀殺案到底是怎麼發生的？」

史貝瑞抬起眉頭，好像是對主持人的嗜血感到有點不高興。然而他還是照做了。

「我解釋不了，只能猜測。奇克魯與葛雷夫也許邀請辛德雷．歐參加他們的派對，吹噓他們偷到的名畫。而歐的反應則是威脅他們，或者真的試圖要報警。於是他才會被克拉斯．

葛雷夫絞殺。」

「絞殺的意思是？」

「用一條細線或者尼龍繩勒在受害者的頸部，讓大腦缺氧。」

「他死了？」

「呃……是的。」

中控室那邊按了一個鈕，透過監看螢幕——也就是可以看到什麼畫面被傳送到成千上萬電視觀眾眼前的螢幕——他們發現歐德．迪布瓦正慢慢地點頭，同時盯著史貝瑞，故意流露出一種混雜著驚恐與誠懇的眼神。他要把這種效果呈現出來。一秒……兩秒……三秒過去了，這停頓時間對於電視節目來講，簡直就像三年一樣長。此刻製作人也許已經急得滿頭大汗了。接著迪布瓦打破沉默：「你怎麼知道人是葛雷夫殺的？」

「透過鑑識後得到的證據。稍後我們在葛雷夫的屍體上發現了絞線，就在他的外套口袋裡。我們發現上面有辛德雷．歐的血跡以及葛雷夫的皮屑。」

「所以你知道當這件命案發生時，葛雷夫與奇克魯兩人都在歐的起居室裡？」

「是的。」

「你怎麼知道？有其他的證據嗎？」

史貝瑞的身體稍稍扭動了一下。「是的。」

「什麼證據？」

布雷德．史貝瑞咳了一聲，瞪了迪布瓦一眼。也許他們曾經討論過這點。史貝瑞也許曾請求他把這個細節略過去，但是迪布瓦堅稱這對故事的完整性是很重要的。

史貝瑞做好準備才說：「我們在辛德雷．歐的屍體附近發現了一些證據。是排泄物的痕跡。」

「排泄物？」迪布瓦打斷他。「人類的排泄物？」

「是的。我們把東西送到實驗室去做DNA分析。大部分與烏維．奇克魯的DNA圖譜相符，但也有一些是克拉斯．葛雷夫的。」

迪布瓦攤開雙手手掌。「當時到底發生了什麼事，史貝瑞警監？」

「當然，想要詳細地重建現場是很困難的，但是看來葛雷夫與奇克魯好像……」他又頓了一下，準備好才開口。「好像把排泄物塗在自己身上。有些人會這樣做，不是嗎？」

「換言之，他們倆很變態？」

「如同我先前所說，他們在嗑藥。但是，沒有錯，這無疑是……呃，異常的行徑。」

「而且還不只這樣，對吧？」

「對。」

迪布瓦舉起食指時，史貝瑞便停了下來，這是個約定好的手勢，意味著史貝瑞可以稍稍休息一下。這足以讓觀眾消化資訊，準備好面對接下來的東西。警監這才繼續說下去。

「在藥效發作之際，烏維．奇克魯發現他可以跟葛雷夫帶去的狗玩一種變態的遊戲。他把狗叉在一輛曳引機後面牧草裝運機的鐵耙上。但那是一隻鬥狗，在兩者激烈掙扎時，奇克魯的脖子上被咬出很深的傷口。事後奇克魯還開著曳引機在那個地區到處跑，同時狗還掛在裝運機上面。顯然他興奮到幾乎把曳引機開出路面，結果被一名汽車駕駛給攔了下來。那位駕駛不知道自己遇到什麼狀況，只是遵循良善公民的義務，把受傷的奇克魯弄上他的車，載他去醫院。」

歐德．迪布瓦大叫：「人品的好壞居然有……有那麼大的落差啊！」

「的確可以這麼說。就是這位駕駛告訴我們，當他遇見奇克魯時，奇克魯身上沾滿了自己的排泄物。他以為奇克魯跌進了肥料堆裡，但是幫奇克魯沖澡的醫院人員說，那是人類的，不是動物的排泄物。他們過去有……有這方面的經驗。」

「院方對奇克魯做了什麼？」

「當時奇克魯半昏半醒，但是，幫他沖澡後，他們幫他包紮傷口，讓他躺在病床上。」

「就是醫院發現他的血液有毒品反應？」

「不是。院方的確採集了血液樣本，但是根據慣例把樣本摧毀了。我們是在驗屍時發現血液有毒品反應。」

「好，但是我們先回頭看一下。我們已經說到奇克魯被送進醫院，但是葛雷夫仍在農場裡。接下來發生什麼事？」

「當奇克魯沒有回去的時候，葛雷夫自然會起疑。他發現曳引機不見了，於是拿了自己的車開始在那個地區繞來繞去，尋找他的夥伴。我們認為葛雷夫車上裝有警用無線電，因此他聽見警方說找到了曳引機，而後在接近早晨時又發現了辛德雷・歐的屍體。」

「是的，所以此刻葛雷夫惹上了麻煩。他不知道他的共犯在哪裡，警方又發現辛德雷・歐的屍體，既然農場變成犯罪現場，他們在搜索凶器時也許有機會發現魯本斯的畫作。當時葛雷夫的心裡在想些什麼？」

史貝瑞開始猶豫了。為什麼？警方在寫報告時總是會避免描述人們的想法，只寫那些可以證明的東西。最多只能引用相關人士對其自身想法的陳述。但是就這個案子而言，沒有人提供任何說法。但另一方面，史貝瑞知道他必須想一些東西出來講，必須讓這故事被描述得活靈活現，藉此……藉此……。他可能不會容許自己繼續往下深思熟慮出一個合理的結論，因為他多少知道繼續想下去的結果是什麼。他知道自己喜歡當那種常常接到媒體來電的人，每當媒體需要評論或者解釋時，總是希望他們這種人提供一個關鍵說法，不管是由他們在街上點頭默認某件事，或者是主動提供手機上的照片。但如果他不再提供那些說法，媒體是不是會就此不再來電？所以，說到底，這到底是什麼問題？如果想要吸引媒體注目，就不能是個正直的警察？如果想要在街上受到大批媒體歡迎，就不能獲得同事的尊敬？

布雷德．史貝瑞說：「當時葛雷夫心想……心想那實在是個棘手的處境。他開著車到處找人，當時已經早上了。然後他聽見警用無線電上面有人說，奇克魯即將被逮捕，由警方去醫院載他，拘留後進行偵訊。當時葛雷夫知道，情況不再只是棘手，根本已經是危急了。你懂嗎？他知道奇克魯不是個狠角色，警方不用使出什麼厲害手段，也許只要跟他說，供出共犯就能減刑，而他當然不會扛下謀殺辛德雷．歐的罪名。」

迪布瓦點頭說：「很合理。」然後往前傾身，慫恿他繼續講。

「所以，葛雷夫知道，唯一的解套方案就是在偵訊開始前把奇克魯從警方手上救出來，或者是……」

就算迪布瓦沒有悄悄地把食指舉起來，史貝瑞也知道這裡又是該稍微停頓的地方了。

「……或者是在路上把他殺掉。」

攝影棚的空氣裡好像可以聽見電視訊號的劈啪聲響，因為舞台燈光的關係，裡面乾燥到彷彿隨時會著火燒起來。史貝瑞繼續說下去。

「所以葛雷夫開始尋找他可以借用的車子。他在停車場發現了一輛後面連結著拖車的無人卡車。因為他在荷蘭反恐部隊的背景，他知道如何發動引擎。他仍然帶著那具警用無線電，而且顯然已經透過地圖研究出警車把奇克魯從醫院載到埃爾沃呂姆時會走哪條路。他開著卡車，在附近道路上等他們……」

迪布瓦戲劇性地舉起一根手指，讓自己加入這故事裡。「然後這整個案件裡最慘的事就發生了。」

史貝瑞說：「是的。」他垂下目光。

迪布瓦說：「我知道這對你而言很痛苦，布雷德。」布雷德，他故意直呼其名，這是個提示。

製作人透過耳機對著一號攝影機說：「現在來個史貝瑞的特寫鏡頭。」

史貝瑞深深吸了一口氣。「在隨後的撞擊中，四個好警察就這樣殉職了，其中一個還是我在克里波的好同事，尤阿．松戴。」

他們小心地慢慢把鏡頭拉近，以至於一般觀眾都沒有注意到此刻史貝瑞的臉部占電視畫面的比例稍稍變大了，只感覺到現場的氣氛變得更為緊張，更有情感，這個堅強的警察顯然說到情緒激動處。

「那一輛警車被撞得飛越路邊護欄，掉進河邊的樹林哩，就此消失。」迪布瓦繼續說，「但是，奇克魯奇蹟似的活了下來。」

史貝瑞已經平復了。「是的。他從警車殘骸裡爬出來，可能是靠自己，也可能是葛雷夫幫了他。把卡車丟棄後，他們上了葛雷夫的車，回到奧斯陸。警方稍後找到那輛巡邏車時，發現不見了一具屍體，他們相信是掉進河裡去了。此外，奇克魯把自己的衣服穿在其中一名警察身上，讓他看起來像自己，這暫時混淆了警方，讓我們搞不清楚生還者是誰。」

「但是，儘管葛雷夫與奇克魯已經暫時是安全的，他們之間的衝突已經來到了臨界點，不是嗎？」

「是的。奇克魯知道是葛雷夫開卡車撞巡邏車，當時他一定是不管同伴的死活了。而奇克魯已經意識到自己有生命危險，葛雷夫至少有兩個必須把他除掉的充分理由。首先，因為他目睹了辛德雷．歐的謀殺案，其次，葛雷夫不願跟他分享賣掉魯本斯畫作的所得。他知道，只要有機會，葛雷夫一定會再下手的。」

迪布瓦激動地把身子往前傾。「而我們就是要在此處進入這齣戲的最後一幕。他們到達奧斯陸後，奇克魯回到他家。但並不是回去休息。他知道他必須先下手為強——不主動出擊就只能坐以待斃。然後，他從為數眾多的武器裡面，挑選了一把黑色的小槍，一把……一把……」

史貝瑞說：「羅哈博夫R9，九毫米的半自動手槍，有六顆子彈在彈——」

「而他帶著槍到他覺得克拉斯．葛雷夫會在的地方。去他的情人家，是嗎？」

「我們不確定葛雷夫跟這個女人的關係，但我們的確知道他們經常接觸，他們會見面，而且葛雷夫的指紋在她家裡到處都可以找得到，包括臥室。」

迪布瓦說：「所以奇克魯到那個情人家去，當她開門時，他已經拿著槍站在那兒了。她讓他進門，奇克魯就在走廊射殺她。奇克魯把女人的屍體弄到床上，回到自己的住所。他確保自己在家裡的每個地方都拿得到槍，甚至是在床上。然後，葛雷夫就出現了……」

「是的。我們還不知道他是怎麼進去的，也許是把鎖撬開。總之，他不知道自己在進入時已經啟動了無聲警報器，而且也啟動了屋內的監視錄影機。」

「這意味著，警方掌握的影片記錄了從這一刻開始發生的一切，也就是這兩個罪犯的最後對決。因為有許多人不忍心上網看那影片，你是否能為他們簡單地說一下事發經過？」

「他們開始對彼此開槍。葛雷夫先開了兩槍，用的是他的葛拉克17手槍。令人驚訝的是，兩槍都失手了。」

「驚訝？」

「是的，在這麼近的距離居然沒打中。畢竟，葛雷夫曾經是受過訓練的突擊隊員。」

「所以他打中了牆壁？」

「沒有。」

「沒有？」

「沒有，床頭板旁邊的牆上沒有彈頭。他打到了窗戶。應該說，他也沒有打中窗戶，因為窗戶是開著的。他的子彈跑到外面去了。」

「外面？你怎麼知道的？」

「因為我們在外面找到了彈頭。」

「喔？」

「在屋後的那片森林裡。在一個高掛樹幹上給貓頭鷹住的鳥舍裡。」史貝瑞露出扭曲的咧嘴表情，跟很多覺得自己把好故事講糟了的人一樣。

「我懂了。然後呢？」

「奇克魯開始拿起床上的一把烏茲衝鋒槍來反擊。如同我們在影片上看到的，子彈打中葛雷夫的鼠蹊部與腹部。他掉了手槍，但是又撿起來，企圖開第三槍，也就是最後一槍。子彈擊中奇克魯右眼上方的額頭。他的大腦嚴重受損。但結果跟大家在電影裡面看到的不一樣——並不是被擊中頭部就一定會立刻斃命。懂嗎？奇克魯在死前試著發射最後一輪子彈，結果打死了克拉斯．葛雷夫。」

接下來他們陷入一陣長長的沉默。也許製作人對著迪布瓦舉起一根手指，提醒他預定的時間還剩一分鐘，該是做個總結，把這個新聞話題結束的時候了。

歐德．迪布瓦往後靠回椅背上，此刻已經較為輕鬆了。「所以，克里波對於你所說的事發經過從來沒有懷疑過？」

史貝瑞瞪著迪布瓦，他說：「沒有。」然後他張開雙臂。「但是，不用說我們也知道，在細節方面總是會有一些不確定的地方。還有幾個困惑之處。例如，在犯罪現場的病理學家覺得奇克魯死後，其體溫下降的速度實在太過驚人。如果按照一般的表格與數據來推算，他會把死亡時間往前推二十四個小時。但是根據現場的警官們指出，當他們抵達時，床後面的窗戶是打開的。不知道你記不記得，那是今年奧斯陸的氣溫降到零度以下的第一天。這種不確定性是永遠存在的，也是我們這種工作的重點。」

「是的。因為，儘管我們在影片裡看不到奇克魯，但是奇克魯頭部的那顆子彈……」

「是從葛雷夫擊發的那把葛拉克手槍來的，沒錯。」史貝瑞又露出微笑。「這就是媒體常說的那種『具有決定性』的犯罪證據。」

迪布瓦一邊整理身前的紙張，一邊露出得體的燦爛微笑，這意味著他們已經把這議題結束了。接下來要做的只剩感謝布雷德．史貝瑞，直視一號攝影機鏡頭，準備進行當晚的另一個新聞話題：另一個有關農業補助的問題。但是他停了下來，嘴巴半開，眼睛往下看。有什麼訊息傳進他的耳朵裡嗎？還是他忘了什麼事？

迪布瓦說：「要請教你最後一件事，警監。」他的語調平靜、熟練而有經驗。「你對被槍殺的那個女人實際上了解多少？」

史貝瑞聳肩說：「不多。如我所說，我們相信她是葛雷夫的情人。有個鄰居說，他看到葛雷夫進出她家。她沒有前科，但是，我們透過國際刑警發現多年前她曾經涉及一件毒品案，當時她跟爸媽住在蘇利南。她是該國某位毒梟的女友，但是等到毒梟被荷蘭突擊隊殺掉後，是她幫忙把其他黨羽抓起來的。」

「她沒有被起訴嗎？」

「她當時未成年，而且懷孕了。政府把她的家人送回祖國。」

「祖國是……？」

「呃，丹麥。就我們所知，她一直住在那裡，過著平靜的生活。直到她在三個月前來到奧斯陸，陷入悲慘的結局。」

「說到結局，恐怕我們必須跟你說聲謝謝與再見了，布雷德．史貝瑞。」他摘下眼鏡，直視著一號鏡頭。「挪威應該不計一切代價種植自己的番茄嗎？在《今夜新聞》這個節目裡，即將與我們見面的是……」

當我用左手大拇指按下遙控器上的「關閉」按鈕，螢幕上的電視畫面往內縮，消失無蹤。通常我都是用右手拇指做這件事，但是那隻手抽不出空來。儘管它即將面臨血液循環不佳的問題，但是我不會為這世上的任何事把手移開。事實上，我眼裡的世界第一大美女正枕著我的右手。她把頭轉向我，用手推開羽絨被，如此一來才能好好地看我。

「你槍殺了她之後，那一晚你真的還在她床上睡覺？你說那張床有多寬？」

我說：「一百零一公分。這是宜家家居的目錄上寫的。」

荻雅娜的藍色大眼睛恐懼地瞪著我。但是——如果我沒搞錯的話——她的眼神裡也流露出幾分佩服之情。她穿著一件YSL的薄紗居家服，當它像現在這樣摩擦著我的時候，感覺起來很涼爽，但是當我的身體隔著薄紗與她的身體摩擦時，則是讓我感到慾火難耐。

她用手肘把自己撐起來。

「你怎麼槍殺她的？」

我閉上眼睛呻吟著說：「荻雅娜！我們不是說好不談這件事的嗎？」

「是的，我們說好了，但是現在我已經做好心理準備了，羅格。我發誓。」

「親愛的，聽我說……」

「不要，明天警方就會公布報告，我就可以知道細節了。但是我寧願聽你親口說。」

我嘆了一口氣。「確定？」

「百分之百肯定。」

「我開槍打她的眼睛。」

「哪一隻？」

「這一隻。」我把食指擺在她左邊的秀眉上。

她閉上雙眼，慢慢地，深深地吸了一口氣。吸氣又呼氣。「你用什麼槍打她？」

「一把黑色小手槍。」

「槍從哪裡……?」

「我在烏維他家找到的。」我的手指頭從她的眉毛往臉側滑過去，在她那高高的顴骨上彈了一下。「槍還是留在他家。當然了，上頭沒有我的指紋。」

「你在哪裡開槍打她的?」

「走廊上。」

荻雅娜的呼吸顯然變得比較急促。「她有說些什麼嗎?她害怕嗎?她知道發生了什麼事情嗎?」

「我不知道，我一進門就開槍了。」

「當時你有什麼感覺?」

「悲傷。」

她對我露出一抹淡淡的微笑，「悲傷?真的?」

「對。」

「儘管她試著把你騙進克拉斯的圈套裡?」

我的手指不再移動。就算是到現在，距離整件事結束已經一個月了，我還是不喜歡她直呼他的名字。但是，她說的當然沒錯。柔媞的任務是成為我的情人。本來是要由她把我介紹給克拉斯．葛雷夫，勸我邀請他去參加探路者的工作面談，並且確保我一定要推薦他。她花了多久的時間釣上我的？三秒鐘？當她收起釣繩時，我只能無助地在水裡啪啪啪四處跳動。但是，後來發生了一件出乎意料的事。我甩了她。一個男人因為太愛自己的老婆，所以甘願跟一個犧牲奉獻，並且完全沒有任何要求的情人斷絕關係。這實在太令人訝異了。他們必須改變計畫。

我說：「我想我為她感到遺憾。我覺得，柔媞這輩子有過太多令她失望的男人，我只不過是最後一個而已。」

當我說出她的名字時，我感覺到荻雅娜抽搐了一下。很好。

我提議說：「我們可不可以聊點別的？」

「不可以，現在我想聊這件事。」

「好吧。那我們就談一談葛雷夫怎麼引誘妳，勸妳扮演操控我的角色。」

她咯咯笑說：「我無所謂。」

「妳愛他嗎？」

她轉過頭來，目光停在我身上。

我覆述了那個問題。

她嘆了一口氣，扭著身體靠過來。「我有戀愛的感覺。」

「戀愛？」

「當時他想要給我一個孩子，所以我就有了戀愛的感覺。」

「這麼簡單？」

「沒錯。但是這並不簡單，羅格。」

她說的沒錯，這當然不是一件簡單的事。

「而妳為了那個孩子，願意犧牲一切？甚至犧牲我？」

「沒錯，就連你也是。」

「即使那意味著我會丟掉性命？」

她用太陽穴頂一頂我的肩膀。「不，不會那樣。你很清楚啊，我以為他只是要勸你寫一份對他有利的報告。」

「妳真的那麼想嗎，荻雅娜？」

她沒有回答。

「真的嗎，荻雅娜？」

「對，總之我就是那麼想。你得了解，我寧願相信是那樣。」

「這足以讓妳把一顆裝有導眠靜的橡膠球擺在汽車座椅上？」

「對。」

「而當妳下樓到車庫時，妳是想要把我載到某個地方，他會在那裡勸我，是嗎？」

「我們不是都講開了嗎，羅格？他說，這個方式可以讓所有人都承受最少的風險。當然，我早該知道這件事太瘋狂了。或許我其實心知肚明吧。我不知道還能跟你說些什麼。」

在一片寂靜中，我們兩個只是躺在那裡，各自沉思著。夏天時，我們可以聽見風聲，還有雨水打在外面花園樹葉上的聲音，但現在聽不見。現在一切都光禿禿的，而且四下安靜無聲。唯一令人欣慰的是，春天還是會再來。也許吧。

我問說：「妳愛了多久？」

「直到我知道自己在做什麼。直到你沒有回家的那一晚……」

「怎樣？」

「我只覺得自己快死了。」

我說：「我不是說妳愛他愛了多久，是愛我。」

她咯咯笑說：「這要等我不愛你了才知道。」

荻雅娜幾乎不曾說謊。不是因為她不會，而是因為她受不了那種心煩的感覺。但她是個說謊高手。長得好看的人不需要保護自己的外殼，他們沒有必要去學會種種保護機制——那種東西是其他人深怕遭拒與失望時會受傷而發明的。但是，當荻雅娜這種女人決心要說謊，她們會表現得徹底而有效率。並非她們的道德標準比男人低，而是她們比男人更懂得背叛為何物。這就是為什麼事情結束的前一晚我會去找荻雅娜。因為我知道她是那份差事的完美人選。

那一天，開鎖後我站在走廊裡聽著她在拼花地板上的踱步聲，一會兒過後我才上樓到客廳去。我聽見她的腳步聲停了下來，手機掉在茶几上，然後半啜泣著低語道：「羅格……」，一副熱淚盈眶的樣子。當她撲過來，環抱著我的脖子時，我並未阻止她。「謝天謝地，你還活著！昨天我打了一整天電話給你，今天又試了一整天……你去了哪裡？」

荻雅娜沒有說謊。她會哭是因為她以為自己失去了我。因為她把我跟我的愛逐出她的生命，就好像她把狗送去獸醫那裡安樂死。沒有，她沒有說謊。我的直覺告訴我。但是，如同我說的，我並不是很懂得評斷人的性格，而荻雅娜又是個說謊高手。所以，當她到洗手間去把眼淚擦乾時，為了保險起見，我拿起她的手機，確認她撥打的是我的電話號碼。

當她回來時，我把一切告訴她。完完全全告訴她。我說我去了哪裡，我的身分，發生了什麼事。我跟她說那些畫作的竊案，說我發現了葛雷夫公寓床底下的手機，說我被丹麥女人柔媞矇騙。我說出我跟葛雷夫在醫院裡的那一席對談。那些話讓我知道他認識柔媞，她是他最親近的幫手，也知道是她用神奇的手指把含有發報器的髮膠抹在我的頭髮上——是那個臉色蒼白的棕眼丹麥女孩，那個喜歡聽別人的故事而不喜歡說自己的故事、會講西班牙文的譯者，而不是荻雅娜。我說，發現奇克魯在我車上的前一晚，我就已經被抹上了髮膠。當我說出這一切時，荻雅娜睜著驚訝不已的眼睛瞪著我，不發一語。

「在醫院時，葛雷夫說我勸你墮胎是因為小孩有唐氏症。」

「唐氏症？」從方才到現在，荻雅娜只說了這三個字。「他怎麼會有那種想法？我沒有說——」

「我知道。那是我在跟柔媞說妳墮過胎時隨口掰的。她說她還是青少年時，爸媽曾逼她墮胎，所以我就掰了唐氏症的故事，因為我想她也許比較不會怪我。」

「所以她……她……」

「對。能夠跟葛雷夫說那件事的人，就只有她。」

我等了一下，讓她把話聽進去。

然後我跟荻雅娜說接下來會發生什麼事。

她用恐懼的眼神瞪我，大叫說：「我辦不到，羅格！」

重生的羅格．布朗說：「可以，妳辦得到。妳辦得到，而且妳一定會去做，親愛的。」

「但是……但是……」

「他對妳說謊，荻雅娜。他不可能給妳孩子。他不能生小孩。」

「不能生？」

「我會給妳小孩。我發誓。妳只要幫我做這件事就好。」

當時她拒絕我，哭了起來，求我別逼她。然後她還是答應了我。

那天稍晚我去柔媞她家，變成了殺人凶手，當時我已經教荻雅娜怎麼做，而且知道她一定能完成任務。我可以在眼前想像，當葛雷夫去找她時，她用虛假的燦爛微笑歡迎他，把已經倒好的一杯干邑白蘭地遞給他，提議為勝利，為未來，為那還沒有孕育的孩子而乾杯。她堅持要儘早懷孕，當晚就要，現在！

荻雅娜捏痛了我一邊乳頭，我的身體往回縮。「你現在在想什麼？」

我把羽絨被拉高。「那一晚葛雷夫來的時候，他就是躺在我如今這個位子。」

「那又怎樣？那天晚上你跟一具死屍躺在一起。」

我壓抑著想要開口問的念頭，但現在再也忍不住了。「你們有做愛嗎？」

她咯咯笑說：「你還真能忍，到現在才問，親愛的。」

「有嗎？」

「我就這麼說吧：我沒有把全部的導眠靜都弄進橡膠球裡，剩下的我都擠進那杯歡迎他的酒裡面，而且藥效來得比我想的還要快。我打扮好走進來的時候，他就已經睡得跟死豬一樣了。不過，隔天……」

我趕快說：「我收回我的問題。」

荻雅娜用手摸摸我的肚子，然後又笑說：「隔天早上他很清醒。不是因為我，是因為把他叫醒的那通電話。」

「我的警告電話。」

「對。總之，他穿好衣服就立刻離開了。」

「他的槍呢？」

「在他的外套口袋裡。」

「他離開前有檢查槍嗎？」

「我不知道。反正他不會注意到有什麼差別，重量差不多一樣。我只把彈匣的前三顆子彈換掉。」

「沒錯，但是我給妳的那些空包彈在尾端都有一個紅色的B。」

「如果他檢查的話，可能會以為那是指『後面』吧。」

我們倆的轟笑聲傳遍了整間臥室。我好喜歡那聲音。如果一切順利，那驗孕棒的結果又是肯定的話，很快地這個房間裡就會充滿了三個人的笑聲了。而這能夠把另一個聲音給壓制住——那個還是會害我半夜驚醒的回音。葛雷夫開槍時的砰砰聲響，槍口冒出的火花，那片刻間我覺得荻雅娜畢竟沒有幫我換掉子彈，以為她又選了另一個人的想法，還有就是那些彈殼發出的鏗鏗回音。它們掉在已經布滿了彈殼的拼花地板上，實心與空心彈殼，舊的與新的彈殼就這樣混在一起，數量多到沒有辦法將其區分開來，不管警方是不是懷疑那影片有造假之嫌。

她問說：「當時你害怕嗎？」

「害怕？」

「嗯，你從沒跟我說那是什麼感覺。而且你又沒有出現在影片上……」

「影——」我移動身子，好看見她的臉。「妳是說，妳曾上網去看那一段影片？」

她沒回答。我想，關於這個女人，我還是有很多不知道的地方。也許這輩子她都會這麼神祕吧。

我說：「是的，我很害怕。」

「怕什麼？你知道他的子彈沒有——」

「只有前三顆是空包彈。我必須確定他都射光了，如此一來警方才不會在彈匣裡找到沒用完的空包彈，看破我的計劃，是吧？但他也有可能射出一些實彈。而且他在來找我之前也能把彈匣換掉。或是他也可以帶一個我根本不知道的幫手一起去。」

四周靜了起來，直到她低聲問說：「所以你不怕其他任何事？」

我知道她也想到了我想的事。

我轉身對她說：「是的，還有。我還害怕一件事。」

她在我臉上吐氣，又急促又炙熱。

我說：「他有可能在晚上把妳殺掉。葛雷夫根本沒想要與妳共組家庭，而妳是個危險的目擊證人。我知道我是讓妳冒著生命危險去當誘餌的。」

她低聲說：「我一直都知道自己處於危險中，親愛的。所以我才會在他一進門就把歡迎酒遞給他。而且在你打電話之前，我也沒把他叫醒。我知道，他一接到那通鬼來電，就會起身離開。此外，我不是已經把前三發子彈換掉了嗎？」

我說：「的確。」正如我先前提過的，荻雅娜是那種能輕鬆解開質數與邏輯問題的女人。

她用手撫摸我的肚子。「而且，我很高興知道，你是故意且有計畫讓我去冒生命危險的……」

「喔？」

她把手繼續往下移動，來到了我的命根子上面。她用手握著我的睪丸，掂掂它們的重量，輕輕擠壓它們。她說：「平衡是生命的本質。這道理也適用於任何友善與和諧的男女關係上。雙方犯的過錯，雙方承受的恥辱，還有良知所帶來的痛苦，都會處於一種平衡之中。」

我聽著這一番話，試著消化吸收，讓我的腦袋想清楚其中稍微沉重的深意。

「妳是指……」我想說話，但又放棄，接著重新開口。「妳是指，妳讓自己為我冒生命危險……那……那……」

「……那就是我為了對你所做的事應該付出的代價，沒錯。就像E藝廊也是你為了要我去墮胎而付出的代價。」

「妳一直都是這麼想的？」

「當然，你也是。」

我說：「的確。贖罪……」

「贖罪，沒錯。我們總是遠遠低估了它，不知道它是讓心靈變平靜的好辦法。」她在我的睪丸上加了一點手勁，我試著放鬆，想要享受這痛感。我吸入她的香氣。這真棒，但是我有辦法抹去人類排泄物的那種臭味嗎？有什麼聲音可以淹沒葛雷夫肺部爆裂的聲音？事後，我拿著烏維的冰冷手指去握那兩把槍的握把與扳機——一把是烏茲衝鋒槍，另一把是我用來槍殺柔媞的羅哈博夫小型手槍——我覺得他似乎用一種呆滯而委屈的眼神看著我。往後我能吃到任何可以讓烏維的屍肉味變淡的東西嗎？我上床去，屈身以犬齒用力咬住他的脖子。我不斷使勁，直到他的皮膚被咬穿，我嘴裡滿是屍體的味道。他身上幾乎已經沒血了，等到我忍住嘔吐，把唾液擦掉時，我仔細端詳著結果。對於希望在他身上找到狗咬痕跡的警探來講，這也許就可以過關了吧。然後我從床頭後面的窗口爬出去，藉此確保我不會被攝影機拍到。我快步走進森林裡，發現一條條小徑與大路。碰到路人我就用友善的姿勢與他們打招呼。我越爬越高，空氣也越來越冷，因而在前往葛拉森多本的路上能始終保持冷靜。我在那裡坐下來冥想秋天的各種顏色，而我下方的森林、整座城市、整個峽灣，還有這天光，都已經開始因為冬天來臨而失卻秋色了。天光總是預言著黑暗的來臨。

我可以感覺到我的陰莖充血，大腿悸動著。

她在我耳邊低語：「來吧。」

我跟她做愛。拿出我的技巧全力以赴，就像是一個正在工作的男人。一個樂在工作，但又把工作當成職責所在的男人。工作持續到警報來臨。警報來時，她把雙手擺在我的耳邊，滿是保護關愛之情，我再也控制不住，把熱騰騰而充滿生命的種子播在她體內，儘管那裡面已經有生命存在了。事後她沉沉睡去，我躺在一旁聆聽她的呼吸聲，為自己的優秀表現感到滿意。我知道一切再也與過去有所不同，但是仍有其相似處。一個新生命會降臨，他可以好好照顧她。他可以愛別人。而且光是有愛好像還不夠感人似的，我甚至看出了愛的真義：就是「因為」二字——我彷彿聽見一個回聲，一個當年我們在倫敦大霧中看足球賽時她給我的理由，「因為他們需要我。」

尾聲

初雪降臨又消失。

我看到網路上有消息指出，巴黎的一場拍賣會賣出了〈狩獵卡呂冬野豬〉的購買選擇權與展示權。買家是洛杉磯的蓋提美術館，此時已經可以開始展示該畫作了，除非在兩年的選擇權期間，突然有人出面主張其所有權，不然接下來美術館便可以行使選擇權，永遠擁有畫作。關於其來源還有相關的討論只有幾句簡短的描述，因為沒有證據可以證明魯本斯曾經畫過卡呂冬野豬，所以有人說它是複製畫，也有人說它是另一個畫家的原作。但是專家們如今已經達成共識，魯本斯的確是其作者。文章沒有提到這幅畫是怎麼被發現的，也沒有提及賣家是挪威政府，或者是出售金額。

荻雅娜早已體認到，既然她已經都快當媽了，不太可能繼續獨立經營藝廊，因此在跟我商量後決定找一個人來當合作夥伴，尤其負責一些比較事務性的工作，例如財務管理等等，如此一來她可以更為專注在藝術作品與藝術家上面。此外，我們已經打算賣掉房子了。我們都同意在靠鄉間的地方找個小一點但是有露臺的房子，那將會是比較適合孩子成長的地方。

已經有人跟我說要以高價購買房子。那個人一在報紙上看到廣告就打電話給我，要求當晚看房。我一開門就認出他來。柯內里亞尼牌西裝，還有「技客」風味的眼鏡。

跟著我看過一個個房間之後，他評論道：「這也許不是老班恩的最佳作品，但是我決定要買了。開個價吧？」

我提出了廣告上的報價。

他說：「我再加碼一百萬，期限是後天。」

我說，我們會考慮他的出價，然後就送他出門了。他把他的名片遞給我。沒有職稱，只印了姓名與行動電話。那家獵人頭公司的名字用極小的字母印成，不管是基於什麼實用的意圖與目的，都難以閱讀。

他在門階上說：「說吧，你曾經是我們這一行裡最厲害的不是嗎？」我還來不及回話，他就繼續說：「我們正打算要擴大營業。也許會打電話給你。」

我們。極小的字母。

我任由交易期限就這樣過去，沒有跟房屋仲介或者荻雅娜提起這件事。我也沒有接獲任何來自「我們」的訊息。

因為我原則上不在天亮前就開始工作，所以跟其他大部分的日子一樣，這一天我還是最後一個把車停在阿爾發公司外面停車場的人。「最厲害的人應該最後一個來上班。」這是一個我自己構思出來，並且真的擁有的特權，只有公司裡最厲害的獵人頭專家才能有這種特權。儘管按照白紙黑字的規定，公司的停車位跟其他任何公司的停車場一樣，採取「先來先停」的使用規則，但是我的地位意味著沒有人可以搶我的停車位。

不過，這一天卻已經有車停在那個車位上了。那是一輛眼生的Passat轎車，車主可能是我們的客戶，因為覺得車位後面的鍊子上掛著阿爾發公司的牌子，所以認為可以這樣停車——但是這笨蛋好像不識字似的，居然沒有看到入口就有一個大招牌，可以引導車輛前往「訪客停車位」停車。

不過，我還是感到有一點不安。有可能是阿爾發公司的某人覺得我已經不是……我沒有繼續往下想。

當我懊惱地四處繞，尋找另一個停車位時，一個男人從辦公大樓走出來，看來大概是要前往Passat轎車的方向。他走路的樣子看起來就像是個Passat車主。確定後我鬆了一口氣，因為他絕對不是要跟我搶停車位的對手，而是一個客戶。

我把車停在Passat前面以示抗議，滿懷希望等待著。也許，這對於這一天畢竟是個好的開始，也許我可以對某個白癡開罵。我沒料錯，那個人拍拍我側邊車窗，我看見他腹部高度的外套。

我等了兩秒，然後按下車窗按鈕，車窗玻璃慢慢滑下——但還是比我預設的理想速度稍快。

「聽著——」他才要開口，就被我故意拖長的話語給打斷了。

「呃，有什麼可以為你效勞的嗎？」我不屑地看他一眼，已經準備好要對他說教，要他把路標看清楚。

「你介意把車移開一下嗎？你擋住了我車子的出路。」

「我想你等一下就會知道，是**你**擋住了我要**進去**的路，我的天——」

我的腦袋終於聽見了周遭各種聲音。我看向車窗外面與上方，心跳幾乎停止。我說：「當然了。等一等。」我急躁地亂按，想要找出關窗紐，但是我的身體幾乎完全不聽控制。

布雷德．史貝瑞說：「等一下，我們見過面嗎？」

我試著用平靜、輕鬆的低沉聲音對他說：「我想沒有。」

「你確定嗎？我很肯定我們見過面。」

媽的！他居然認出了我這個在病理部自稱是蒙森兄弟遠房表親的傢伙！當時我是個光頭，穿得跟鄉巴佬一樣。現在的我留著一頭濃密頭髮，身穿傑尼亞西裝，還有剛剛燙好的博雷利牌襯衫。但是我知道我不該急於全盤否認，這樣一來反而會讓史貝瑞啟動其防衛模式，他的腦袋會想個不停，直到記起我是誰。我深深吸了一口氣，覺得好累，原本我今天不該這麼累的。今天應該是我的交貨日。我要證明我還是可以跟傳說中的一樣那麼厲害。

我說：「誰知道呢？說實在的，我覺得你也有點眼熟……」

一開始他似乎被我的反擊搞到有點迷糊。然後，史貝瑞的臉上露出那種讓他在電視圈如此吃得開的迷人微笑。

「也許你曾在電視上看過我。常有人這樣跟我說……」

我說：「對耶，也許你也是在電視上看到我的。」

他好奇地說：「喔？是在哪個節目上啊？」

「一定是在你那個節目。既然你認為我們見過面。因為電視螢幕並不是一扇我們兩個可以看到彼此的窗戶，對吧？在鏡頭另一端，你待的地方比較像是……也許就像一面鏡子吧？」

史貝瑞看來有點困惑。

我說：「我開完笑的啦。我會移車。祝你今天順利。」

我把車窗關起來，往後把車移開。有人謠傳，史貝瑞搞上了歐德・迪布瓦的新老婆，還有人說他搞的是迪布瓦的前妻——甚至還有謠言指出，他搞上的其實是迪布瓦。

當史貝瑞把車開出停車場時，他在轉向前停了下來，所以有兩秒鐘的時間我們兩個都是坐在車裡的，彼此的擋風玻璃相對。我看著他的眼睛。他看我的眼神好像剛剛被騙了，直到此刻才會意過來。我對他友善地點點頭，然後他踩油門離開了。接著我看著後照鏡，低聲說了一句：「嗨，你好，羅格。」

我走進阿爾發公司，用震耳欲聾的音量說了聲：「早安，歐妲！」費迪南匆匆朝我走過來。

我說：「他們來了嗎？」

費迪南說：「嗯，他們準備好了。」他跟在後面，和我沿著走廊往下走。「還有，剛剛有個警察過來。高個子，金頭髮，嗯……挺帥的。」

「他要幹什麼？」

「他想知道克拉斯．葛雷夫來我們這裡面試時說了哪些關於自己的事。」

我說：「他都死一段時間了。他們還在調查那個案件嗎？」

「不是那個謀殺案。是關於那幅魯本斯的畫。他們查不出來他是從誰那裡偷來的。沒有人出來指認。現在他們正試著追查他和誰有聯絡。」

「你沒看今天的報紙嗎？現在他們又開始懷疑那是不是魯本斯的原作。也許他不是偷來的，或許是繼承的。」

「真奇怪。」

「你跟那個警察說了些什麼？」

「當然啦，我把我們的面試報告交給他了。他似乎不怎麼有興趣。他說，如果有進一步消息會跟我們聯絡。」

「而且我想你希望他真的跟我們聯絡？」

費迪南發出尖銳的笑聲。

我說：「總之，這件事就交給你了，費迪。我相信你。」

我可以看得出他先是感到一陣興奮，然後又心底一沉，我給他的責任讓他成長，綽號卻又令他矮了一截。萬物都與平衡有關。

然後我們就來到了走廊盡頭。我在門口停下來，檢查一下自己的領帶。他們正坐在裡面，準備好要進行最後一次面試。他們扮演的是橡皮章的角色。因為人選早已底定，任命案也通過了，只有我的客戶還不知道，還以為自己仍有些許發言權。

我說：「兩分鐘後把候選人帶過來，要準時。就是一百二十秒之後。」

費迪南點點頭，看看手錶。

他說：「還有一件小事。她的名字是伊妲。」

我開門走進去。

他們站起來時，椅子發出了摩擦聲。

我說：「各位先生，我為遲到向你們道歉。」我握了三隻朝我伸出來的手。「不過，那是因為有人占了我的停車位。」

探路者的董事長說：「真煩人啊。」他轉身看了看用力點頭以示同意的公關經理。代表員工的工會代表也來了，他是個身穿V領毛衣的傢伙，裡面的白色襯衫是便宜貨，無疑的是最可悲的那種工程師。

我說：「候選人在十二點要去開董事會，所以我們或許應該速戰速決？」我從桌子的尾端拉了張椅子來坐，等等要坐在另一頭預留座位上的，是一個半小時後他們會樂於同意讓他成為探路者新任執行長的人。我已經幫忙準備好對他最有利的舞台：他坐跟我們相同款式的椅子，但是椅腳稍長，我還把幫他買的皮革公事包擺出來，上面有名字縮寫，此外還有一支萬寶龍的金筆。

董事長說：「的確應該。還有，你也知道，坦白說在面談過克拉斯．葛雷夫後，我們曾經很喜歡他。」

公關經理說：「是啊，當時我們以為你找到了最完美的人選。」

董事長說：「我知道他是個外國人。」他的脖子像蛇一樣縮起來。「但是他能把挪威話說得好像母語一樣。還有，當你送他出去時，我們還說，荷蘭人終究還是比我們懂出口市場。」

公關經理補充道：「而且，我們也許可以從他的國際管理風格中學到東西。」

「所以當你回來跟我們說，你不確定他是最佳人選時，我們很訝異，羅格。」

「真的嗎？」

「沒錯，當時我們只是單純地以為你的判斷力不足。之前我沒跟你說，但是我們曾考慮過把給你的委託案撤回，直接跟葛雷夫聯絡。」

我擠出一抹微笑，問：「所以你們那麼做了嗎？」

公關經理說：「我們感到納悶的是，」他與董事長對望了一下，露出微笑，「你是怎麼察覺出他有點不對勁的？」

董事長大聲地清清喉嚨，問道：「為什麼你光靠本能就能知道我們完全不懂的東西？怎麼會有像你那麼會評斷性格的人？」

我慢慢地點頭，把身前桌上的那幾張紙往前推五公分，然後往後陷進高背辦公椅裡面。椅子搖了搖——沒有晃得太厲害，只是一下下。我往窗外看，看著天光，看著即將來到的黑暗。已經一百秒了。此時房間裡好安靜。

我說：「這是我的工作。」

透過眼角餘光，我看見他們三個互相對看，並且點點頭。接著我又說：「此外，當時我早已開始考慮另一個更棒的人選。」

他們三人轉身看我。我已經準備好了。在我的想像裡，演奏會開始的前幾秒鐘，樂團指揮的感覺就像我現在一樣吧！我感覺到交響樂團裡的每一雙眼睛都離不開那根指揮棒，並且聽著身後的觀眾們帶著期待的心情一一就定位。

我說：「這就是我今天約你們來的原因。你們等一下要認識的人，不管是在挪威，或者是在國際的管理工作圈裡，都是一顆閃耀新星。上一輪面試時我想我不太可能把他從現在的工作挖過來。畢竟，他可以說是那間公司的聖父，聖子，還有聖靈。」

我依序凝視著眼前的三張臉。

「但是現在，雖然我不能給太多承諾，至少我想可以說他也許因為我而動搖了。如果我們真的能夠把他挖過來……」我轉動雙眼，好像要勾勒一幅遠景，一個理想境地，不過……如我所預期的，那位董事長與公關經理不可避免地把身體往我這邊靠過來。即使是本來雙手一直環抱在胸前的那位工會代表，也把手擺在桌上，身體往前靠。

公關經理低聲說：「誰？是誰？」

一百二十秒了。

門打開來。他就在站那裡——那男人現年三十九歲，身上穿的西裝來自玻克塔路上的神風服飾店，阿爾發公司幫他用八五折買下衣服。在帶他進來前，費迪南在他的手上撒了一些肉色的滑石粉，因為我們知道他的手掌很會出汗。但是，這位人選知道自己該做什麼，因為我已經對他面授機宜了，就連細節部分也沙盤推演過。他把太陽穴旁的頭髮染成幾乎察覺不出來的灰色，過去他曾經擁有過愛德華・孟克那幅名為〈胸針〉的石版畫。

我說：「在此向各位介紹耶雷米亞・蘭德。」

我是個獵人頭專家。幹這一行沒有多困難，但我可是最厲害的。

獵頭遊戲 *Hodejegerne*

作　　者　尤・奈斯博（Jo Nesbo）
譯　　者　陳榮彬
封面設計　黃暐鵬
行銷企劃　王淳眉、林芳如
行銷統籌　駱漢琦
業務統籌　郭其彬、邱紹溢
責任編輯　吳佳珍
副總編輯　何維民
總 編 輯　李亞南
發 行 人　蘇拾平
出　　版　漫遊者文化事業股份有限公司
地　　址　台北市105松山區復興北路331號4樓
電　　話　（02）27152022
傳　　真　（02）27152021
讀者服務信箱　service@azothbooks.com
漫遊者書店：www.azothbooks.com
漫遊者臉書：https://www.facebook.com/azothbooks.read
發行或營運統籌　大雁文化事業股份有限公司
地　　址　台北市105松山區復興北路333號11樓之4
劃撥帳號　50022001
戶　　名　漫遊者文化事業股份有限公司

國家圖書館出版品預行編目(CIP)資料

獵頭遊戲 / 尤・奈斯博（Jo Nesbo）著；陳榮彬譯. -- 初版. -- 臺北市：漫遊者文化出版：大雁文化發行, 2013.09
320 面；14.8X21 公分
譯自：Hodejegerne
ISBN 978-986-5956-54-7(平裝)

881.457　　102014928

初版五刷　2018 年 10 月
定　　價　台幣320元

Hodejegerne © 2008 by Jo Nesbo
Complex Chinese language edition published in agreement with Salomonsson Agency AB, through The Grayhawk Agency.
Complex Chinese translation copyright c 2013 by AzothBooks Co., Ltd.
All RIGHTS RESERVED

I S B N　978-986-5956-54-7
版權所有・翻印必究（Printed in Taiwan）
本書如有缺頁、破損、裝訂錯誤，
請寄回本公司更換。

This translation has been published with the financial support of NORLA.

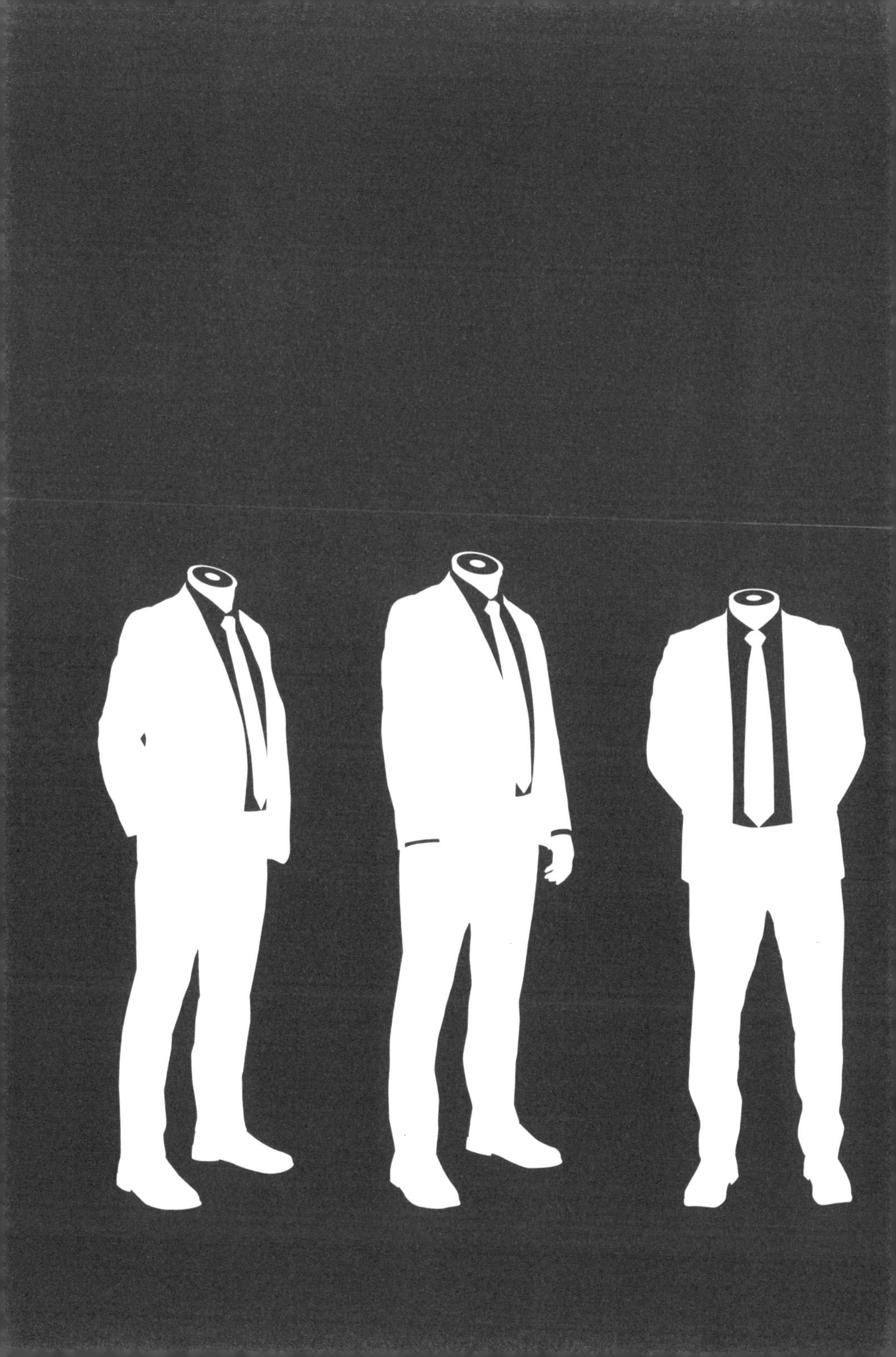